Shangahi Baby

Biografía

Wei Hui nació en 1973 en una pequeña isla de la costa Este de China. *Shangai Baby*, su primera novela, fue prohibida por las autoridades chinas, acusada de "decadente, viciosa y esclava de la cultura occidental", y se quemaron públicamente 40.000 ejemplares. Esto no hizo más que disparar la venta en el mercado negro, con más de dos millones y medio de ejemplares piratas vendidos hasta hoy. Todo ello centró la atención internacional sobre *Shangai Baby,* que se ha traducido ya a veinticuatro idiomas.
Wei Hui vive con su madre en Shangai. Se ve a sí misma como una nueva definición de lo que significa ser una mujer china en el siglo XXI.

Wei Hui
Shanghai Baby

Traducción de
Romer Cornejo
y Liljana Arsovska

895.1   Wei Hui
WEN   Shangai Baby.- 2ª ed. – Buenos Aires : Booket, 2004.
       296 p. ; 18x12 cm.

       Traducción de: Romer Cornejo y Liljana Arsovska

       ISBN 987-1144-06-7

       I. Título – 1. Narrativa China

Diseño de cubierta: Peter Tjebbes
Imagen de tapa: Image Bank
Fotocromía de tapa: Moon Patrol S.R.L.

Título original: *Shanghai Baby*

Derechos de edición en castellano
reservados para todo el mundo
© 2003, Grupo Editorial Planeta S.A.I.C. / Booket
Independencia 1668, C 1100 ABQ, Buenos Aires

10ª edición: noviembre de 2004
(2ª edición del sello Booket)

ISBN 987-1144-06-7

Impreso en Cosmos Offset S.R.L.,
Coronel García 444, Avellaneda,
en el mes de noviembre de 2004.

Hecho el depósito que prevé la ley 11.723
Impreso en la Argentina

*Para mis familiares,
mi amor y la Universidad Fudan*

I

Al encuentro de mi amor

Dora dice: "¡Ten hijos!"
Mamá y Betsy dicen: "Haz una obra de caridad,
ayuda al necesitado y al incapacitado
o dedica un tiempo a la ecología".
Sí, hay un mundo de causas nobles
y encantadores paisajes por descubrir,
pero lo único que quiero en este instante
es… encontrar otro amante.

JONI MITCHELL

Me llamo Nike, pero mis amigos me dicen Cocó (como Cocó Chanel, esa famosa señora francesa que murió a los noventa años, mi ídolo número dos, el número uno es Henry Miller, naturalmente). Cada mañana al despertar pienso en qué cosa extraordinaria hacer para llamar la atención de la gente, me imagino el día en que me elevaré por el cielo de la ciudad estallando en un espléndido ramillete pirotécnico; ése es el único ideal de mi vida, mi única razón para existir.

Esto tiene mucho que ver con el hecho de vivir en Shangai. Inmersa todo el día en una bruma espesa y en medio de chismes aplastantes, arrastrando un sentido de superioridad que proviene de los tiempos gloriosos de la ciudad. Ese sentido de superioridad me excita a mí, a esta chica sensible y altanera, que siente placer y rechazo por esta gran urbe.

Como sea, apenas tenía veinticinco años, hacía un año había publicado una colección de cuentos que no me reportó mucho dinero pero sí algo de fama (algunos

7

hombres me enviaron cartas y fotos provocativas), y hacía tres meses que había renunciado al puesto de periodista en una revista y estaba trabajando como moza, de minifalda, en una cafetería llamada Lüdi.

Había un cliente joven y muy apuesto que iba frecuentemente al Lüdi, tomaba café mientras leía casi todo el día. Me encantaba observar sus expresiones y sus movimientos, parecía saber que yo lo observaba pero no decía nada.

Un día me dio una nota en la que decía "Te amo", con su nombre y su dirección. Ese muchacho, un año más joven que yo, Conejo en el horóscopo, me embrujó con su belleza indefinida que venía de su hastío de la vida, de su sed de amor.

Aparentemente éramos dos personas muy diferentes. Yo era explosiva, llena de vida, el mundo para mí es una fruta madura, que espera ser mordida en cualquier momento. Él era taciturno, de pocas palabras, angustiado y sensible, para él la vida era como un pastel cubierto de arsénico, cada bocado lo envenenaba un poco más. Pero estas diferencias sólo aumentaban la atracción mutua, igual que el polo sur y el polo norte que jamás se pueden separar. De inmediato nos enamoramos perdidamente.

Poco después de conocernos me confesó un secreto familiar. Su mamá vivía en un pequeño pueblo de España, con un lugareño con el cual tenía un restaurante chino. Con eso se habían hecho ricos vendiendo langosta y sopa de ravioles.

Su papá había muerto hacía un tiempo, no había pasado un mes de haber llegado a España para visitar a su esposa cuando repentinamente murió. El acta de defunción decía "infarto de miocardio". Las cenizas del difunto regresaron en un avión McDonnell, él aún recordaba a su abuela, diminuta, en aquel día soleado, llorando sin parar, con las lágrimas corriéndole por la cara, empapada como un trapo húmedo.

—Mi abuela decidió que era un asesinato, mi padre jamás había tenido problemas cardíacos, mi madre lo mató, la abuela decía que mi madre tenía otro hombre allá, con el cual planeó asesinar a mi padre. —Tiantian mirándome de una manera extraña dijo: —¿Qué crees tú? Yo hasta hoy no entiendo nada, tal vez sea cierto. Pero mi madre cada año me manda bastante dinero, es con lo que vivo.

Me miraba tranquilo. Esa historia extraña me atrapó de inmediato. Ya de por sí soy una chica que se conmueve fácilmente ante la tragedia o la intriga. Desde la época en que estudiaba en el departamento de chino de la Universidad Fudan había decidido firmemente ser una escritora de novelas estremecedoras. El mal agüero, la intriga, las llagas, los puñales, la lujuria, el veneno, la locura, el brillo de la luna, eran temas sobre los que me documentaba muy bien. Con suavidad y ternura miré su cara, bella y delicada, y entendí de dónde le venía esa extraña depresión.

—La sombra de la muerte se hace cada vez más densa con el paso del tiempo, entre tu vida actual y los sucesos del pasado por siempre habrá sólo un cristal transparente.

Sus ojos se humedecieron al escuchar mis palabras, se apretaba una mano contra la otra.

—Pero te encontré a ti, decidí confiar en ti, estar contigo —dijo—. No quiero que sientas sólo curiosidad por mí, ni tampoco que me dejes enseguida.

Me mudé a la casa de Tiantian, en el lado oeste de la ciudad, era un departamento enorme de tres dormitorios. Estaba amueblado de manera sencilla pero confortable, pegado a la pared había un sillón comprado en IKEA, también había un piano Strauss, y arriba del piano estaba colgado su autorretrato, su cabeza parecía recién sacada del agua. Pero a decir verdad, no me gustaba el barrio en el que estaba el departamento.

Casi todas las calles estaban llenas de baches, a los lados había muchas casuchas horribles, anuncios espantosos y montones de basura apestosa, además había una cabina telefónica que en tiempos de lluvia se inundaba como el *Titanic*. Desde la ventana no se veía ni un sólo árbol verde, ni una mujer hermosa u hombre apuesto, no se veía cielo limpio y así parecía que no se vislumbraba el futuro.

Tiantian solía decir que el futuro era una trampa cavada en el medio del cerebro.

Cuando murió su padre se sumió en una especie de mutismo y en primero de secundaria abandonó la escuela. La soledad en la que había crecido lo había convertido en un nihilista y por su baja inmunidad ante el mundo exterior pasaba la mayor parte del día en la cama. Allí leía, veía videos, fumaba, y meditaba sobre la vida y la muerte, sobre el alma y el cuerpo, hablaba constantemente por teléfono, jugaba juegos en la computadora o dormía. El resto del tiempo lo ocupaba en pintar, pasear conmigo, comer, ir de compras, ir a las librerías y locales de música, estar en los cafés, ir al Banco, y cuando necesitaba dinero iba al correo y le enviaba a su madre un hermoso sobre azul.

Visitaba pocas veces a su abuela. Cuando él se fue de la casa de ella, aquello ya parecía una pesadilla, apestaba. La abuela deliraba obsesionada por el asesinato en España, recababa evidencias, su corazón estaba desecho, la cara lívida, su alma se había perdido pero ella no moría, y hasta la fecha vive furiosa en la vieja casa estilo occidental en el centro de la ciudad, maldiciendo a su nuera y al destino.

slippery

Sábado. Día espléndido, temperatura perfecta. Me desperté a las ocho y media en punto de la mañana; Tiantian, acostado a mi lado, también abrió los ojos. Nos miramos un momento y luego empezamos a besarnos lentamente. Los besos de la mañana son húmedos y resbalosos como peces que nadan en el agua. Ésta era nuestra tarea de todos los días y también el único contacto sexual entre Tiantian y yo.

Él tenía un gran obstáculo en el plano sexual. No sé si eso era una consecuencia psicológica de la tragedia que vivió. Recuerdo que cuando por primera vez lo abracé en la cama y descubrí su problema, me decepcioné terriblemente y hasta dudé de poder seguir con él. Desde la universidad yo había asumido un tipo de "teoría de la sexualidad", en la que el sexo era una necesidad básica en la vida, aunque ahora la he corregido un poco.

Él no me pudo penetrar; pensativo, me miraba sin hablar, su cuerpo empapado en sudor frío, era la primera vez en más de veinte años que se enfrentaba al sexo opuesto. *confront*

En el mundo de los hombres la capacidad sexual tiene casi la misma importancia que la vida, cualquier defecto en ese aspecto es un sufrimiento difícil de soportar. Lloró, yo también lloré. Toda la noche nos besamos, nos amamos, nos susurramos. *whisper* Pronto me enamoré de sus besos dulces, del suave consuelo de sus abrazos. Sus besos en la punta de la lengua se derretían como helado. Con él supe por primera vez que los besos tienen alma, que tenían color.

Él, con su naturaleza bondadosa y amorosa de delfín pequeño, logró atrapar el corazón de esta chica salvaje y desenfrenada. Lo demás, como los chillidos, la explosión de placer, la sensación de vacío, el orgasmo, de pronto perdieron importancia.

Milan Kundera, en *La insoportable levedad del ser*, hace una afirmación muy acertada sobre el amor: "Hacer el amor con una mujer y dormir con una mujer son dos sentimientos muy distintos, el primero es deseo, goce pleno de los sentidos, lo segundo es amor, sumergirse uno en el otro como en la espuma".

Nunca me imaginé que esto me podía ocurrir a mí; sin embargo, los acontecimientos en cadena que luego vinieron y la aparición de otro hombre en mi vida fueron una evidencia irrefutable de la situación.

Las nueve de la mañana, salimos de la cama, él se sumergió en la gran bañera y yo me fumé el primer cigarrillo Siete Estrellas de la jornada, en la pequeña cocina hervía la sopa de arroz, los huevos y la leche. Afuera de la ventana brillaba una luz dorada, las mañanas de verano están llenas de sentido poético, parecen miel derretida. Relajada, escuchaba el ruido del agua en la bañera.

—¿Vienes conmigo al Lüdi? —Con una taza de leche en la mano entré en el baño lleno de vapor.

Cerró los ojos como pez y estornudó:

—Cocó, tengo una idea —dijo en voz baja.

—¿Qué idea? —le ofrecí la taza, no la agarró, sorbió un poco directamente.

—¿Dejarías el trabajo de la cafetería?

—¿Y qué voy a hacer?

—Tenemos suficiente dinero, no tienes que salir a ganártelo, quédate a escribir. —Parecía que hubiera cocinado esta idea por mucho tiempo, él quería que yo escribiera una novela impresionante, que sacudiera el mundo literario. —Ahora en las librerías no hay casi nada que valga la pena, por todos lados sólo hay historias falsas que decepcionan.

—Esta bien —dije—. Pero no ahora, aún quiero trabajar un tiempo, en la cafetería puedo ver gente muy interesante.

—Como quieras —refunfuñó, ésa era su manera de expresar que había oído, que estaba conforme y no pensaba decir más.

Desayunamos juntos, luego me vestí y me maquillé, caminé por el departamento como una belleza matutina incitante, finalmente encontré mi cartera de leopardo. Estaba a punto de salir, él sentado en el sillón con un libro en la mano, me miró de reojo.

—Te llamaré por teléfono —dijo.

En la ciudad era la hora pico. Los autos y los transeúntes se entretejían, se cruzaban y fluían como un torrente por un cañón, donde se mezclan deseos invisibles e innumerables secretos. El sol brillaba en la calle. Los rascacielos, ese invento loco del hombre, como las escamas de un pez, se elevan entre el cielo y la tierra a ambos lados de la calle. Y como polvo flota en el aire la insignificante cotidianidad, la esencia de la monotonía de la era industrial.

II

La ciudad de los rascacielos

> Los rascacielos se elevan ante mis ojos, los rayos del
> sol se asoman a través de sus estructuras. Miro todo
> Nueva York que desde Harlem hasta Battery se ex-
> playa ante mis ojos. Miro las calles congestionadas
> por masas que parecen hormigas. Miro los vagones
> correr sobre sus rieles. Miro la gente fluir saliendo de
> los teatros. Levemente recuerdo que no sé cómo es-
> tá mi mujer.
>
> HENRY MILLER, *Trópico de Cáncer*

A las tres y media de la tarde el Lüdi estaba vacío. Un
rayo de sol pasaba a través de las hojas de un árbol fénix
sobre la acera y penetraba en la habitación. Un polvo
oscuro flotaba en el aire. Las revistas de moda sobre la
barra y el jazz en el equipo de música daban al ambiente un aire extraño, como de residuo de los años treinta,
restos del desenfreno.

Estaba parada detrás de la barra sin nada qué hacer.
Cuando no había clientes la cafetería era aburrida.

El viejo Yang, el gerente, dormía la siesta en el cuar-
tito de al lado. Era pariente del patrón y día y noche
se dedicaba a cuidar sus cuentas y a vigilarnos a nosotros los empleados.

Mi compañero, la Araña, aprovechó la oportunidad
para recorrer los negocios de computación de la calle en
búsqueda de piezas y partes baratas. Era un joven des-
carriado decidido a ser un superhacker. Se puede decir

14

que era mi medio compañero de estudios de la Universidad Fudan, con un coeficiente intelectual de ciento cincuenta, pero no pudo terminar la carrera de computación; las causas fueron sus múltiples ataques a los portales de Internet de Shangai, con la astucia de un loco usaba cuentas ajenas, por supuesto robadas, para navegar por la red.

Yo, una periodista sin futuro, y él, un delincuente cibernético famoso, de meseros en una cafetería, qué panorama. Era, sin lugar a dudas, un chiste de la vida. Lugar equivocado, ángulo equivocado, y sin embargo estábamos entretejidos en el centro del remolino de un sueño juvenil. La civilización de la era industrial nos había marcado con sus orines, había contaminado nuestros cuerpos, nuestro espíritu tampoco podía salvarse.

Empecé a juguetear con un gran ramo de lirios perfumados, mezclando en el agua las hermosas flores blancas, de manera sorpresivamente tierna. Mi amor por las flores me hacía una mujer irremediablemente corriente, pero yo sabía que un día compararía mi imagen en el espejo con la de una flor envenenada. Además, en mi cacareada novela revelaré el verdadero rostro de la humanidad, su violencia, su refinamiento, su erotismo, su exaltación, sus enigmas, sus máquinas, su poder y su muerte.

El viejo teléfono de disco sonó irritante. Era Tiantian. Prácticamente a diario a la misma hora recibía su llamada. Justo cuando ambos sentíamos aburrimiento en nuestros respectivos espacios. Con un tono imperativo y a la vez cálido me dijo:

—A la misma hora, en el mismo lugar, te espero para cenar juntos.

Caía la tarde, me saqué el uniforme de trabajo, una blusa corta de seda y una minifalda. Me puse mis jeans ajustados y con la cartera en la mano salí lentamente de la cafetería.

Era la hora en que se encienden las luces de la calle, los anuncios de los negocios brillaban como oro molido. Caminé por la avenida ancha y sólida fundiéndome con los miles de caminantes bien vestidos y los autos que pasaban, como una vía láctea fluyendo entre la gente. Comenzaba la hora más emocionante de la ciudad.

El restaurante Cotton Club estaba en el cruce de las calles Huaihai y Fuxing. Esta parte se parecía a la Quinta Avenida de Nueva York o a Champs-Elysées de París. A lo lejos, una construcción de dos pisos de estilo francés exudaba una superioridad arrogante. Los que salían y entraban eran extranjeros de mirada turbia y exuberantes bellezas asiáticas con poca ropa encima. Un anuncio azulado parecía la descripción de Henry Miller acerca de los chancros sifilíticos. Justo porque me gustaba esa sarcástica e inteligente comparación, Tiantian y yo frecuentábamos ese lugar. (Miller, además de escribir *Trópico de Cáncer*, vivió ochenta y nueve años y tuvo cinco esposas, no tenía dinero pero supo arreglárselas. Siempre lo he considerado mi padre espiritual.)

Empujé la puerta, eché un vistazo a todo el lugar y vi a Tiantian sentado cómodamente, saludándome con la mano. Lo que me sacó de onda fue ver a su lado a una elegante dama. Una sola mirada me bastó para distinguir su peluca de aspecto natural pero patética. Vestida completamente de negro, tenía la cara llena de maquillaje y sombras doradas y plateadas, parecía que acababa de regresar de un viaje fantástico hacía algún planeta lejano, irradiaba una energía sobrenatural.

—Ella es Madonna, mi compañera de primaria. —Tiantian señalaba a esa mujer extraña y por temor de no haber atraído suficientemente mi atención añadió: —También ha sido mi única amiga en Shangai en todos estos años. —Luego me presentó a mí: —Ella es Nike, mi novia. —Al terminar, con mucha naturalidad tomó mi mano y la colocó sobre su rodilla.

Asentimos mutuamente con la cabeza esbozando una leve sonrisa y, como ambas éramos amigas de Tiantian, nos embargó una sensación de confianza y simpatía. Cuando la mujer abrió la boca me espanté.

—Muchas veces Tiantian me ha hablado de ti, cuando habla de ti está horas en el teléfono, te quiere tanto que me dan celos. —Se reía mientras hablaba, con una voz profunda y rasposa que parecía la de una anciana encerrada en un tenebroso castillo de una novela de suspenso.

Miré a Tiantian, quien pretendía simular que no había pasado tal cosa.

—A él le encanta hablar por teléfono, con lo que pagamos de teléfono podríamos comprar mensualmente un televisor color de treinta y una pulgadas.

Lo dije sin pensar y luego me arrepentí por la falta de clase de mi comentario, todo lo relaciono con el dinero.

—He oído que eres escritora —dijo Madonna.

—Bueno, hace mucho que no escribo nada, y en realidad… no me considero una escritora. —Me dio un poco de pena, con el puro entusiasmo no es suficiente, además no tengo aspecto de escritora.

De pronto Tiantian comentó:

—Cocó ya publicó una colección de cuentos, buenísimos por cierto, tiene una enorme capacidad de observación, es muy aguda. Estoy seguro de que será famosa.

Hablaba con tranquilidad pero no podía esconder su admiración.

—Ahora soy moza en una cafetería —dije la verdad—. ¿Y tú? Pareces actriz.

—¿Tiantian no te ha dicho? —Su cara mostró cierta duda, como midiendo mi reacción. —Fui *mami** en Guangzhou, después me casé, luego mi esposo murió dejándome una jugosa cuenta bancaria, ahora sólo me dedico a disfrutar la vida.

Asentí con la cabeza, tratando de no mostrar mi estupor, pero en el fondo de mí apareció un enorme signo de admiración. ¡Lo que tenía enfrente era una rica *madam* muy bien cotizada! De pronto entendí a qué se debía su aire de cansancio y su mirada penetrante de mujer de muchas batallas.

Dejamos la charla por un momento. Trajeron lo que Tiantian ya había ordenado. Todos los platos eran de mi gusto.

—Puedes ordenar lo que gustes —le dijo a Madonna. Ella asintió con la cabeza.

—En realidad mi estómago es muy pequeño —dijo formando un círculo del tamaño de un puño con ambas manos—. Para mí el anochecer es el principio del día. Lo que para los demás es cena, para mí es desayuno, por eso no como mucho. Esta vida desordenada ha convertido mi cuerpo en un gran basurero.

—Lo que me gusta de ti es que eres un basurero —dijo Tiantian.

Yo comía y la observaba. Sólo una mujer llena de historias podía tener esa cara.

—Cuando tengas tiempo, ven a mi casa. Podemos cantar, bailar, jugar cartas, beber, además podrás conocer gente extravagante. Hace poco remodelé mi departamento. Gasté más de medio millón de dólares de Hong Kong en la iluminación y el sonido. El ambiente es mucho mejor que en la mayoría de los centros nocturnos de Shangai. —Mientras lo decía su cara no reflejaba nada.

Sonó el celular en su cartera, lo tomó y con voz suave y sensual dijo:

—¿Dónde estás? Creo que estás en la casa del viejo Wu. Un día vas a morir en la mesa de *mahjong*. Ahora estoy cenando con unos amigos. Háblame a las doce de la noche. —Reía, un destello de coquetería iluminaba sus ojos.

—Es mi nuevo novio —dijo mientras apagaba el teléfono—, es un pintor loco, la próxima vez se los presento. Los jóvenes de ahora de veras que saben hablar. Hace un momento me decía que quería morir en mi cama —nuevamente sonrió—; a quién le importa si es cierto o falso, con que sepan divertir a esta vieja es más que suficiente.

Tiantian, sin escuchar ni interferir en la conversación, hojeaba el diario vespertino *Pueblo nuevo*. Ése era su único contacto con la realidad que lo rodeaba, era lo que le recordaba que aún vivía en esta ciudad. Yo me sentía un poco incómoda con las confesiones de Madonna.

—¡Eres adorable! —dijo Madonna mientras observaba mi cara—. No sólo eres femenina sino que tienes ese aire altivo y distante que tanto atrae a los hombres. Desgraciadamente ya estoy fuera de circulación, de lo contrario hubiera hecho de ti la chica más cotizada.

Sin esperar mi reacción, estalló en risas.

—Perdón, discúlpame, es sólo una broma. —Sus ojos bajo la luz se movían con gran rapidez, reflejando una tremenda fuerza espiritual. Me hizo recordar a los grandes genios, tan inteligentes y tan cerca de la locura.

—No digas tonterías, yo soy muy celoso —dijo Tiantian y levantando la cabeza del periódico me miró cariñosamente. Puso una mano alrededor de mi cintura. Nosotros siempre nos sentábamos uno al lado del otro, como hermanos siameses, aunque no sea muy apropiado en algunos lugares sofisticados.

Sonreí levemente mientras miraba a Madonna.

—Tú también eres muy hermosa, tienes una belleza de otro tipo, no de la falsa sino de la verdadera.

Nos despedimos en la puerta del Cotton Club. Cuando me abrazó me dijo:

—Querida, tengo muchas historias que contarte, por si quieres escribir un best-seller.

Después abrazó a Tiantian muy cariñosamente y le dijo:

—Adiós, mi pequeño inútil —así lo llamaba—, cuida a tu amada, el amor es lo más poderoso de este mundo, puede hacerte volar, olvidar todo, alguien tan indefenso como tú sin amor se perdería rápidamente. Te llamaré luego.

Nos mandó un beso al aire mientras subía al Santana 2000 blanco estacionado en la acera. Desapareció en su coche inmediatamente.

Sus palabras me daban vueltas en la cabeza, en esas frases estaban escondidos pedazos de sabiduría, más brillantes que los destellos de la noche, más verdaderos que la verdad. El beso que nos mandó aún flotaba en el aire, oloroso y salvaje.

—Es una auténtica loca —dijo Tiantian alegremente—, pero es maravillosa, ¿no? Antes, para evitar que hiciera tonterías solo en mi habitación, venía a media noche y volábamos por la autopista. Tomábamos mucho, fumábamos marihuana y así, *high,* flotábamos hasta el amanecer. Después te encontré a ti, todo se arregló de repente, tú no eres como nosotros, somos dos estilos muy distintos, tú posees un enorme espíritu de lucha, crees en el futuro, tú y tu espíritu vigoroso me dan razón para vivir, ¿me crees? Yo nunca miento.

—Tonto —le di un pellizco en la nalga.

—¡Tú también eres una loca! —gritó de dolor.

Para Tiantian la gente anormal, especialmente los locos, de los manicomios, era digna de admiración. Los locos, sólo por tener una inteligencia extraordinaria, que la sociedad no comprende, son considerados locos. Él pensaba que las cosas bellas sólo lo son en su relación con la muerte, con la desesperación o con el crimen. Por ejemplo, Dostoievski sufría de epilepsia, Van Gogh se cortó una oreja, Dalí era impotente, Allen Ginsberg era homosexual, o todos esos norteamericanos que durante la guerra fría de los años cincuenta fueron encerrados en el manicomio por sospechar que eran comunistas, como la señorita Frances Farmer, la actriz de cine a quien le hicieron la lobotomía. Gavin Friday, el cantante pop irlandés, todo el tiempo andaba con una gruesa capa de maquillaje brillante; Henry Miller en sus tiempos de gran pobreza deambulaba frente a los restaurantes para conseguir un pedazo de carne y pedía limosna bajo los faroles de la calle esperando conseguir diez centavos para el metro. Eran como hierba silvestre llena de vida, que sin embargo nace y muere sola.

La luz de la noche era pálida y tierna.

Abrazados, Tiantian y yo, caminamos por la limpia avenida Huaihai. Las luces, las sombras de los árboles, los techos estilo gótico de los almacenes Printemps y los paseantes vestidos con ropa otoñal, flotaban livianos en la palidez de la noche. Se sentía ese ambiente delicado y elegante propio de Shangai.

Yo respiraba esos efluvios invisibles como degustando un licor de jade o de rubí. Traté de liberarme de ese rechazo por el mundo propio de la juventud, para permitirme ingresar en las entrañas de la ciudad como un gusano penetra el corazón de una gran manzana.

Estas imágenes me subieron el ánimo, tomé a mi amado Tiantian y empezamos a bailar sobre la acera.

—Tu espíritu romántico surge de improviso y es expansivo como la peritonitis aguda —me susurró Tiantian. Algunos peatones nos miraban sorprendidos.

—Ésta se llama *Despacio hacia París*, es la canción de fox-trot que más me gusta —dije con seriedad.

Caminamos lentamente hacia el Bund*. En la profundidad de la noche ese lugar se convertía en un paraíso silencioso. Nos subimos al techo del Hotel de la Paz. Conocíamos un pasadizo secreto, entramos por un ventanal bajo en el baño de mujeres y luego tomamos un pasillo al final de la escalera de incendios. Habíamos subido muchas veces sin ser descubiertos.

Parados en el techo, contemplamos las luces de los edificios a ambas orillas de las aguas del río Huangpu y particularmente la torre Perla de Oriente, la primera de

Asia, el símbolo que muchos veneran en esta ciudad, que no es más que un largo pene de acero apuntando hacia el cielo, una prueba irrefutable del culto de esta ciudad a la reproducción. Los barcos, las olas, el pasto oscuro, las deslumbrantes luces de neón, las construcciones impresionantes. Estas creaciones y el brillo de la civilización material son los estimulantes que usa la ciudad para autoembriagarse. Todo eso nada tiene que ver con la vida particular de los individuos. Un accidente automovilístico o una enfermedad mortal acaba con nosotros, pero la sombra espléndida e irresistible de la ciudad gira interminablemente como un cuerpo celeste, por toda la eternidad.

Al pensar en eso me sentí minúscula como una hormiga.

Estos pensamientos no nos impedían estar parados en el techo de ese edificio repleto de historia. Observando la ciudad y escuchando los débiles sonidos de la orquesta de jazz que tocaba en el hotel, hablábamos de nuestros sentimientos, de nuestro amor. Acariciada por el viento húmedo que soplaba desde el río Huang-pu, disfruté de quitarme la ropa y quedarme en bombacha y corpiño. Seguramente tengo debilidad por la ropa interior, o estoy enamorada de mí misma o soy una exhibicionista irredenta. Lo único que quería era poder despertar el deseo sexual de Tiantian.

—No hagas eso —decía Tiantian con amargura mientras volteaba la cabeza hacia el otro lado.

Pero yo seguía quitándome la ropa, como una nudista profesional. Pequeñas flores azules ardían sobre mi piel, una sensación sutil me impedía ver mi propia belleza, mi naturaleza, mi personalidad. Todo lo que hacía era sólo para crear una leyenda extraña, la leyenda de mí y el hombre que amo.

El joven sentado junto a la baranda, triste, confundido, con una mezcla de frustración y agradecimiento, miraba a la muchacha bailar bajo la luz de la luna. Su cuerpo brillaba como las plumas de un cisne y se movía con la fuerza de un leopardo. Sus movimientos eran los de una batalla felina, estilizadas contorsiones que invocaban la locura.

—Inténtalo, penétrame, como un verdadero amante, mi amor, inténtalo.

—No puedo, no voy a lograrlo —dijo él encogiéndose.

—No hay modo, entonces me voy a tirar —dijo la joven mientras tomaba la baranda simulando querer subir. Él la abrazó, la besó. El deseo roto en mil pedazos no encontraba salida. La ilusión creada por el amor no se podía consumar en la carne, los espíritus malignos derrotaron y expulsaron a los espíritus del gozo, y nuestros cuerpos fueron cubiertos y nuestras gargantas sofocadas por el polvo de la derrota.

Tres de la madrugada. Acurrucada en mi cómoda y amplia cama observaba a Tiantian. Estaba dormido o pretendía estarlo. En el cuarto había un silencio particular. Su autorretrato colgaba encima del piano. Era una cara perfecta. ¿Quién podía resistirse a amar esa cara? Ese amor espiritual no cesaba de desgarrar nuestras carnes.

Muchas veces, al lado de mi amado, poso mis dedos finos en mi sexo y vuelo hasta los confines del orgasmo. En mi mente llevo por siempre la sombra del crimen y del castigo.

III

Tuve un sueño

Las chicas buenas van al paraíso,
las malas se convierten en almas errantes.

JIM STEIMAN

Cuando una mujer elige la profesión de escribir la
mayoría de las veces es para ocupar un lugar en
una sociedad regida por hombres.

ERICA JONG

¿Qué tipo de persona soy yo? Para mis padres soy odio-
sa, mal agradecida (a los cinco años ya me aventuraba a la
calle con un chupetín dulce en la mano); para mis maestros, el jefe editorial de la revista o mis colegas soy una
mujer inexplicablemente inteligente (experta en la profesión, de carácter inestable, que con sólo ver el inicio de una
novela o un cuento ya sabe el final); para los hombres soy
una hermosa flor primaveral (tengo un par de ojos grandes como las mujeres de las caricaturas japonesas y un
cuello largo como el de Cocó Chanel). Y ante mí misma,
soy una chica bastante corriente que tal vez un día se convierta en una famosa mujer difícil de destronar.

Mi bisabuela cuando vivía siempre decía: "El destino del hombre es como la cola de un barrilete, un extremo está en el suelo y el otro en el cielo, así que en el
cielo o en el suelo nadie escapa de su destino". También
decía: "El hombre es como el pasto de tres temporadas,
nunca sabes cuál temporada fue mejor".

Era una anciana diminuta de cabellos blancos como la nieve, todo el día sentada en una mecedora, parecía una bola de hilo blanco. Se decía que ella tenía habilidades extraordinarias. En una ocasión adivinó con mucha exactitud un temblor de tierra de tres grados en 1987 en Shangai y también con exactitud tres días antes de morir les informó a todos en la casa su fecha de muerte. Hasta hoy, su fotografía cuelga en la pared de la casa de mis padres, ellos piensan que ella aún protege a toda la familia. También fue mi abuela quien predijo que yo me convertiría en una escritora talentosa, que la estrella de las artes y las letras brillaba sobre mi cabeza, que la tinta negra llenaba mi vientre y que yo finalmente iba a sobresalir.

En la universidad constantemente escribía cartas para mis amores secretos, era tanta la pasión con que escribía esas cartas que yo estaba casi segura de que tendría éxito. Los relatos que escribía en la editorial parecían novelas por sus tramas enredadas y hermoso lenguaje, la verdad se confundía con la mentira y la mentira parecía verdad.

Cuando finalmente me di cuenta de que todo lo que había hecho no era más que desperdiciar mi talento literario, renuncié a ese trabajo bien remunerado, y en consecuencia mis padres se decepcionaron de mí. En aquel entonces mi padre había movido cielo y tierra para encontrarme ese trabajo.

—¿Realmente eres esa pequeña niña que yo parí? ¿Por qué siempre te crecen cuernos en la cabeza y espinas en los pies? Dime, ¿para qué todos estos esfuerzos inútiles? —decía mi madre. Ella es una mujer dulce y frágil, se pasó toda su vida remendando las camisas de su marido y buscando la felicidad para su hija. Ella no puede aceptar las relaciones sexuales antes del matrimonio y de ninguna manera puede tolerar que las niñas usen remeras ajustadas sin sostén y se les marquen los pezones.

—Un día te darás cuenta de que lo más importante en la vida es la estabilidad y la tranquilidad. Zhang Ailing* también solía decir que la estabilidad es la base de la vida —decía mi padre. Sabía que me gustaba Zhang Ailing. Mi padre es un gordito profesor de historia en la universidad, le gusta fumar puros y también disfruta conversar con los jóvenes. Él es de modales refinados y mostró debilidad por mí desde que yo era pequeña. Ya a mis tres años cultivaba mis gustos musicales con óperas como *La Bohème*. Siempre se preocupaba de que cuando creciera un hombre malo me iba a engañar y me iba a atrapar, decía que yo era el tesoro más apreciado en su vida, que yo tenía que tratar a los hombres con seriedad y prudencia, que no debía verter lágrimas por ellos.

—Nosotros pensamos muy diferente, una brecha enorme nos separa, vamos a respetarnos mutuamente, no hay que pelear, no vale la pena discutir. Tengo veinticinco años y quiero ser escritora. Aunque esta profesión ya pasó de moda haré que recupere su brillo —decía yo.

Cuando conocí a Tiantian decidí irme de casa. En la familia hubo una tormenta capaz de remover al Océano Pacífico.

—Contigo no hay remedio. Si haces bien o mal, el tiempo te lo dirá, parece como si yo nunca te hubiera criado —decía mi madre sumida en la confusión, con el rostro desencajado como si hubiera sido golpeada.

—Hieres a tu madre —decía mi padre—, yo también estoy desolado, una niña como tú al final va a sufrir, según tus propias palabras la familia de ese joven es rara, su padre murió en circunstancias inexplicables, ¿quién sabe si él es normal, si es una persona de fiar?

—Créanme, sé lo que hago —decía yo. Rápidamente agarré mi cepillo de dientes, algo de ropa, una caja de libros, unos discos y me fui.

En el piso frente al equipo de música los rayos del sol como ámbar se esparcían, como whisky regado. Después de que un grupo de norteamericanos impecablemente vestidos salieron, la cafetería recuperó su tranquilidad. El viejo Yang hacía llamadas telefónicas en su dormitorio. La Araña, recostado perezosamente contra la ventana, comía los restos de una galleta de chocolate que había dejado algún cliente (siempre hacía eso, así expresaba su capacidad animal de supervivencia). Fuera de la ventana estaba la calle sembrada de árboles fénix, la ciudad en verano era verde y luminosa como en las películas europeas.

—Cocó, ¿qué haces cuando estás aburrida? —preguntó la Araña.

—Cuando estoy aburrida naturalmente no hago nada, ¿qué podría hacer? —dije yo—. Como ahora, por ejemplo.

—Ayer por la noche estaba aburrido y me metí a chatear en la red, chateé con diez personas a la vez. —Noté sus ojos negros semiovalados como dos cucharas pegadas en la cara. —Conocí a una persona de nombre Mei, me dio la impresión de que no era uno de esos hombres que se hacen pasar por mujer. Dijo que era muy bonita y además virgen.

—En estos tiempos hasta las vírgenes son avispadas, ¿acaso no lo sabes? —Me reí, una chica que diga eso no tiene mucho pudor.

—Siento que esa Mei es muy *cool*. —Él no reía. —Ahora me doy cuenta de que nuestros ideales son terriblemente parecidos. Los dos queremos a toda costa ganar mucho dinero de una sola vez y luego rodar por el mundo.

Al oír eso me parecieron la pareja de actores de *Asesinos por naturaleza*. Curiosa, pregunté:

—¿Y cómo ganarían el dinero?

—Asaltando tiendas, robando Bancos, haciendo de puta o de gigoló, como sea —decía él mitad en broma y mitad en serio.

—Tengo una idea —se acercó y susurró algo en mi oído.

Me espanté mucho.

—No, eso no, estás loco —yo movía sin parar la cabeza. Este bastardo quería que robáramos juntos el dinero del negocio. Había observado que el viejo Yang todas las noches guardaba el dinero en una pequeña caja de seguridad, allí juntaba el dinero que llevaba una vez al mes al Banco. Él tenía un amigo experto en abrir todo tipo de cajas de seguridad. Su plan consistía en traerlo, tomar el dinero y luego escurrirnos; claro, después había que hacer parecer que fueron unos ladrones desconocidos los que se habían llevado el dinero.

Ya había escogido la fecha. El siguiente martes iba a ser su cumpleaños, justo ese día a los dos nos tocaba el turno de la noche. Con el pretexto de festejar su cumpleaños, invitaría al viejo Yang a beber, lo emborracharía hasta desmayarlo y listo.

Las palabras de la Araña me pusieron nerviosa hasta el punto de darme gastritis:

—Ni lo sueñes, olvídalo, sácate eso de la cabeza, oye, ¿no será idea de la Mei esa?

—¡Shh! —Me indicó que el viejo Yang ya había terminado de hablar por teléfono y se dirigía hacia nosotros. Cerré bien fuerte la boca por temor a que se me escapara algo sobre el asunto.

La puerta se abrió y vi entrar a Tiantian. Sentí el estómago calentito. Vestía una camisa gris y pantalón de pana negro, en la mano llevaba un libro, su cabello un poco largo y un poco desordenado, sus ojos un poco miopes y un poco húmedos, sus labios un poco fríos y un poco sonrientes, ésa era la apariencia típica de mi dulce amado.

—Llegó el esposo, llegó la felicidad —dijo el viejo Yang, en su dialecto de Shangai con acento *pingtan*, aprovechando la oportunidad para bromear. Él en realidad era un hombre bueno, amable y sencillo.

Tiantian se cohibió por ese comentario. Le llevé un capuchino y suavemente apreté su mano.

—Aún faltan cuarenta y cinco minutos, te esperaré —dijo en voz baja mientras miraba el reloj.

"La Araña seguramente se ha vuelto loco de tanto pensar en el dinero…", me dije enojada. En la pared de enfrente se proyectaba la sombra de mis brazos bastante agitados. Una vela se consumía encima de la mesita redonda en la que Tiantian y yo nos sentamos a jugar.

"Una persona brillante que empieza a cultivar la idea de un crimen es peor que un perro rabioso. Puede robar Bancos con una computadora, destruir aviones y barcos con una bomba, matar con un cuchillo invisible, provocar pestes y tragedias. Si en 1999 llega el fin del mundo estoy segura de que será por culpa de esos especímenes raros."

—Perdiste, yo tengo tres y voy por cuatro —me dijo Tiantian con seriedad señalando el tablero.

—La inteligencia es un tipo de don, la locura es un tipo de habilidad, pero si no se usan bien traen problemas. —Mi deseo por decir discursos apenas calentaba motores. —Al final el inteligente puede caer en dificultades mucho más graves que el tonto. Últimamente siento que el Lüdi tiene una atmósfera demasiado tranquila, hasta se oye el sonido de un parpadeo, es porque se trama algo oscuro. Tengo malos presentimientos.

—Entonces sal de allí, dedícate a escribir en casa —dijo Tiantian con sencillez.

Siempre que me decía que "regrese a casa", lo hacía con tanta naturalidad. Ese espacio de tres dormitorios y una sala, oloroso a fruta pasada, a colillas de cigarro, a perfume francés, a alcohol, lleno de libros y música, repleto de ilusiones inalcanzables, estaba adherido a mi cuerpo como una niebla de bosque encantado, que la sacudes y no se va, flota y ondea. Era en realidad más predestinado que un hogar, era el espacio más verdadero. No tenía nada que ver con los lazos sanguíneos, pero sí tenía una íntima relación con el amor, el alma, el goce, el sexto sentido, las reglas de la seducción, el vuelo sin meta y cosas por el estilo.

Regresa a casa, llegó la hora de la verdad. Empieza a escribir, es el final de las fantasías y el viaje del deseo. Utiliza la técnica correcta para describir y escribe una bella novela, el comienzo, el desarrollo, el clímax y el final del relato, aplica tu ingenio, deja que exploten tus sentimientos tal como cuando el mejor cantante del mundo canta a toda voz en la cima del mundo.

Un par de manos dibujaban estas ideas en mi mente. Tiantian quería que le prometiera que al día siguiente iba a llamar por teléfono al viejo Yang para renunciar.

—Está bien —dije. Renunciar a un trabajo, separarme de alguien, perder algo, estas sensaciones de abandono, para una chica como yo, son casi habilidades innatas, tan fáciles como dar vuelta la palma de la mano. Volar de un objetivo a otro, estar siempre en movimiento, mantener la vitalidad.

—Desde que te vi por primera vez en el Lüdi, sentí que tenías madera de escritora —Tiantian incitaba mi vanidad—, la expresión de tus ojos es compleja, hablas con mucho sentimiento, siempre observas a los clientes de la cafetería, una vez te oí hablar con la Araña sobre el existencialismo y la brujería.

Lo abracé con cariño, sus palabras eran un apoyo que ningún otro hombre me podía dar. Siempre era así. Al oír su voz, al ver sus ojos y sus labios sentía una ola cálida en la parte inferior de mi cuerpo, inmediatamente me humedecí.

—¿Qué más? Dime más, quiero oírte —besaba el lóbulo de su oreja mientras le suplicaba.

—Bueno… eres totalmente insondable, tal vez todos los que tienen madera de escritores tienen doble personalidad, es decir, no son muy de fiar.

—¿Qué te preocupa? —dije sorprendida mientras apartaba mis labios de su oreja. Tiantian movió la cabeza.

—Te amo —decía mientras me abrazaba y ponía la cabeza en mi hombro. Podía sentir que sus pestañas temblaban ligeramente en mi cuello y se apropió de mí una ternura aterciopelada. Sus manos se posaron sobre mi cintura, las mías sobre sus nalgas, estábamos parados uno frente al otro, viendo el espejo de nuestra propia imagen, el reflejo en la superficie del agua.

La sombra de la noche desvanecía los colores de nuestra piel. Él dormía, sobre la cama su cuerpo formaba una S, yo lo abrazaba por la espalda, aturdida. Sí, su calor y su fragilidad me atrapaban incomprensiblemente. Sentía cierto grado de responsabilidad hacía él, pero también me sentía perdida, como en un sueño.

En realidad, cuando llegó el día del cumpleaños de la Araña no pasó nada en el Lüdi, no llegó el ladrón profesional, la caja fuerte no desapareció, no hubo complot y ni siquiera una mosca llegó a molestar.

El viejo Yang, como siempre, con su corazón ancho y su cuerpo gordito contaba el dinero, supervisaba el trabajo, hablaba por teléfono y dormía la siesta. La nueva moza en el trabajo era tan buena como yo, y la Araña al poco tiempo también se fue con sus malas intenciones, sin dejar huella, como una burbuja de aire que se evapora.

Desde entonces me dediqué a la escritura. El largo y tortuoso camino de una escritora estaba ante mí y no tenía tiempo para otra cosa. La tarea esencial era establecer la sintonía con mi alma y, en una tranquilidad de hospital psiquiátrico, esperar pacientemente que llegaran las historias y los personajes. Tiantian, como un capataz, me miraba durante todo el día, me incitaba a usar los poderes de los magos para escribir un libro mágico. A su vez, eso se convirtió en el centro de su vida.

De pronto descubrió que le encantaba ir de compras. Nos parecíamos a los de la generación de nuestros padres, empujando un carrito y eligiendo con sumo cuidado los alimentos y los artículos de uso diario. Los nutricionistas dicen: "no hay que comer chocolate ni pochoclo", pero era justo el tipo de cosas que a nosotros nos gustaba.

En la casa yo mantenía las hojas de papel blancas como la nieve y de vez en cuando me miraba en el espejo para ver si mi cara reflejaba la sabiduría y la categoría de una escritora. Tiantian caminaba sigiloso por la casa, me servía refresco de la marca Sandeli, me preparaba ensalada de frutas con aderezo Selección de Mamá y me revitalizaba con chocolate negro de la marca Dove, ponía música que estimulaba un poco sin dispersar la concentración, ajustaba la temperatura y la humedad en el aire acondicionado; en el enorme escritorio había más de diez paquetes de cigarrillos Siete Estrellas apilados en orden como una pared, además había libros y montañas de hojas. No sabía usar la computadora y no pensaba aprender.

Ya he pensado en una sucesión de títulos, la obra debe ser profunda en su interior y en el exterior tener la atracción de un best-seller.

Mi intuición me decía que debía escribir sobre la Shangai de este fin de siglo, sobre esta ciudad de placeres, que despide olor a gozos, que engendra nuevos seres humanos, que llena las calles y los puertos de los sentimientos vulgares, tristes y los secretos que ella exuda. Ésta es una ciudad única en el Oriente, desde los años treinta es el punto del encuentro entre Oriente y Occidente, es la cultura en evolución. Ahora entró en la segunda ola de occidentalización. Tiantian siempre usa la palabra en inglés "post colonial" para describir ese proceso. Los clientes de Lüdi, cuando hablan diferentes idiomas, me hacen recordar aquellos elegantes y hermosos salones de lectura, espacios de intercambio que súbitamente te llevan a un viaje transnacional.

Cuando escribía un párrafo que me gustaba, llena de emoción se lo leía a Tiantian.

—Cocó querida, ya decía yo que tú puedes, no eres como los demás, tu puedes construir otro mundo con la pluma, aún más verdadero que el que vivimos... —Tomaba mi mano y la ponía sobre el lado izquierdo de su pecho, yo sentía el ritmo de su corazón. —Te aseguro que esto te va a dar inspiración ilimitada. —Cada vez que llegaba me traía regalos sorpresa, como si gastar el dinero en cositas bellas e inútiles le proporcionara gran satisfacción. Pero yo sólo lo quería a él, ¿cuándo llegaría el día en el que me diera su cuerpo como regalo?

Mientras más profundos son los sentimientos, más duele la carne.

Una noche tuve un sueño erótico. Yo estaba desnuda abrazada con un hombre con los ojos vendados, nuestros miembros estaban entrelazados como los tentáculos suaves de un pulpo, abrazados bailábamos. Los vellos sedosos con reflejos dorados del hombre me hacían sentir un hormigueo por todo el cuerpo. Justo después que mi canción preferida de *acid jazz* se terminó me desperté.

Me avergoncé de haber tenido ese sueño y luego me pregunté: "¿Qué presentimientos tendrá Tiantian? Él está más preocupado que yo sobre mi escritura. Casi me inclino a pensar que la escritura es como un potente afrodisíaco que alimenta nuestro amor inexplicable y sin lugar a duda limitado. ¿Acaso tiene una misión o es portador de una bendición divina? O tal vez es al contrario, quién sabe. El hombre siempre tiene que optar, para bien o para mal".

Pensando en eso me di vuelta y abracé a Tiantian. Despertó de inmediato. Sintió la humedad de mi cara y sin preguntar ni decir nada, con una mano comenzó a acariciar mi cuerpo. Nadie le enseñó cómo, él simplemente sabía cómo hacerme volar como espada que corta el espacio, como alma que vuela y espíritu que se dispersa, sin llanto, sin decir adiós, sólo pensé en volar, volar hasta el otro extremo de la noche. La vida es como un corto sueño primaveral, no hay razón para no entregarse a la embriaguez.

IV

El seductor

Vengo de Berlín, tu amor se me aparece, la proxi-
midad de la noche me lleva a tus brazos, mi amor,
así emprendemos el vuelo.

BERTOLT BRECHT

Madonna nos invitó a una velada nostálgica con el tema "Retorno a la avenida Joffre". El lugar de la fiesta era
el último piso de un edificio en la esquina de las aveni-
das Huaihai y Yadang. La avenida Joffre en los años
treinta, que ahora se llama Huaihai, era un símbolo del
viejo sueño occidental. En el ambiente neocolonial de
este fin de siglo se la relaciona con esos años domina-
dos por el *qipao**, los anuncios publicitarios de época,
los *rickshaw*** y el jazz, y atrae de nuevo la atención como una mariposa prendida al corazón nostálgico de
Shangai.

Aquel día Tiantian no estaba de buen humor, aun así
me acompañó. He dicho que en muchas situaciones somos como siameses, uno es sombra del otro.

Yo iba vestida con *qipao* y él llevaba el traje tradicional, ambos hechos a la medida. Entramos en el ascensor, cuando se oyó una voz: "¡Esperen por favor!".
Tiantian con la mano detuvo la puerta a punto de cerrar. Un occidental alto con pasos grandes entró y junto con él una aureola perfumada de Calvin Klein.

Una lámpara mortecina iluminaba nuestras cabezas,
dos hombres parados a mi lado, uno a la derecha y el

otro a la izquierda. Focos pequeños señalaban los pisos que pasábamos. De pronto en aquel silencio me sentí ingrávida. Me puse a mirar a aquel hombre alto, distraído pero extremadamente sensual, con el porte de un verdadero playboy.

Cuando se abrió la puerta del ascensor nos recibió una mezcla de voces, olor a tabaco y transpiración. El hombre alto, con una ligera sonrisa, me invitó a salir primero. Tiantian y yo pasamos delante de un cartel de poliéster que indicaba la avenida Joffre, y al levantar una muy pesada cortina de terciopelo de seda encontramos un enorme grupo de gente de todo tipo bailando al compás de una música antigua.

Madonna resplandecía como un bicho marino de los que tienen luz propia, y se nos acercó con un brillo de mil voltios.

—Mis tesoros, finalmente llegaron, oh, *God*, Mark, ¿cómo estás? —Le hizo un gesto al hombre alto detrás de nosotros. —Vengan, los voy a presentar, él es Mark de Berlín, ellos son Tiantian y Cocó, mis buenos amigos, Cocó es escritora.

Mark extendió la mano cortés:

—Hola.

Su mano cubierta de vellos secos y suaves es de las que provocan confort. Tiantian ya se había sentado en un suave sillón y estaba fumando, mirando a quién sabe donde.

Madonna alababa mi *qipao* de raso negro, con peonías bordadas en el frente. Había encargado su hechura en un taller de confección de seda de Suzhou. También alababa el traje elegante que llevaba Mark, era un saco de cuello pequeño con tres botones, que había pertenecido a un capitalista de Shangai, con el color un poco desteñido, lo que lo hacía más exclusivo y muy caro.

Se acercaron unas personas, Madonna los presentó:

—Él es mi novio Dick, ellos son el viejo Wu y Xixi.

Dick, un chico de pelo largo, que parecía tener menos de dieciocho años, era un pintor de vanguardia bien conocido en Shangai y, era también bueno haciendo dibujos animados. Precisamente, Madonna había quedado prendada de él cuando le regaló uno de sus videos animados. Su talento, su hablar vulgar y su aire infantil eran suficientes para despertar el instinto maternal de Madonna y su afecto. El viejo Wu era corredor de autos, hacía buena pareja con Xixi, una mujer de apariencia masculina vestida de traje y corbata. Parecían dos conejos excéntricos y chistosos. Mark me miraba discretamente, como dudando, luego se me acercó:

—¿Quieres bailar?

Miré hacia la esquina del sillón y vi a Tiantian liar un cigarrillo, con una bolsa de plástico en la que había un poco de *hash*, cada vez que presentía que sentiría claustrofobia fumaba esas cosas.

Suspiré.

—Bailemos —dije.

Del equipo de música salía la hermosa voz de Zhouxuan* cantando la *Canción de las cuatro estaciones*. A pesar de los rayaduras y la deformación de la voz por el mal estado del disco, todos estábamos encantados.

Mark, con los ojos a medio cerrar, parecía sentirse bien en ese ambiente. Vi que Tiantian también tenía los ojos cerrados, acostado lánguidamente en el sillón. Tomar vino tinto y fumar *hash* atrapa a cualquiera. Podía jurar que él estaba dormido, siempre se duerme fácilmente cuando hay mucho ruido o se entrecruzan imágenes irreales.

—¿Estás distraída? —de repente me preguntó Mark en inglés, con fuerte acento alemán.

—¿Sí? —le dije sin interés, sus ojos brillaban en la oscuridad como los de un animal escondido en los arbustos, me asustó la emoción extraña que me provocaban sus ojos. Estaba impecablemente arreglado, tenía bastante gel en el pelo, visto en conjunto parecía una sombrilla plegada totalmente nueva. Sus ojos licenciosos eran el centro de atracción de su persona, irradiaban una enorme energía. Sí, eran los ojos de un hombre blanco.

—Miraba a mi novio —dije.

—Parece que está dormido —dijo sonriendo.

Me sorprendió su sonrisa.

—¿Muy *funny*? —pregunté.

—¿Eres perfeccionista? —me devolvió la pregunta.

—No sé, no me conozco al ciento por ciento, ¿por qué lo preguntas?

—Tu forma de bailar me lo dice —contestó. Parecía muy dueño de sí. Esbocé una sonrisa burlona.

La música cambió. Empezamos a bailar fox-trot. Alrededor todo era terciopelo, sedas, algodones estampados, que creaban un hermoso collage antiguo que llenaba el ambiente, poco a poco todo se fue convirtiendo en un torbellino de gozo.

Cuando la melodía terminó y la gente se dispersó, me di cuenta de que el sillón estaba vacío, Tiantian no estaba, Madonna tampoco. Le pregunté al viejo Wu y me dijo que Madonna y Dick se acababan de ir y que Tiantian hacía poco estaba en el sillón.

Poco después, Mark salió del baño con una noticia más o menos alentadora: Tiantian estaba tirado en el baño, no estaba vomitado ni sangrando. Al parecer se había dormido mientras orinaba. Mark me ayudó a bajarlo hasta la calle y llamó a un taxi.

Mark dijo:

—Los llevo, no puedes sola.

Miré a Tiantian y era seguro que no iba a despertar. Era delgado pero desmayado pesaba como un elefante.

El taxi volaba por la calle a las dos de la madrugada. Por la ventana se veían edificios, vidrieras, anuncios, uno que otro peatón desorientado. En esta ciudad de permanente insomnio siempre ocurre algo extraño, siempre aparece alguien de la nada. Un olor pesado a alcohol mezclado con el constante aroma suave de Calvin Klein penetraba en mis pulmones, mi cerebro estaba vacío. Dos hombres a mis costados, uno había perdido el conocimiento y el otro el habla. En el silencio, vi el reflejo de la sombra de un hombre en el asiento y sentí la mirada observadora de un desconocido.

El auto llegó pronto a casa. Mark y yo juntos cargamos a Tiantian por las escaleras hasta el departamento. Tiantian se acostó en la cama y yo lo cobijé. Mark señalando el escritorio preguntó:

—¿Ésta es tu mesa de trabajo?

Asentí con la cabeza.

—Sí, no sé usar la computadora. En realidad, unos dicen que te puede producir una enfermedad en la piel, otros dicen que la computadora te vuelve solitario, maniático de la limpieza, sin ganas de salir, qué sé yo…

De pronto me di cuenta de que Mark se me acercaba con ese aire distraído y esa sonrisa tan sensual.

—Me encantó conocerte, espero volver a verte. —Me besó en ambas mejillas, al estilo francés, dijo buenas noches y se fue.

Tenía en mis manos su tarjeta. Aparecían el nombre, la dirección y el teléfono de su empresa. Era una multinacional alemana especializada en asesoría financiera, situada en la avenida Huashan.

V

Un hombre poco confiable

En relación a lo que se dice sobre el sexo, lo único cierto es que no es un espectáculo digno.

HELEN LAWRENSON

La atracción que siento por los hombres altos es un poco debido a la vanidad (yo no soy alta, pero afortunadamente las dos francesas que admiro, Marguerite Duras y Cocó Chanel, también eran bajitas), pero en gran parte proviene del odio extremo que siento hacia un novio petiso que tuve.

Ese hombre no pasaba gran cosa del metro y medio, de tipo bastante común, usaba unos anteojos ordinarios. Era un falso cristiano (luego se supo que pertenecía a una secta rara como el maniqueísmo o la secta del Sol).

No sé cómo me atrapó, tal vez porque sabía mucho, podía recitar con acento de Oxford las obras de Shakespeare. Además, sentados detrás de la estatua de Mao en el patio central de la Universidad Fudan, durante tres días seguidos me explicó la trascendencia para el mundo del nacimiento de Cristo en un establo.

El pasto grueso como lengua rasposa se me metía a través de la falda y me provocaba picazón en las nalgas y los muslos. El viento suave nos acariciaba el rostro. Él, como poseído, no podía dejar de hablar. Yo, infatuada, no podía dejar de escuchar. Parecía que podíamos estar así siete días y siete noches seguidas hasta llegar a la iluminación del nirvana. Yo no reparaba en su estatura insignificante, estaba concentrada es su espíritu cultivado y en sus dotes de orador (los hombres que yo ame en mi vida primero tienen que ser cultos, brillantes y muy sensibles. No me puedo imaginar al lado de un hombre que no pueda recitar por lo menos diez proverbios, cinco pensamientos filosóficos y tres nombres de músicos). Claro está, pronto me di cuenta de que me había arrojado a un charco verdoso y nauseabundo.

No sólo era un fanático religioso sino que además era sexualmente insaciable. Quería practicar conmigo todas las posiciones y las situaciones que veía en las películas pornográficas. Se imaginaba sentado a oscuras en el extremo de un sillón, viendo cómo un hombre corriente, carpintero o plomero, me violaba. No perdía oportunidad, hasta cuando íbamos en el autobús por la autopista a la casa de sus padres se abría la bragueta, tomaba mi mano y la metía allí. Su cosa, como vela derretida, la escondía detrás de un periódico. Se excitaba mucho y era difícil de satisfacer, la escena era lamentable. Desesperado, él lanzaba gritos angustiosos, como en esas producciones baratas hollywoodenses al estilo *Boogie Nights*.

Cuando descubrí que además era un gran mentiroso (hasta cuando iba a comprar el diario decía que iba a tomar el té con un amigo) y un estafador desvergonzado (copiaba párrafos enteros de artículos ajenos y los publicaba en *Shenzhen* como suyos), ya no aguanté más, particularmente porque todas esas cochinadas eran además obra de un petiso con cara de hombre decente que no pasaba gran cosa del metro y medio. Me sentí completamente engañada. Había estado ciega, así que recogí mis sentimientos mancillados y rápidamente me alejé de él.

—No te puedes ir así —gritó a mis espaldas parado en la puerta del dormitorio.

—Me das asco —repliqué, tenía hielo en el corazón.

No se puede confiar a la ligera en los hombres, las madres siempre enseñan esto a sus hijas cuando van a su primera cita, pero en los oídos de las chicas estas palabras suenan como sermones sin sentido. Sólo cuando una mujer ya madura enfrenta con mirada fría a la otra mitad del mundo se da cuenta claramente del lugar donde está parada, así descubre ante sus ojos los caminos de la vida.

Él hablaba por teléfono a mi dormitorio. Una señora de Ningbo, que cuidaba el edificio, me llamaba por el altavoz. "Nike, teléfono, teléfono Nike". La segunda parte de esa pesadilla era los fines de semana en casa de mis padres. Llamaba sin parar, no se rendía hasta hablar conmigo, hasta a las tres de la mañana sonaba el teléfono, era como una película de terror. Así fue hasta que cambiamos el número de teléfono. En esos tiempos mi madre estaba completamente decepcionada de mí, no quería verme, ni siquiera me miraba. Para ella yo me lo había buscado y me lo había ganado por mí misma, no sabía elegir mis amistades, no discernía entre lo bueno y lo malo. En una palabra, había cometido la peor deshonra para una mujer: salir con el hombre equivocado.

Lo más loco de mi ex novio fue seguirme en la escuela, en la calle, en el subte y, fuera de sí, gritar mi nombre frente a todo el mundo. Llevaba unos anteojos oscuros que acentuaban su aspecto feroz. Cuando sorpresivamente levantaba mi mirada, rápidamente se escondía tras los árboles o entraba en los negocios, parecía un excelente doble de películas de acción de tercera.

En esos tiempos soñaba con caminar abrazada con un uniformado, un policía era el hombre que más deseaba. Mi corazón gritaba "Socorro". Cuando entré en la revista usé todas mis relaciones como periodista para hacerme de un amigo que trabajara en el gobierno municipal y, a través de la comisaría local, le mandé a mi ex novio una advertencia. No estaba tan loco como para enfrentarse al aparato estatal, así que allí quedó el asunto.

Después de eso fui a buscar a Wu Dawei, un amigo psicoanalista que trabajaba en un centro juvenil.

—Desde ahora no voy a confiar en hombres petisos. —Estaba sentada en un diván que parecía poder hipnotizar a la gente. —Tuve suficiente, que ni siquiera se atrevan a pasar por mi puerta. Soy de lo peor, por lo menos para mi madre, ella de por sí es irritable y yo no le he dado otra cosa que problemas.

Él me dijo que el conflicto entre mi temperamento femenino y mis dotes literarias frecuentemente me llevaba a la confusión y que los artistas en su mayoría tenían un alto grado de debilidad, dependencia, contradicciones, ingenuidad, masoquismo, narcisismo, complejo de Edipo y otras inclinaciones. Como sea, mi ex novio había satisfecho muchas disociaciones de mi carácter, desde la dependencia hasta el masoquismo y el narcisismo, y el sentimiento de culpa hacia mi madre era el punto central de mi vida emocional.

—En cuanto a la estatura de las personas —Dawei se aclaró la garganta un poco—, siento que la estatura puede influir especialmente en los hombres maduros. Los hombres petisos pueden mostrar comportamientos más extremos que las personas de estatura normal. Por ejemplo, estudian con más ahínco, se esfuerzan más para ganar dinero, son más competitivos, además persiguen más a las mujeres bonitas para demostrar su masculinidad. Sean Penn es muy petiso ¿no? pero es uno de los mejores actores de Hollywood, y además fue el hombre al que Madonna más quiso, tenía al símbolo sexual del planeta atada como pavo a una silla y la maltrataba a su antojo. Podemos mencionar muchos casos como ése, imposibles de olvidar.

Hilaba sus ideas sentado en esa habitación de luz extremadamente tenue. De tanto adoptar ante sus pacientes el papel de representante de Dios, la expresión de su cara era ya algo falsa. Sentado en su sillón de cuero, se movía de un lado a otro y de vez en cuando soltaba uno que otro pedo ahogado. En el aire enrarecido de la habitación unas macetas con palo de Brasil, conchas de tortuga y bambú crecían exuberantes sin sucumbir ante el paso de los años.

—Está bien —dije—, claro, el amor no se puede medir por la estatura, pero como sea pienso olvidar todo eso. Hay que olvidar muchas cosas en la vida. Para mí, mientras más desagradables las cosas, más rápido las olvido.

—Por eso es que te convertirás en una buena escritora, los escritores entierran el pasado con letras —me dijo Dawei amablemente.

VI

Una noche fragante

La noche es un mundo que fluye.

DYLAN THOMAS

El tiempo se hacía cada vez más frío, la ciudad se convertía en un enorme cristal transparente. El otoño del sur es limpio y claro y entra en los corazones como una sensación diluida de amor. Una tarde nada extraordinaria, recibí una llamada de Mark. Cuando sonó en mi oído un saludo con acento alemán, lo primero que me vino a la mente fue: "¡Llegó el occidental alto!"

En el teléfono nos dijimos hola, hola, el clima es muy agradable, Berlín ahora es mucho más frío que Shangai, la sensación de verano nos provoca nostalgia...

Ambos estábamos un poco incómodos en el teléfono, yo sabía que Tiantian acostado con los ojos cerrados oía la conversación y también sabía por qué el alemán me había llamado. Este tipo de situaciones son como una galleta con marihuana, el primer bocado no hace nada, el segundo tampoco, pero el tercero te provoca asco y es cuando el asunto comienza. Yo soy precisamente ese tipo de chica que no puede estar quieta.

Finalmente Mark dijo:

—El próximo viernes en el Centro de Exposiciones de Shangai habrá una muestra de arte vanguardista alemán, si tú y tu novio quieren venir, puedo enviarles una invitación.

—Excelente, gracias.

—OK, nos vemos la próxima semana.

Tiantian con los ojos cerrados parecía dormir. Bajé el volumen de la televisión, esa tele estaba prendida durante veinte horas al día. Nos gustaba mucho permanecer abrazados frente a las escenas sangrientas de Quentin Tarantino y dormirnos arrullados con los gemidos de Uma Thurman y los disparos de John Travolta.

Prendí un cigarrillo y sentada en el sillón pensaba en la llamada de momentos antes. Pensaba en ese hombre alto todo perfumado con una sonrisa maliciosa. Pensaba y pensaba y de pronto me enojé. Abiertamente se atrevía a cortejar a una chica que tenía novio y que además eran inseparables, como la leche y el agua, en perfecta armonía. Eso no podía más que llevar a un simple juego sexual.

Fui al escritorio y como si hiciera la tarea de todos los días me senté a escribir la trama del capítulo nuevo de mi novela. Escribí sobre la casualidad del encuentro con Mark y lo inevitable de ciertos sucesos en mi vida. Plasmaba mis angustias en la novela y así se disipaban siguiendo mis pasos sin retorno.

Por la noche, Madonna y Dick llegaron de improviso. Con la puerta cerrada podíamos oír la voz de Madonna desde varios pisos abajo. Casi habían olvidado en qué piso vivíamos, así que nos llamaban con un minicelular mientras subían. El edificio estaba oscuro y además ambos traían anteojos oscuros, así que no podían ver y caminaban tambaleándose.

—Cielos, con razón sentía que me faltaba luz. Hace poco manejando casi atropellamos un ciclista —reía Madonna mientras se quitaba los anteojos— ¿cómo pudimos olvidar que aún traíamos puestos los anteojos?

Dick cargaba unas latas de Coca y de cerveza. Vestía un suéter negro Esprit, que lo hacía ver pálido y apuesto. Al entrar acabaron con la tranquilidad de la casa. A Tiantian no le quedó otra opción que dejar la revista en inglés de juegos de inteligencia que leía. Lo que más le gustaba a Tiantian eran los juegos matemáticos y los crucigramas.

—Primero pensamos dar unas vueltas en el coche, pero pasamos por aquí y subimos. Traigo en la bolsa una película, pero no sé si es buena.

Recorrió con la mirada todo el departamento y dijo:

—¿Quieren jugar *mahjong*? Justo somos cuatro.

—No tenemos *mahjong* —contestó rápidamente Tiantian.

—Tengo uno en el coche —entornó los ojos y sonriendo le dijo a Dick:

—Dick puede ir a traerlo.

—Déjalo, mejor nos quedamos a charlar —Dick estiró sus largos y finos dedos y se rascó la cabeza un poco impaciente.

—¿No interrumpimos tu escritura? —me miró y preguntó.

—No importa —puse un disco *mono* en el aparato de música. Una voz femenina melancólica, húmeda y seductora poco a poco hizo flotar en el aire el ambiente de una vieja película francesa. El sillón cómodo, la iluminación perfecta, los vinos tintos y el salame poco a poco agradaron a los presentes. Los temas de la conversación iban y venían, entre lo cierto y lo falso, entre la aprobación y la negación.

—¡Qué pequeña es esta ciudad! Un puñado de gente en este círculo. —Madonna se refería al círculo formado por artistas buenos y mediocres, extranjeros, vagabundos sin oficio, grandes y pequeños actores, dueños de negocios de vanguardia verdaderos y falsos, en pocas palabras, la nueva generación. Era un círculo de gente con una frontera difusa, a veces oculto y otras veces evidente, y sin embargo ese grupo ocupaba un lugar importante en la vida social de la ciudad.

Parecía que se alimentaban de deseos y tenían en el estómago pequeños gusanos, misteriosos y bellos, que emitían una luz mágica azulada que daba vida a la cultura y a la locura de la ciudad.

—En una ocasión, durante tres días seguidos en reuniones diferentes vi las mismas caras. Nunca supe cómo se llamaban —dije.

—Anoche en Paulaner me topé con Mark, me dijo que el próximo mes habrá una exposición alemana —irrumpió Madonna.

La miré con el rabillo del ojo, luego miré a Tiantian y pretendiendo desinterés dije:

—Me habló por teléfono, dijo que me enviará invitaciones.

—Otra vez lo mismo, las mismas caras —dijo Dick—, todos somos *party animals*, animales de fiesta —continuó a la vez que bebía. Mientras más tomaba más blanca se veía su hermosa cara.

—No me gusta eso —Tiantian comenzó a llenar una pipa con *hash*—, la gente de ese círculo es muy pretenciosa, muy superficial. Algunos terminan por esfumarse como pompas de jabón.

—No creo —decía Madonna.

—Shangai es la ciudad de los placeres —dije.

—¿Ése es el tema de tu novela? —preguntó curioso Dick.

—Cocó, lee un poco de lo que escribes —dijo Tiantian mientras me dirigía su mirada entusiasta. Eso lo tranquilizaba y lo hacía feliz. Cuando la escritura entró a nuestra vida de pareja, ya no era simplemente escribir, la escritura tenía una íntima relación con el deseo de amor insatisfecho, con la fidelidad y con nuestro rechazo a soportar la liviandad de nuestras vidas.

Todos estábamos contentos. La pipa de *hash*, las botellas de vino y el borrador de una novela se paseaban de mano en mano.

"Los barcos, las olas, el pasto oscuro, las deslumbrantes luces de neón, las construcciones impresionantes.

Estas creaciones y el brillo de la civilización material son los estimulantes que usa la ciudad para autoembriagarse. Todo eso nada tiene que ver con la vida particular de los individuos. Un accidente automovilístico o una enfermedad mortal acaba con nosotros, pero la sombra espléndida e irresistible de la ciudad gira interminablemente como un cuerpo celeste, por toda la eternidad.

"Al pensar en eso me sentí minúscula como una hormiga.

"Pequeñas flores azules ardían sobre mi piel, una sensación sutil me impedía ver mi propia belleza, mi naturaleza, mi personalidad. Todo lo que hacía era sólo para crear una leyenda extraña, la leyenda de mí y el hombre que amo.

"El joven sentado junto a la baranda, triste, confundido, con una mezcla de frustración y agradecimiento, miraba a la muchacha bailar bajo la luz de la luna. Su cuerpo brillaba como las plumas de un cisne y se movía con la fuerza de un leopardo. Sus movimientos eran los de una batalla felina, estilizadas contorsiones que invocaban la locura".

Nosotros anhelábamos los ambientes festivos de los salones de poesía de los años sesenta en Occidente. Allen Ginsberg se hizo célebre por participar consecutivamente en más de cuarenta de esos salones donde se compartía marihuana y poesía, como El Alarido, una conquista sobre innumerables calumnias y autoridades enloquecidas. La pequeña reunión que esa noche improvisamos me impregnó de un lirismo lleno de alcohol, ingenuidad y afecto. Esa atmósfera aclaró mis sentimientos confusos, mi separación y mi unión con Dios. Las *Cuatro estaciones* de Vivaldi de fondo, una inmensa extensión de hierba y un río fluyendo continuo. Éramos como pequeños corderos acostados sobre las páginas de un gran libro, no de la Biblia precisamente, sino sobre mi ingenua y pretenciosa novela, cada una de sus oraciones estaba tatuada sobre mi piel pálida.

Cuando el reloj de pared dio la media noche todos comenzaron a sentir hambre. Fui a la cocina y traje un plato de salchichas, Madonna preguntó:

—¿Tienes otra cosa?

—Todo se nos terminó. —Moví la cabeza en tono de disculpa.

—Podemos pedir que nos traigan de comer —dijo Tiantian—. El Pequeño Sichuan cierra muy tarde, llamamos y enseguida nos la traen.

—Eres el más listo —dijo Madonna encantada y abrazando la pequeña cintura de Dick besó a Tiantian. Era de esas mujeres frívolas que fácilmente se alegran y se excitan.

El empleado del restaurante trajo cuatro cajas con distintos platos y arroz, le agradecí y le di diez yuanes de propina. Al principio el empleado no quería aceptar la propina pero luego, ruborizado, la recibió. Me pareció simpático ese muchacho tímido, cuando le pregunté me dijo que se apellidaba Ding, que acababa de llegar del campo y que llevaba pocos días trabajando en el restaurante. Asentí, a los nuevos siempre los mandan de un lado para el otro.

Después de comer, bebimos hasta que nos dormimos. Madonna y Dick pasaron la noche en la otra habitación. Allí había cama y aire acondicionado, la habíamos preparado para el día en el que Tiantian y yo nos peleáramos y durmiéramos separados, pero no la habíamos usado.

Eran las dos o las tres de la madrugada, algo indefinido y suave flotaba en la oscuridad de la noche. Eran rayos de luna. El brillo de la luna entraba por las rendijas de la persiana que no habíamos cerrado bien. Observé esos rayos de luna por más de media hora, se veían débiles y tiernos, eran como una pequeña serpiente durmiendo su sueño invernal en una cueva secreta. Estiré la punta de mi pie como si fuera a bailar ballet apuntando hacia el rayo de luz y lo moví lentamente, poco a poco rodeando el haz de luz. Podía oír la respiración del joven a mi lado y el golpeteo sordo de los amantes contra el colchón en el cuarto de al lado.

La marea subió y el brillo de la luna poco a poco se apagó. Oí los latidos de mi propio corazón, el sonido de la circulación de la sangre, los gemidos sensuales de un hombre del norte de Europa y el tic tac del reloj eléctrico. Mis dedos furtivamente frotaron el capullo inflamado entre mis piernas. El orgasmo vino de repente y un espasmo se expandió por todo mi cuerpo. Retiré mis dedos empapados de mi hendidura sensible y fatigados me los llevé a la boca. Con mi lengua degusté el sabor dulce, crudo, melancólico, el sabor más verdadero de mi cuerpo.

El rayo de luz de luna desapareció de la sábana y la pequeña serpiente se desvaneció como una voluta de humo.

VII

Un día en nuestra vida

Me desperté y salí de la cama.
Apenas me pasé un peine por la cabeza.
Como pude bajé las escaleras y bebí de la taza
y al alzar la vista me di cuenta de que estaba retrasado.

Tomé mi abrigo y agarré mi sombrero.
Apenas alcancé el autobús,
como pude subí las escaleras y fumé.
Alguien habló y yo empecé a soñar.

Los Beatles

Sólo el sol no tiene hojas. Todo el día nos quedamos en casa. No nos asomamos por la ventana, ni siquiera bostezamos. El lavarropas en el baño estaba repleto de zoquetes duros, de sábanas sucias. Tiantian siempre se había opuesto a tener una empleada por horas o una sirvienta para el trabajo de la casa. No le gustaba que una extraña se paseara por sus espacios privados, que tocara su ropa interior, su pipa o sus pantuflas, pero cada día éramos más perezosos. Lo mejor era dejar de comer tres veces al día.

—Con sólo absorber dos mil setecientos noventa calorías, mil doscientas catorce unidades de vitamina A y mil noventa y cuatro miligramos de calcio al día es suficiente —decía Tiantian mientras sostenía en las manos los frascos de medicina. Según él, esos productos orgánicos de tecnología moderna en color verde, blanco, amarillo pálido, le daban al cuerpo todo lo que necesitaba.

—Para mejorar el sabor se pueden combinar con jugos y yogures —afirmaba con mucha seriedad.

Yo creía que todo lo que él decía era cierto, pero comiendo así uno fácilmente se podía volver loco, perderle el gusto a la vida, yo prefería que Tiantian comiera platos de Sichuan aunque fueran caros y malos.

Como un capataz, Tiantian me urgía a escribir y supervisaba mi escritura. Él, en la otra habitación, pintaba sin parar. Pintaba leoparditos, caras deformes, acuarios con pececitos dorados… poco a poco en el mercado compró mucha ropa interior *Yiershuang* sobre la cual pintaba con acrílico. Después de comer nos mostrábamos mutuamente nuestra obra, yo le leía partes de mi novela. Una parte que yo había suprimido le dio mucha risa. Se llamaba "Diálogo entre una paciente y su psicoanalista":

"—Odio a mi marido, parece un cerdo.

"—¿En la cama o fuera de ella?

"—No tiene cerebro, sólo piensa en revolcarse, creo que ni a una chiva en un pastizal la dejaría en paz, llegará el día en que no me pueda controlar y entonces lo voy a castrar, como hizo Lorena Bobbit, la norteamericana que hace siete años castró a su marido en el estado de Virginia.

"—¿De veras piensas así?

"—¡Oh, Dios, cómo pueden ser tan engreídos todos los hombres! ¿Qué somos las mujeres para ustedes? ¿Juguetes bonitos que pueden manipular a su antojo? Por lo que veo los analistas no sirven para nada. Le estoy pagando a un idiota.

"—¿Qué dices?

"—¿Tienes algo que decirme que valga la pena? Yo ya no soporto más que me traten como a una tonta.

"—Si piensas que no sirvo, entonces ¿qué esperas? Al salir cierra la puerta por favor.

"—¡No los aguanto, todos son unos cerdos! —gritando como loca salió corriendo."

—Que conversación tan banal, casi grotesca —dijo Tiantian riendo—, pero es muy chistosa.

Me puse una de las camisetas blancas que había pintado Tiantian, una cara de oso de caricatura. No estaba nada mal. Había muchos calzones con dibujos de luna, labios, ojos, sol, mujeres bellas. En el sillón estaban amontonadas muchas obras de arte.

—Podemos buscar dónde vender estas obras —le dije.

—¿Crees que les gusten a alguien?

—Vamos a probar, será interesante, si no las vendemos las regalamos a los amigos.

A Tiantian le daba pena, no se atrevía vender en la calle. Elegimos el patio central de la Universidad Normal del Este de China. El jardín de la Universidad era muy agradable, era nuevo, verde y limpio. Parecía una ilusión muy distante del mundo, claro, sólo una ilusión, hasta una torre de marfil tiene una ventana hacia el exterior. Muchos estudiantes llevaban *bipers* o teléfonos celulares y trabajaban afuera. También eran muchas las mujeres que se dedicaban a algún tipo de actividad de dudosa reputación, intercambiaban su juventud y su inteligencia por placeres y bienes materiales. Cuando yo estaba en la Universidad Fudan, la sociedad aún no había evolucionado tanto, como mucho se veía a algunas estudiantes de modelos haciendo monerías en un desfile en la tarima del auditorio, además en esos tiempos ni la Universidad Fudan ni la mayoría de las universidades grandes tenían su propia conexión a Internet.

Elegimos una calle frente a una hilera de pequeñas tiendas al lado del campo deportivo para hacer el negocio. Justo era la hora de la cena, los estudiantes con sus recipientes se dirigían al comedor, al pasar todos nos miraban con curiosidad. Muchos se acuclillaban para ver nuestra mercancía y preguntar el precio. Yo contestaba todo, Tiantian no abrió la boca.

—Las camisetas a sesenta yuanes, los calzoncillos a cuarenta.

—¡Muy caro! —decían tratando de bajar el precio. Yo no cedía, un precio bajo sería falta de respeto hacia el trabajo artístico de Tiantian. Empezó a oscurecer, los estudiantes se dirigían a los salones para el repaso nocturno. En las canchas ya no había nadie jugando.

—Tengo hambre —dijo Tiantian en voz baja—, ya está, vámonos a casa.

—Espera un poco —saqué un chocolate de mi bolsillo y se lo di, encendí un cigarrillo—, espera diez minutos más.

Justo entonces un negro muy guapo con un aire a George Michael, abrazando a una muchacha blanca de anteojos, se acercó.

—*Hello*, ropa interior artística, muy barata —los saludé en inglés. Al lado del apocado Tiantian tenía que mostrar audacia y seguridad, aunque de chica cuando mi madre me mandaba a comprar pan me ponía tan nerviosa que mi pequeña mano con el dinero arrugado nadaba en transpiración.

—¿Los pintaron ustedes? —La muchacha blanca sonriendo miraba nuestra mercancía. —Son muy simpáticos. —Su voz era tierna y tenía un brillo inteligente en los ojos.

—Los pintó mi novio —señalé a Tiantian.

—Pinta muy bien, se parece un poco a Modigliani o a Matisse —dijo la muchacha.

Tiantian la miró alegre:

—Gracias. —Luego susurró a mi oído: —Dáselos más barato, tiene muy buena onda esta extranjera.

Pretendí no haber oído y dulcemente sonreí hacia la pareja de estudiantes blanca y negro.

—Moya, ¿qué te parecen?, pienso comprarlos todos —dijo la muchacha mientras buscaba el monedero. El negro que se llamaba Moya tenía el aspecto imponente de un jefe de tribu, tal vez venía de alguna parte de África. Abrazaba tiernamente a la muchacha:

—Yo pago. —Él también sacó un fajo de billetes de cien yuanes. La muchacha blanca insistía en pagarlo ella. Antes de irse, la muchacha sonrió y dijo:

—Gracias, espero volver a verlos.

Nos cayeron casi mil yuanes. Tiantian brincó, me abrazó, me besó y muy emocionado dijo:

—Puedo ganar dinero, antes no lo sabía.

—Claro, tú eres un hombre extraordinario, basta con que lo quieras para que logres muchas cosas —dije yo estimulándolo.

Comimos en un restaurante cercano, con un apetito excelente, y hasta cantamos en inglés una canción de amor con un aparato de Karaoke de pésimo sonido: "Amor, si pierdes el rumbo, estaré a tu lado, amor, si tienes miedo o estás herido, estaré a tu lado…", decía la vieja melodía escocesa.

VIII

La prima divorciada

Viven diecinueve hombres en mi vecindario,
dieciocho de ellos son tontos y el otro no sirve
para nada.

BESSIE SMITH

Mis padres me llamaron por teléfono, finalmente capitularon ante mí, los padres chinos con mucha facilidad sucumben ante sus hijas. Su voz en el teléfono sonaba tierna pero no perdían el tono autoritario. Me preguntaron cómo estaba, si tenía o no problemas. Cuando supieron que no tenía quién hiciera el trabajo doméstico, mi madre casi se ofreció a venir a ayudar. Le aconsejé: —Cuídense ustedes, salgan a pasear, cuando papá tenga vacaciones vayan a algún lado para disfrutar y descansar.

Tal vez el mejor período de la vida viene después de la madurez, cuando uno puede ver con claridad el camino bajo los pies y entender muchos porqués. Quería que fueran desalmados, para que dejaran de preocuparse por mí. Así podría tener mi propia felicidad.

Mi madre me dio una noticia por teléfono, mi prima Zhusha se acababa de divorciar, se había ido de su casa. Por lo pronto no encontraba algo apropiado, y como mi cama estaba desocupada se fue a vivir a nuestra casa. Encima, en el trabajo tampoco le iba muy bien, por lo que no andaba bien de ánimo. Mi madre me pidió que la acompañara y conversara con ella en caso de tener tiempo.

Me sorprendí un poco:

—¿Zhusha divorciada?

Zhusha era una mujer de comportamiento serio. Era cuatro años mayor que yo. Cuando se graduó en el departamento de Alemán en el Instituto de Lenguas Extranjeras, se casó con un compañero de estudios. Trabaja en una casa comercial alemana y nunca le había gustado que le dijeran "la bella ejecutiva", esa expresión la irrita. Algunos de sus hábitos, como el no ceder a toda costa, no eran de mi gusto, aunque teníamos temperamentos completamente diferentes, nos teníamos simpatía mutua.

Recuerdo que de niña mis padres siempre me aconsejaban aprender de Zhusha. Ella desde muy pequeña siempre estaba en los primeros lugares, en su brazo portaba una condecoración de tres rayas. Tenía las mejores calificaciones en toda la escuela, cantaba, bailaba, en todo sobresalía. Una foto de ella, con una sonrisa ingenua, hasta la fecha está en exhibición en el aparador del Estudio de Fotografía de Shangai sobre la avenida Nanjing. Muchos conocidos y amigos iban a verla. En aquel tiempo le tenía mucha envidia a mi prima. Una vez en la fiesta del día del niño, un 1° de junio, a escondidas vacié la tinta azul y negra de mis lapiceras sobre su falda blanca de crepé. Cuando salió al escenario del auditorio de la escuela a bailar *Cinco ramilletes*, se la veía muy ridícula. Al bajar empezó a llorar. Nadie supo que yo había hecho eso. Cuando la vi así, al principio me dio mucha risa pero luego empecé a sentirme mal por ella. En realidad era muy buena conmigo, me enseñaba matemáticas, me daba dulces, me tomaba de la mano al cruzar la calle.

Poco a poco crecimos. Cada vez nos veíamos menos. Me acuerdo que cuando se casó yo aún estaba en la Universidad. Aquel día había mucho sol pero, cuando los novios filmaban el video del recuerdo en un jardín de lilas, de repente se desató una tormenta. Lo que más se grabó en mi memoria fue la imagen de Zhusha empapada, su sonrisa congelada, su pelo negro ondulado empapado, su vestido blanco arruinado por la lluvia, todo parecía tener una belleza indescriptible y frágil.

Su esposo Li Mingwei había sido su compañero de escuela y también presidente de la Asociación Estudiantil del departamento. Era alto, blanco, usaba unos anteojos con montura de plata, trabajó un tiempo como traductor en el consulado alemán. Cuando se casaron ya era redactor de un boletín de información financiera en la Cámara de Comercio Alemana. No era muy comunicativo, pero sí muy educado, en su cara siempre tenía una sonrisa leve y distante. En una época pensaba que los hombres con esa apariencia aunque no servían para amantes convenían para esposos.

Jamás me imaginé que de repente se iban a divorciar, aumentando la ya de por sí en constante alza tasa de divorcio de esta ciudad.

Me comuniqué por teléfono con mi prima Zhusha. La angustia era patente en su voz. El teléfono tampoco ayudaba, se oía como una leve lluvia fría. Le pregunté dónde estaba, me dijo que se dirigía en taxi hacia el Castillo de Vanesa, un spa para mujeres muy apreciado entre las ejecutivas.

—¿Vienes? —me preguntó—, podemos hacer ejercicio juntas.

Pensé un poco.

—No, no haré ejercicio pero sí iré a conversar contigo.

Atravesé un pasillo, en una habitación había un grupo de mujeres de edad vestidas con trajes apretados, en un grupo de ballet amateur, bailando *El lago de los cisnes*, bajo las indicaciones de una instructor ruso. En otra habitación, entre un montón de aparatos, vi a mi prima corriendo, empapada en sudor.

Tenía buen cuerpo, aunque se veía un poco más delgada.

—¡Ey! —me saludó con la mano.

—¿A diario vienes aquí? —pregunté.

—Sí, y más últimamente —me respondió mientras seguía corriendo.

—Ten cuidado, si exageras te vas a poner muy dura y eso es peor que el divorcio —le dije en broma.

No respondió, continuó corriendo, la cara llena de sudor.

—Para y descansa, deja de dar vueltas, ya me mareaste —le dije.

Me dio una botella de agua y abrió otra para ella. Nos sentamos en las escaleras del costado. Me miró detenidamente:

—Estás cada día más bonita. Las niñas feas cuando crecen son mujeres bonitas —intentó bromear.

—Las mujeres son más bellas cuando son amadas —dije—. ¿Qué pasó contigo y Li Mingwei? Oí que te estaba maltratando.

Permaneció en silencio, como si no quisiera hablar del pasado. Luego despacio y con pocas palabras me explicó la situación. Después de casados su vida era tranquila y muy bella. Se movían entre parejas de su nivel, con frecuencia organizaban fiestas de salón, reuniones, viajes, vacaciones, charlas, banquetes, idas al teatro, todos se complementaban mutuamente. A los dos les gustaban deportes como el tenis y la natación. Apreciaban la misma música, los mismos libros. Esa forma de vida sin viento ni olas, tiene limitaciones pero no es aburrida, sin problemas de dinero aunque no tenían tanto como para espantar, la vida de los *yuppies* aunque no es muy excitante sí es tranquila y tiene cierta elegancia.

Bajo esa apariencia de vida cómoda y tersa había un sufrimiento mudo. Ellos casi no tenían vida sexual, porque durante la noche de bodas ella estuvo chillando de dolor. No tenían experiencia previa, eran el primer y el último amor el uno para el otro. Por eso su matrimonio tenía un inevitable sabor insípido.

No prestaban mucha atención al sexo, hasta dormían en habitaciones separadas. Cada mañana el esposo tocaba la puerta de ella con el desayuno preparado en las manos. Él la besaba, la llamaba "princesa". Cada vez que ella tosía él le preparaba jarabe, cada vez que le llegaban los dolores de la menstruación, él transpiraba nervioso, la acompañaba a ver al médico de medicina tradicional, cuando ella vestía falda negra de Chanel, él se ponía traje de Gucci, cuando ella hablaba él escuchaba. En una palabra, eran una pareja ejemplar de *yuppies* contemporáneos sin sexo.

Un día se exhibió la película *Titanic*, que en ese momento causaba furor, y ellos, tomados de la mano, fueron a verla. Quién sabe qué fue lo que sacudió a Zhusha, tal vez fue la elección final de la protagonista quien dejó a su estable, guapo y aburrido prometido por un hombre impetuoso, un amor inolvidable. Gastó una caja de pañuelos para secarse las lágrimas y de pronto descubrió que jamás había amado. Una mujer que se acerca a los treinta sin haber amado es una tristeza.

Esa noche el marido quería quedarse en su cuarto, le preguntó si quería tener un hijo, ella negaba con la cabeza. Estaba muy confundida, poco a poco tenía que poner orden en sus pensamientos. En un matrimonio sin amor traer un hijo es terrible. El marido se enojó, ella también se enojó, dijo que no quería hijos y punto.

Una grieta sin nombre apareció. El marido empezó a sospechar que ella tenía otro. Una noche le preguntó por qué las medias de seda estaban al revés, él a propósito en la mañana le había manchado con esmalte rojo de uñas la media del pie izquierdo y por la noche ella la traía en el pie derecho. En otra ocasión un amigo llamó muy tarde. Ella tomó el teléfono y oyó que en la otra habitación él también levantó el aparato.

El desayuno caliente traído a la puerta había desaparecido. Lo más increíble era que cuando se le olvidaba la llave de la casa, él la dejaba tocar por más de una hora sin abrirle.

—Qué horror, parece que el mundo cambió por completo. Un hombre que pensabas conocer a fondo te trata de esa manera, como sea vivimos cinco años juntos, cambió del cielo a la tierra, de pronto era un extraño, incluso asustaba más que un extraño. Como te conoce usa tus debilidades para maltratarte… Así son los hombres —decía Zhusha apagada, con los ojos enrojecidos, temerosa de sus recuerdos.

—Qué espanto —asentía con la cabeza—. Un hombre encantador, distinguido, tan atento, que de pronto se convierte en un perverso maltratador de mujeres, es un horror.

—¿Por qué cuando una mujer quiere dejar a un hombre todos piensan que tiene otro? ¿Acaso las mujeres no pueden tomar una decisión por sus propios sentimientos? ¿Piensan que las mujeres ni por un instante podemos estar sin ellos? —Zhusha me preguntaba con seriedad.

—¡Porque todos ellos sólo son unos patanes engreídos e ignorantes! —dije yo de una manera tan enfática que parecía la jefa de la asociación feminista de la ciudad.

IX

¿Quién llama?

No vengas a molestarme, no toques a mi puerta ni
me escribas.

WILLIAM BURROUGHS

Alguien tocó la puerta. En el equipo de música sonaba *La bella durmiente* de Tchaikovski. Oí los golpes en la puerta a pesar del fuerte volumen de la música. Tiantian me miró:

—¿Quién es? No será Madonna —dije.

Nosotros no teníamos muchos amigos, lo que era nuestro defecto mortal, pero también nuestra dulce ventaja.

Fui a la puerta, me asomé por el visor y vi a un extraño. Abrí un poco la puerta y pregunté quién era.

—Si usted tiene tiempo e interés, quisiera mostrarle la nueva aspiradora que mi empresa promueve. —En su cara flotaba una entusiasta y amplia sonrisa. Alisó su corbata con la mano, parecía que un "está bien" era suficiente para que él de inmediato ofreciera una demostración de la cual jamás me iba a arrepentir.

—Este… —no sabía qué hacer, se necesita poca vergüenza para despedir cruelmente a un hombre que no parecía feo ni peligroso. El hecho que él pueda vestir un traje occidental barato con tanta decencia y limpieza, demuestra que es un hombre sano cuya dignidad no se puede golpear con rudeza. Además, tampoco tenía algo más importante que hacer.

Tiantian impávido veía cómo metía a un extraño en la casa. El hombre sacó una tarjeta y atentamente se la dio, abrió la bolsa que traía y sacó una flamante aspiradora.

—¿Qué va hacer? —preguntó Tiantian en voz baja.

—Deja que haga la demostración, me da pena rehusarme —le contesté también, en voz baja.

—Si hace la prueba y no la compramos, da aún más pena.

—Pero ya la está probando —dije.

Desde que vivía en ese edificio, esa era la primera vez que ocurría algo así. El furor de vender de puerta en puerta como nueva técnica comercial en esta ciudad se puso de moda a principios de los años noventa, y luego dejó de usarse. Lo que pasó ese día era excepcional.

El extraño se agachó y comenzó a limpiar la alfombra con la aspiradora. El ruido del motor era muy fuerte. Tiantian huyó a la otra habitación.

—La potencia de aspirar de esta máquina es muy alta, puede absorber hasta los ácaros atrapados en la alfombra —dijo el hombre en voz alta.

Me espanté:

—¿Ácaros?

Cuando terminó, vació la basura sobre un diario. No me atreví a mirar, temía descubrir bichos retorciéndose.

—¿Cuánto cuesta? —pregunté.

—Tres mil quinientos yuanes —dijo.

Eso era mucho más del precio que me imaginaba, pero admito que desconozco los precios de las cosas.

—Pero los vale, cuando tengan un hijo este aparato será aún más útil, ayudará a mantener limpia la casa.

Me disgusté, cuando mencionó la palabra "hijos".

—Discúlpenos, no deseamos comprarla.

—Les puedo ofrecer un descuento del veinte por ciento —no se rendía—, mantenimiento gratis por un año, somos una compañía seria.

—Gracias, ya te sacamos mucho tiempo. —Abrí la

puerta. Sin cambiar la expresión de su rostro, él empezó a guardar las cosas y con paso firme salió. Luego se dio vuelta:

—Tienen mi teléfono, si cambian de idea, llámenme.

—Cocó, todo lo quieres probar, siempre te buscas problemas —dijo Tiantian.

—Qué problemas, por lo menos limpió un poco la alfombra —suspiré y me senté frente al escritorio. No me imaginaba a qué se refería Tiantian al decir "todo lo quieres probar".

Nuevamente tocaron a la puerta. Me apuré a abrirla. Esta vez era la vecina gorda de al lado. Traía en la mano varios recibos de luz, agua, teléfono y dos cartas que estaban en el buzón del edificio. Me acordé que hacía varios meses que no recogía la correspondencia del buzón, que no tenía candado. Le agradecí a la señora gorda y ella contenta se fue.

Los vecinos de este barrio tienen la amabilidad típica de los viejos shangaineses. Son gente de poco dinero, las amas de casa que no tienen empleo administran muy bien el dinero, son muy ordenadas en la vida diaria. En las ventanas de las cocinas cuelgan pescados secos y nabos salados. De vez en cuando nos llega el humo de las estufas de carbón. Los niños vestidos de uniforme escolar verde con pañuelos rojos en el cuello juegan a los juegos de guerra que nunca pasan de moda. Los ancianos en círculo dentro del pequeño parque juegan al ajedrez o a las cartas, de vez en cuando el viento sacude sus barbas blancas como la nieve. Los días y las noches se suceden y se escurren entre los horribles talleres y las calles destruidas. Para las personas de edad estos barrios están llenos de recuerdos y de nostalgia, para los jóvenes son sitios marginados que finalmente serán destruidos, esquinas sin esperanza. Sin embargo, después de vivir allí un tiempo, uno puede apreciar su simpleza y su muda vitalidad.

Una de las dos cartas venía de España, se la di a Tiantian que estaba tirado en la cama:

65

—Es de tu madre. —Solté la carta en sus manos, la abrió, leyó unas líneas y dijo:

—Se va a casar… además habla de ti.

Con curiosidad me acerqué:

—¿Puedo leerla? —Asintió con la cabeza, salté a la cama, me abrazó por la espalda y con las dos manos extendió la carta frente a mis ojos.

"Hijo mío, ¿cómo has estado? En la última carta mencionaste que vivías con una muchacha, no me dices mucho de ella (tus cartas son siempre tan tristemente escuetas, me quedo ávida), pero adivino que la quieres mucho, te conozco y sé que tú no te acercas fácil a la gente. Está bien, finalmente tienes una pareja.

"…El primero del próximo mes me casaré, por supuesto con Juan. Llevamos mucho tiempo juntos, pienso que podremos convivir mucho tiempo más con este acuerdo tácito. El restaurante chino sigue viento en popa, nunca me lo hubiera imaginado, ahora estamos pensando en un futuro abrir en Shangai un restaurante de auténtica comida española. Añoro el día en el que te pueda ver. Aunque nunca he entendido por qué no has querido venir a España, parece que no me tienes confianza, algo malo se interpone entre nosotros, el tiempo pasa tan rápido, ya son diez años, tú has crecido, como sea tú eres mi hijo adorado."

—Parece que tú y tu madre se van a encontrar —dejé la carta— en diez años ella no ha venido a verte ni tú has ido a verla, qué extraño. —Lo miré, no se veía muy bien. —No me puedo imaginar el encuentro entre tú y tu madre.

—No quiero que venga a Shangai —dijo Tiantian, estiró el cuerpo y se tiró sobre la almohada. Con los ojos abiertos miró el techo. El techo, blanco inmaculado, podía transportar a la gente a un vacío sin límites. En la historia que una vez me contó Tiantian, la palabra "Madre" evocaba algo raro, difícil de discernir, siempre con la sombra oscura de la extraña muerte de su padre. "Mi madre de antes era un hada de pelo largo, de voz dulce, siempre perfumada, sus dedos eran suaves y blancos, sabía tejer hermosos suéteres…"

—Así la veía yo hace diez años. Luego me mandó fotos pero las tiré —Tiantian hablaba mirando el techo.

—¿Cómo será ahora? —tenía mucha curiosidad por aquella mujer que vivía en España.

—No conozco a la persona de las fotos —se dio vuelta y me dio la espalda. La angustia se apoderó de él. Prefería comunicarse con ella a través de cartas o postales y no tenerla un día parada frente a frente, en vivo y a todo color. Así no, si eso sucediera, todo su equilibrio psicológico se desplomaría. En el mundo hay infinidad de madres e hijos pero pocos como ellos, entre ellos hay una barrera. Los lazos de sangre y de ternura no pueden con la desconfianza, la guerra tejida por el amor y el odio se puede prolongar hasta un final impredecible.

La otra carta era de Mark para mí. En el sobre había dos invitaciones y una nota corta: "En la fiesta me quedé muy impresionado contigo, me gustaría volver a verte".

Pasé las invitaciones a Tiantian:

—Vamos a ver la exposición, el alemán no olvidó su promesa.

—Yo no voy, ve sola. —Tiantian cerró los ojos, parecía disgustado.

—Eh, a ti siempre te han gustado las exposiciones —le dije extrañada. Era verdad, frecuentemente con su cámara iba a todas las exposiciones, de pintura, de fotografía, de libros, de escultura, de muebles, de caligrafía, de flores, de coches, de todo tipo de maquinaria industrial, entre montones de obras asombrosas se divertía tanto que se le olvidaba regresar a casa. Era un fanático de las exposiciones. Eso era su ventana hacia el mundo real, según mi psicoanalista Wu Dawei, las personas que padecen aislamiento frecuentemente son buenos mirones.

—Yo no quiero ir. —Tiantian de repente me miró fijamente y con un tono incontrolablemente sarcástico preguntó:

—¿Ese alemán siempre corteja a las novias de los demás?

—Ah, ¿eso piensas? —le devolví la ironía. Este tipo de sentimientos no era frecuente entre nosotros. Cuando los ojos de Tiantian albergan alguna sospecha se vuelven fríos como caracoles, es muy incómodo, lo blanco de sus ojos crece mientras lo negro disminuye de tamaño. Además mi actitud cruel, tal vez originada por la vulnerabilidad que llevaba como un punto oscuro en mi persona, perturbaba aún más al hipersensible Tiantian.

Tiantian se calló y sin decir una palabra fue a la otra habitación. Su espalda parecía decirme: "No me tomes por tonto, bailaron pegados toda la noche y luego vino con nosotros a la casa". Yo también me callé y no pronuncié una palabra.

X

Llévame a tu casa

No hay nada mejor para la voz de una mujer que
una vida sexual sana.

LEONTYNE PRICE

Toda mujer adora a un fascista,
la bota en la cara, brutal,
brutal corazón de una bestia, como tú...

SYLVIA PLATH

Ese día fui sola a la exposición. La galería Liu Hai-
su estaba repleta de gente. Bajo la luz entre la multitud exuberante se podía oler gente rica, pobre, enferma, sana, artistas, mediocres, aventureros, chinos,
extranjeros.

Vi a Mark frente a un cuadro llamado *La transfor-
mación en U*. Alto y fuerte, estaba parado frente a mí
con su cabello dorado.

—*Hi*, Cocó. —Puso una mano en mi espalda, me besó a la francesa y me abrazó a la italiana, se veía muy
feliz:

—¿Tu novio no vino?

Sonriendo negué con la cabeza, luego adopté la pose de interesada en los cuadros.

Como una sombra, estuvo todo el tiempo a mi lado,
exhalando todo él un aroma de tierras lejanas, me seguía mientras yo caminaba por los pasillos viendo los
cuadros. En su actitud tan paciente había algo que me

inquietaba, parecía un cazador al acecho frente a la presa deseada. Toda mi atención estaba en su cuerpo, los cuadros pasaban ante mis ojos convertidos en una mezcla desordenada de colores y líneas caprichosas.

El río de gente se arrastraba lentamente, empujándonos y juntándonos. No supe cuándo su mano tomó mi cintura. De pronto dos caras conocidas saltaron a mi vista, allá, a la izquierda, justo frente al tercer cuadro, como grullas entre gallinas estaban Madonna y Dick. Su ropa, espléndida, era admirable, llevaban anteojos a la moda de armazón minúsculo. Su pelo estaba arreglado de una forma cuidadosamente desordenada. Me asusté, rápidamente me paré entre la multitud y cambié de dirección. Mark sin inmutarse me seguía maliciosamente de cerca, su mano peligrosamente en mi cintura me quemaba como el fuego.

La aparición repentina de la pareja de amantes despertó en mi el deseo de transgredir. Pues sí, tal vez desde el principio me había preparado para ello.

—Acabo de ver a Madonna y a su novio —dijo Mark con una sonrisa ambigua y seductora.

—Yo también los vi, así que escapemos —le dije con una intención muy clara. Tan pronto como pronuncié esas palabras, estiró el brazo y se adueñó de mí, como un ladrón de Bancos que no permite ninguna explicación me sacó volando de la galería y me metió en su Ford. Luego, sumida en un gozo cruel, ya no fui dueña de mis actos.

En ese instante, si hubiera tenido un mínimo destello de autocontrol, me hubiera ido, hubiera escapado de ese elegante coche y así no hubiera pasado nada de lo que pasó después. Pero yo no era nada prudente, tampoco quería ser prudente, tenía veinticinco años y no buscaba esa tranquilidad para la cual hay que evitar todo. "Un hombre debe hacer de todo, incluido lo debido y lo indebido", creo que fue el gran Dalí quien dijo eso.

Cuando abrí grandes mis ojos y vi cómo él se inclinaba poco a poco hacia mí, me di cuenta de la atmósfera oscura que flotaba en esa enorme habitación, espaciosa, tranquila, llena de olor a hombre extraño y a muebles ajenos.

Besó mis labios y de pronto levantó la cabeza:

—¿Quieres una copa? —Como una niña pequeña asentí con fuerza. Mi cuerpo estaba frío, mis labios helados, tal vez una copa estaría bien. Con el alcohol me convertiré en una mujer caliente.

Lo vi levantarse desnudo de la cama, caminó hacia un bar brillante. Sacó una botella de ron y sirvió dos copas. Al lado de la cantina estaba el equipo de sonido, puso un CD. Una voz femenina desconocida cantaba algo en dialecto *pingtan*. No entendía ese suave dialecto de Suzhou, pero era muy especial.

Se acercó.

—¿Te gusta el *pingtan*? —busqué charla. Asintió con la cabeza y me ofreció una copa.

Es una música mágica, la más apropiada para hacer el amor —dijo Mark. Me ahogué un poco mientras tomaba el ron. Él me palmeó la espalda con una sonrisa suave y seductora en los labios.

Me besó de nuevo, un beso delicioso y prolongado, era la primera vez que me daba cuenta de que un beso antes de hacer el amor podía ser tan delicioso, calmado, nada apresurado, capaz de aumentar aún más el deseo. Sus innumerables vellos finos y dorados parecían un sinfín de rayos disparados por el sol que se pegaban cariñosos y apasionados a mi cuerpo. Con la punta de la lengua impregnada de ron lamía mis pezones y poco a poco descendía… La sensación fría del licor y el calor de su lengua me hacían perder la razón, sentí los fluidos de mi vagina correr y luego me penetró, su órgano que atemorizaba por el tamaño me provocó un ligero dolor:

—No —grité—, no sigas.

Él sin la más mínima piedad no paró ni por un momento. El dolor no tardó en convertirse en profundo placer, abrí grandes mis ojos y lo miré con rechazo y deseo a la vez, su cuerpo blanco brillante a la luz del sol me excitaba, imaginé cómo se veía con un uniforme nazi, con botas y abrigo de piel. Cuánta bestialidad y crueldad en esos ojos azules de alemán. La imaginación aumentó el placer en mi carne. "Toda mujer adora a un fascista, la bota en la cara, brutal, brutal corazón de una bestia, como tú…" escribió alguna vez Sylvia Plath, la mujer que se suicidó metiendo la cabeza en un horno. Cerré los ojos para escuchar su resuello, una que otra palabra en alemán, esa voz que había escuchado en mis sueños, y llegó al punto más sensible de mi vagina, pensé que iba a morir, él continuó y luego un orgasmo de ocupación y de abuso acompañó mis gritos.

Estaba acostado a mi lado, su cabeza sobre mi cabello, tapados con la sábana fumábamos, el humo llenaba el vacío frente a nuestros ojos y nos permitía mantenernos en silencio. Hay momentos en que las personas no desean emitir el más leve sonido, sólo protegerse tras una barrera muda tranquilizante.

—¿Estás bien? —Su voz suave y sin matices parecía elevarse entre el humo. Me abrazó por la espalda, acostados de lado, parecíamos llaves amorosas que emitían un helado brillo metálico. Sus manos enormes estaban sobre mis senos.

—Me quiero ir —le dije sin fuerzas mientras él besaba mi oreja.

—Está bien, te acompaño.

—No es necesario, me voy sola. —Mi voz aunque débil sonaba segura.

Cuando me senté en la cama para vestirme, se apoderó de mí un grave abatimiento. La excitación y el orgasmo habían pasado, terminada la película cuando el público se aleja de la sala lo único que se oye es el rechinar de las sillas, los pasos, las toses; los personajes, la trama y la música han desaparecido del escenario. El rostro de Tiantian giraba en mi cabeza impidiéndome la calma.

Me vestí rápido, ni siquiera miré al hombre a mi lado. Todos los hombres son más feos a la hora de vestirse que cuando se desvisten, creo que muchas mujeres piensan igual.

Ésta fue la primera y la última vez, me decía engañándome. Este tipo de ideas funciona temporalmente. Con gran determinación salí de ese departamento tan bello que atrapa. Me senté en el taxi. Al otro lado del vidrio, él con señas me dijo que me iba a llamar por teléfono. Reí confusa: "¿Quién sabe?" El coche voló como huyendo.

No tenía espejo en la cartera. Me miré en el vidrio de la ventanilla, vi mi cara como de fantasma confundido. Pensé sobre lo primero que le iba a decir a Tiantian. "La exposición estuvo bien, vi a muchos conocidos, claro Mark también estaba…" Las mujeres mienten por naturaleza, especialmente cuando se mueven entre varios hombres, cuanto más complicada es la situación ellas son más ingeniosas. Desde que empiezan a hablar ya saben mentir. De niña, cuando en una ocasión rompí un valioso florero antiguo, dije que fue el gato de la casa.

Yo no estaba acostumbrada a mentir ante los ojos limpios de Tiantian. Pero ¿qué hacer si no?

Caminé por el pasillo oscuro en medio de un olor a cebolla y carne guisada, los vecinos preparaban la cena. Abrí la puerta, prendí la luz, lo extraño era que Tiantian no estaba en casa, en la mesa tampoco había ninguna nota.

Me senté en el sillón, mirando los pantalones sobre mis piernas largas y delgadas, en la rodilla izquierda había un pelo corto dorado, era de Mark, bajo la luz desprendía un brillo pálido. Recordé la cabeza de Mark descendiendo lentamente por mi pecho… Con mi cigarrillo prendí fuego al cabello, se convirtió en una minúscula ceniza. Un cansancio irremediable me invadió, indefectible, como las mareas que abaten la superficie de la tierra. Lacia e indiferente, solté el cuerpo encima del sillón, coloqué las manos sobre mi pecho como una monja que reza o como un muerto sereno y el sueño se apoderó de mí.

XI

Quiero triunfar

No pretendo ser una ama de casa ordinaria.

ELIZABETH TAYLOR

Siempre que llego a un lugar alguien me pregunta: ¿Usted piensa que la educación universitaria amordaza a los escritores? Mi opinión es que no los amordaza lo suficiente. Muchos best-sellers salen de la pluma de tipos que han recibido educación universitaria.

FLANNERY O'CONNOR

Los escritores afectos a los clásicos suelen escribir cosas así: "En esta vida sólo quiero dormir y no despertar jamás". Precisamente de ese soñar sin fin es de donde los psicoanalistas exhuman de debajo de la almohada un mundo diferente. Cuando cada mañana mi madre de madrugada me levantaba, me preparaba el desayuno y me daba la mochila, mi cerebro precozmente maduro estaba todavía lleno de la espuma de los sueños. Desde pequeña me gustaba soñar. En mi vida actual si hay algo que me hace sentir libre es poder dormir hasta la hora que sea. Cuando a veces las discusiones de los vecinos, el volumen alto de la televisión o el teléfono me despiertan, puedo clavar mi cabeza entre las frazadas y seguir con el sueño interrumpido. A veces puedo seguir mi viaje por tierras lejanas pero, claro, otras veces no puedo regresar al sueño anterior y seguir hablando de amor con un hombre desconocido. Cuando me pasa eso quiero llorar.

El principio de nuestra vida en común con Tiantian estaba llena de sueños, de ese tipo de sueños directos, de matices puros, que a mí me gustan, de esos donde no cabe la soledad.

Mark, el alemán, como una pelea de vecinos o como el timbre del teléfono espanta las cosas de mis sueños. Si no hubiera aparecido Mark, es muy probable que me hubiera topado con otro hombre que me sedujera. Mi vida con Tiantian estaba llena de pequeñas fisuras que nosotros no podíamos remediar, eso era una circunstancia que una fuerza externa podía aprovechar para penetrar. Además, tal vez yo de veras no sea una buena chica.

Ese día me desperté a medianoche y me di cuenta de que Tiantian había regresado. Estaba sentado en el sillón a mi lado y concentrado observaba mi cara. Además había una gata. En sus brazos tenía una pequeña gata blanca y negra, la gata también me observaba. Me vi en sus cristalinos ojos verdes. Rápidamente me levanté. La gata saltó de los brazos de Tiantian y en un instante salió de la habitación.

—¿Dónde fuiste? —le inquirí anticipándome a la pregunta que él también debía de querer hacerme.

—Fui a la casa de mi abuela y me quedé a cenar —dijo Tiantian despacio—. Hace mucho que no la visitaba, la gata de su casa tuvo una camada y mi abuela me regaló una, se llama Ovillo. —En su cara había una ternura escurridiza e impenetrable. Extendió la mano y acarició mi cabeza, mi cara, mi barbilla, mi cuello delgado. Su mano estaba un poco fría pero muy suave y tierna.

Abrí grandes los ojos, de pronto tuve un presentimiento. Quería estrangularme. Esa idea inmediatamente salió de mi cabeza, él no tenía fuerza suficiente para eso. De pronto sentí un arrepentimiento increíble que me hizo abrir la boca para decirlo todo. Pero Tiantian tapó mi boca con besos. Su lengua ligeramente amarga, como las plantas después de la lluvia, desprendió un olor fascinante que llenó toda la habitación, luego sus manos como copos de nieve resbalaron por cada pulgada de mi piel. Este amor me agotaba, sentí que él ya sabía todo lo que había pasado, sus dedos podían extraer esta información de mi piel, llena de secreciones y partículas pegajosas de un extraño. Sus sentidos se excitaron al primer contacto, se puso sensible como un loco.

—Tal vez deba ver a un médico —dijo después de callar largo tiempo.

—¿Cómo?

Lo miré afligida, todo lo que pasó y lo que estaba por ocurrir no era lo que yo quería. En ese instante en esa habitación sólo estábamos nosotros dos, ninguno podía escapar de esa realidad.

—Te amo.

Lo abracé con los ojos cerrados, esas palabras parecían del diálogo de una película, da vergüenza decirlas aun en un momento de tristeza, por eso cerré los ojos, en la cabeza tenía muchas sombras oscuras como las sombras de una vela. Luego un montón de chispas explotó súbitamente, era mi novela. Sólo ella podía alentarme y completar la razón de mi existencia.

Escribir, fumar, la música a todo volumen, no carecer de dinero (en mi cuenta bancaria había suficiente hasta terminar de escribir mi novela, en realidad compartíamos nuestro gasto diario, y cuando él tenía más pagaba más), no necesitar las palabras, estar sentados varias horas en silencio, eso sí era felicidad. En un suspiro escribo más de diez hojas del borrador, siento que cada una de las grietas de la vida se llena de sentido y cada arruga de la cara adquiere valor.

Empecé a amar al "yo" de la novela, ya que en la novela yo era mucho más inteligente y tenía mayor capacidad para percibir la realidad, para comprender el amor, el deseo, la pasión, el odio, el transcurrir del tiempo. Enterré en las letras unas semillas de mis sueños, sólo espero que el Sol las caliente para que germinen. Es un trabajo parecido a forjar el hierro, implica proteger la semilla de la existencia, convertir a la realidad decadente y vacía en arte con esencia, con sentido. Este arte además se puede convertir en una mercancía de calidad que se pueda vender a todos los jóvenes vanguardistas, guapos, emancipados, que en el contraluz del fin de siglo buscan la felicidad en los jardines de Shangai. Son ellos, este nuevo tipo de hombres intangibles, escondidos en cada esquina de la ciudad, los que van a aclamarme o a lanzarme huevos podridos. Ellos no se dejan arrastrar ni dominar, desafían al cielo y a la tierra, ellos son los aliados ideales de todos los escritores jóvenes que desean crear algo nuevo y original.

Deng, la editora de mi libro anterior, me llamó por teléfono. Era una señora de alrededor de los cuarenta, su marido estudiaba en Japón, vivía sola con su hija que estudiaba en la secundaria. En ella estaban concentradas todas las características de una cuarentona de Shangai, de una tez clara que mostraba su constante nerviosismo, peinada con rodete, con unos zapatos de piel en forma de lancha, con traje de poliéster, siempre atenta ante todo tipo de noticias y comiendo helado las cuatro estaciones del año.

El primer libro que ella me ayudó a publicar, *El grito de la mariposa*, tuvo una suerte excepcional. Todos comentaban ese libro extraño y audaz, corrió el rumor de que yo era una bisexual violenta y perversa, hubo casos de estudiantes que se robaban mi libro de las librerías, también hubo hombres que a través de la editorial me mandaron fotos y cartas pornográficas, querían saber cuál era mi relación con el personaje central del libro, querían hacer una cita para cenar conmigo en el restaurante Saigón de la calle Hengshan disfrazados como los personajes de mi novela o pasear conmigo en un coche Santana 2000 blanco y hacer el amor conmigo en el automóvil al llegar al gran puente Yangpu. En resumen, todo lo que pasó parecía un enorme escándalo que crecía sin que nadie lo pudiera detener. Pero a decir verdad, en todo ese proceso no gané mucho dinero, cuando algunos miles de ejemplares de la primera edición se vendieron y la segunda aún no salía, le pregunté a Deng y me dijo que la editorial tenía problemas de dinero, que esperara un tiempo y luego conversábamos. Aún sigo esperando.

En aquel entonces mi novio Ye Qian me decía: "Las cosas que tú escribes no son convenientes para los adolescentes, son muy exageradas, por eso ese libro terminó así". Después de que lo del libro pasó nuestra corta relación también se acabó.

Ye Qian era un joven poco recomendable, descuidado e indolente, trabajaba en los archivos de una gran empresa de publicidad. Lo conocí cuando fui a visitar al jefe inglés de la empresa, se lo veía inteligente y despierto, no muy amable, pero nunca supe qué fue lo que lo hizo perseguirme después de verme por primera vez. En esos días yo aún estaba sumida en el síndrome del miedo a los hombres por lo de mi ex novio el petiso y prefería buscar amistad en las mujeres.

Pero él, pacientemente, se mantenía cerca de mí. Cuando terminé de contarle mi decepcionante experiencia anterior, se levantó y dijo:

—Mira que alto soy, no soy malo, soy muy sencillo y sólo quiero conocerte un poco más a fondo, eso es todo.

Esa misma noche me conoció toda, desde los senos hasta los dedos de los pies, desde los jadeos hasta los gritos, desde la pequeña gota hasta los mares de efluvios del deseo.

Su cuerpo era grande y hermoso, sus huevos tibios y

limpios en mi boca me daban esa confianza incondicional en el otro que produce el sexo. Cuando se movía en círculos, su pene daba la impresión de tener alas de pájaro. Con su estilo sexual simple y claro curó mis recuerdos grises, recuperé mi actitud normal frente el sexo opuesto, incluso con mucha paciencia y diligencia me enseñó la diferencia entre un orgasmo clitoridiano y uno vaginal (había un libro que decía que el primero era malo, de naturaleza nerviosa, y que el segundo era bueno, maduro), en varias ocasiones me provocó los dos orgasmos simultáneamente.

Finalmente me convenció de que yo era una mujer más afortunada que muchas, ya que de acuerdo a las estadísticas más del setenta por ciento de las mujeres chinas tienen algún problema sexual y que más del diez por ciento jamás han tenido un orgasmo.

Estas son cifras asombrosas y constituyen una fuerza interna inagotable que promueve el desarrollo vigoroso de la liberación femenina generación tras generación. Freud hace más de cien años ya dijo que cuando hay una energía abundante que no encuentra cómo expresarse, entonces se transforma en un motor de actividades políticas y sociales, de guerras, de complots, de rebeliones, etcétera.

Mi libro se publicó cuando salía con Ye Qian. Emocionalmente estaba sobresaltada, sentía una alegría insoportable, el sexo con Ye Qian estaba impregnado de ese estado de ánimo. Ese tipo de experiencia sexual inevitablemente trae consigo una sensación de vacío y de pérdida, la naturaleza femenina inconscientemente confunde el sexo con el amor. Cuando se agotó la primera edición de mi libro *El grito de la mariposa*, y aún no podía oír en mi bolsillo el tintinear del dinero (originalmente pensaba volverme rica con el libro), nos separamos sin viento ni olas, sin problemas ni peleas, sin herirnos ni lastimarnos, nos separamos científica e inofensivamente.

Tiantian es muy diferente a todos los hombres que

he tenido. Él era un feto conservado en formol que resucitó a través de un amor inmaculado, su muerte también tuvo una íntima relación con el amor. Él no me podía satisfacer sexualmente, yo tampoco podía mantenerme pura y casta para él. ¡La vida es un misterio! Yo creo que mi amor por el otro se relaciona con la fuerza con la que el otro me necesita, amo tanto como sea su necesidad. Tiantian me necesitaba como al agua, como al oxígeno. Nuestro amor era como un cristal raro, producto de la casualidad, formado por la compresión de un gas tenue que envuelve nuestro destino.

En el inicio del otoño el aire tiene un aroma fresco y seco a hojas de tabaco o a nafta.

Mi editora me preguntó por teléfono:

—¿Cómo vas con el libro que estás escribiendo?

—Bien —le dije—, tal vez voy a necesitar un agente.

—¿De qué tipo? —me preguntó asombrada.

—Uno que pueda ayudarme a realizar mis sueños, y además que pueda evitar los inconvenientes que se presentaron con mi libro anterior —le contesté.

—Veamos, ¿qué tienes en mente?

—Mi sueño es el de las mujeres actuales, inteligentes y ambiciosas. Mi nuevo libro es para ese tipo de mujeres. Además debe haber una enorme fiesta para presentar en todo el país mi libro, yo iré con un vestido negro con la espalda descubierta, con una máscara extravagante, el piso estará lleno de pedazos de las hojas de mi libro y la gente bailará locamente sobre ellos.

—Ay, Dios —reía— ¡qué loca estás!

—Puedo realizar mi sueño —le dije sin tomar en cuenta su risa—, para realizarlo sólo se necesita dinero e inteligencia.

El mundo literario es insoportable, parece una novela de artes marciales escrita por Jin Yong, hay un camino correcto y otro equivocado, pero a muchos del camino correcto les encanta comportarse como santurrones, que todo lo condenan.

—Está bien —dijo—, unos escritores de Shangai van a tener una reunión literaria. Entre ellos hay una chica algo mayor que tú que se casó con un conocido crítico, hasta en un cabello que se le caiga a su marido se inspira, es muy interesante. Tal vez te servirá de algo conocerlos —mencionó un restaurante en la calle Xinle, y dijo que ella también estaría allí.

Le pregunté a Tiantian si quería acompañarme a esa reunión, se hizo el sordo. Él piensa lo peor sobre los escritores.

Pasé medio día tratando de elegir qué ponerme. En mi ropero, la ropa se divide en dos estilos, el primero es ropa unisex, holgada, de colores neutros, me la pongo y parezco una pintura medieval. El segundo estilo es ropa pequeña, ajustada, me la pongo y parezco una protagonista de alguna película de James Bond. Tiré una moneda y elegí el segundo estilo. Lápiz de labios violeta, sombra de ojos violeta y una cartera de leopardo. El look hippie occidental de los años sesenta está muy de moda en algunos círculos de Shangai.

Me mareé de tantas vueltas que dio el taxi, el chofer llevaba apenas unos días en ese trabajo, no conocía el camino y pronto regresamos al punto de partida. Además yo tampoco conocía el camino y tengo un pésimo sentido de la orientación, sólo podía gritar, los dos en la calle desquiciábamos a los demás. Miraba los números saltar rápidamente en el taxímetro y amenazaba al chofer:

—Te voy a demandar. —El chofer no contestaba.

Subí la voz:

—Violas los derechos del cliente.

—Está bien, está bien, no te voy a cobrar.

—Ey, para aquí —dije apresurada, vi por la ventana unas luces y una enorme ventana de cristal, adentro había muchas cabezas rubias moviéndose.

—Sí, aquí me bajo —cambié de idea. Ya que el chofer simplemente no podía encontrar el restaurante de la calle Xinle decidí desistir de la reunión con los escritores y buscar un poco de placer en el bar YingYang de Kenny.

El bar YingYang tenía dos pisos. Bajando unas largas escaleras, se llega a una pista de baile, un ambiente alegre, una mezcla de olores a alcohol, saliva, perfume, dinero. Un aroma de hombres sudados flotaba en el aire. Todo era al estilo de las comedias de Broadway. Vi al querido Christophe Lee, un DJ de Hong Kong, en el podio. Él también me vio y me guiñó un ojo. La música era house y Hip hop, toda era música tecno que ardía enloquecida como una brasa incandescente, que rebanaba la carne como una navaja sin afilar, cuanto más bailabas más feliz estabas, cuanto más bailabas mejor te sentías, bailar hasta evaporarse, hasta que el cerebro y el cerebelo tiemblen al mismo tiempo, eso es la cima.

Alrededor había muchos extranjeros rubios, también había no pocas chinas que exhibiendo su cintura breve, con su típica cabellera negra china, como en un comercial, estaban en venta. Todas tenían en su cara una expresión de puta en autopromoción, en realidad una buena parte de ellas eran ejecutivas de varias multinacionales, eran mujeres de buenas familias que habían recibido educación universitaria. Algunas además han estudiado en el extranjero, tienen coches particulares y son gerentes generales de alguna empresa extranjera (abreviado G.G.), son la elite entre las ocho millones de shangainesas, pero cuando empiezan a bailar se calientan hasta perder la cabeza y quién sabe en qué piensan.

Claro, también hay algunas putas que hacen comercio carnal transnacional. Generalmente todas tienen el cabello largo (especialmente para hacer suspirar a los demonios extranjeros por los asombrosos cabellos de las mujeres orientales), pueden hablar inglés elemental (como *"one hundred for hand job, two hundred for blow job, three hundred for quikie, five hundred for one night"*), una vez que definen su objetivo se pasan lentamente la lengua por sus dulces labios sensuales (se podría hacer una película exitosa llamada *Labios chinos*, que describa los encuentros eróticos de los extranjeros en los miles de bares de Shangai, encuentros que comienzan con una lengua lamiendo unos labios, todo tipo de labios, gruesos, delgados, negros, plateados, rojos, morados, labios pintados con Lancôme, con CD… Si varias mujeres shangainesas actúan en la película *Labios chinos*, seguramente tendrá más éxito que *Chinese Box* con Gong Li y Jeremy Irons).

Empecé a bailar e inmediatamente comencé a alucinar totalmente, las sensaciones brotaban como de un manantial, el cuerpo liberado completamente. Sentía que debía tener una secretaria constantemente pegada a mí con un cuaderno o una computadora en la mano, especialmente a la hora de bailar en una pista con música tecno, ella debía anotar todas mis alucinaciones, que eran mil veces mejores y dos mil veces más abundantes que cuando estaba sentada frente al escritorio.

Ya no sabía dónde estaba mi cuerpo, el aire olía a marihuana (o a puro). Ese olor encontró su eco en algún lado de la parte inferior derecha de mi cerebro. Creo que con mi baile atraje la mirada de muchos hombres, bailaba como la concubina del harén de un palacio musulmán o como Medusa, la hechicera a la que le brotan serpientes de la cabeza. Los hombres anhelan hacer el amor con una hechicera que los devore después de poseerla. Hay un tipo de escorpión que siempre al terminar de aparearse es devorado por su pareja sexual.

Vi cómo el aro de plata que me colgaba del ombligo brillaba bajo la luz, parecía una flor venenosa que florecía en mi cuerpo. Una mano desde atrás abrazó mi cintura descubierta. No sabía quién era, pero tampoco me importaba. Cuando sonriente di vuelta la cabeza vi la cara de Mark. Él también estaba allí.

Bajó la cara y la pegó a la mía, su aliento tibio me llegaba al ritmo de la música, seguro que tomó un Martini llamado James Bond. A pesar de su voz baja logré oír que él me deseaba aquí y ahora. Lo miré confundida:

—¿Aquí… a… hora?

Nos acomodamos en el sucio baño de mujeres que estaba en el segundo piso. La música se oía lejos. La temperatura de mi cuerpo poco a poco subía. Sin abrir completamente los ojos, detuve la mano de Mark.

—¿Qué hacemos aquí? —le pregunté como en sueño.

—Hacemos el amor —usó una frase muy apropiada, en la cara no tenía nada frívolo, al contrario, sus ojos azules no eran nada indiferentes, eran cálidos como los de *El cisne* de Saint Saëns. Nadie podría entender cómo el puro deseo puede incitar este tipo de intimidad incluso en un baño con ese olor tan particular.

—Siento que así es horrible, es como un delito, como… un tormento —mascullaba yo.

—La policía no busca aquí, créeme, todo esto es hermoso. Hablaba como esos timadores impacientes, anhelante. Me levantó y me empujó contra la pared violeta, me subió la falda, con gran habilidad me despojó de mi bombacha Calvin Klein, la enrolló y la guardó en el bolsillo trasero de su pantalón, luego con enorme fuerza me sostuvo y sin decir una palabra me penetró con gran precisión. Yo no sentía nada más que estar sentada sobre un extinguidor peligroso y caliente.

—*You bastard!*—no podía contenerme de decir groserías—. Bájame, así no, parezco un espécimen clavado a la pared.

Me miró enloquecido y mudo, cambiamos de postura, él se sentó sobre de la tapa del inodoro y yo me senté encima de él, busqué que sus genitales quedaran en el lugar justo para una mujer y me apoderé del acto sexual. Alguien tocó a la puerta pero la pareja de pervertidos que estaba adentro aún no había terminado.

El orgasmo llegó en medio del miedo y la incomodidad. Aunque la postura era rara, aunque estábamos en un baño apestoso, una vez más fue un orgasmo hermoso. Se separó de mí, tiró de la cadena y junto con el agua desapareció rápidamente una sustancia inmunda.

Empecé a llorar, no podía entender nada, cada vez perdía más la confianza en mí misma, de pronto sentí que era peor que aquellas prostitutas profesionales de abajo. Ellas por lo menos tienen respeto por su profesión y lo hacen con aplomo, yo estaba en una posición muy incómoda, me daba miedo mi doble personalidad, y el hecho de que pensaba incesantemente y además escribía sobre ello hacía todo aún más espantoso. No podía ni mirar mi propia cara en el empañado espejo del baño, nuevamente algo en mí se desgarró, vacío total.

Mark me abrazó.

—Perdóname —no paraba de decir—, *sorry, sorry*.

Me abrazaba como si yo fuera su niño muerto y eso me hacía sentir aun peor.

Me aparté de él, saqué mi bombacha de su bolsillo trasero y me la puse. Me arreglé un poco la falda.

—Tú no me violaste, a mí nadie me puede violar, no digas "*sorry, sorry*" todo el tiempo, eso es muy burdo —le dije en voz baja—. Lloro porque siento que estoy muy fea, lloro y me siento mejor, ¿entiendes?

—No, no estás fea. —La cara de Mark mostraba la típica seriedad de un alemán.

Sonreí.

—No, lo que digo es que un día moriré miserablemente. Yo soy una chica mala y a Dios no le gustan las chicas malas, aunque yo me quiera mucho —mientras decía eso empecé nuevamente a llorar.

—No, no, cariño mío, no sabes cuánto te quiero. De veras Cocó, cada día te quiero más.

Sus ojos reflejaban una inmensa ternura, esa inmensa ternura bajo la luz del baño se convertía en una inmensa tristeza. Nos abrazábamos fuerte deseando flotar de nuevo.

Alguien empezó a tocar a la puerta, al parecer era una mujer que ya no podía aguantar. Me asusté. Mark hizo un gesto de silencio y me besó apasionadamente. Detrás de la puerta unos pasos se alejaron. Despacio lo aparté de mí:

—No debemos volver a vernos.

—Nos descuidamos y volveremos a toparnos, Shangai es muy pequeño, tú lo sabes.

Salimos rápido del baño.

—Me voy —dije y me dirigí hacia la puerta. Él insistía en llevarme en su auto, yo me rehusaba.

—Está bien. —Llamó un taxi, sacó un billete de su monedero y lo puso en la mano del taxista. No lo detuve, me senté en el auto y por la ventana le dije en voz baja:

—No me siento bien, me siento culpable.

—Es por el lugar donde hicimos el amor, ese sitio puede hacer que te sientas mal. —Estiró el cuello y me besó. Ninguno de los dos mencionamos a Tiantian, engañándonos a nosotros mismos y engañando a los demás nos quedamos callados.

En la radio del taxi, una ama de casa abría su corazón ante el conductor del programa *Acompañándolo hasta el amanecer*. El marido tenía otra, pero ella no quería el divorcio, simplemente anhelaba que la otra desapareciera, pero no sabía cómo reconquistar el corazón del marido. El chofer y yo nos mantuvimos callados. La gente de la ciudad disfruta oír despreocupadamente historias ajenas, no se compadecen ni pueden hacer nada por ayudarles aunque quisieran. Cuando el taxi subió al puente Gaojia vi innumerables luces, brillantes y fantásticas, y pensé cuántas historias estarían ocurriendo bajo las luces de Shangai en ese instante, cuánto bullicio, cuánta conmoción, cuántas luchas feroces, cuánto vacío, satisfacción, amores difíciles.

Tiantian aún no se había dormido. Estaba sentado en el sillón junto con la gata Ovillo. Con un bloc en las manos, le escribía una larga carta a su madre en la lejana España. Me senté a su lado, Ovillo corrió. Tiantian levantó de pronto la cabeza y me miró, me asusté, pensé que había percibido el olor al otro. Acaso sabría que el sudor de Mark tenía un aroma suave y que yo disfrutaba enormemente ese suave aroma animal.

No soporté los ojos fríos como el hielo de Tiantian. Nerviosa, me paré y fui al baño. Él bajó la cabeza y continuó escribiendo.

Abrí el agua caliente, el vapor poco a poco cubrió el único espejo del baño hasta que ya no pude ver mi rostro reflejado. Exhalé con fuerza, sola, en la bañera el agua caliente echaba humo, me relajé, ante las dificultades siempre me refugio en una bañera de agua caliente, el agua estaba muy caliente, mi cabellera flotaba en el agua como un nenúfar negro, entonces pude recordar cosas agradables, bonitas.

Recordé que de niña siempre subía a escondidas a la terraza de la casa de mi abuela. Allí había una vieja mecedora de cuero y un gran baúl de caoba con esquinas de cobre cubierto de polvo. Lo abría y adentro había pequeños frascos de porcelana azul con letras "Salt", unos retazos de telas para *qipao* y otras cositas raras e inútiles. Sola, sentada en el viejo sillón, jugaba con las pequeñas cositas. Los colores del día poco a poco se desvanecían detrás del pequeño tragaluz. "Nike" me llamaba mi abuela, yo pretendía no haber oído, "Nike, sé dónde estás". Luego veía la sombra de mi gorda abuela subir a la terraza. Cerraba rápidamente el baúl, pero mis manos y mi ropa quedaban sucias. Mi abuela enojada me decía: "No subas a jugar aquí, si te gustan estas cosas te las regalo como dote cuando te cases".

Cuando el gobierno municipal empezó a construir el subterráneo, ese viejo edificio construido por los franceses en 1931 fue demolido, toda la gente fue desalojada rápidamente y los tesoros de mi niñez se perdieron para siempre.

Estiré las piernas, pensar en la niñez siempre es como pensar en algo que pasó hace mucho tiempo, en una vida anterior. Aparte de esos recuerdos tiernos todo parecía mentira. En ese momento la puerta del baño se abrió y Tiantian entró. Sus ojos estaban rojos, se arrodilló al lado de la bañera.

—¿Terminaste la carta? —pregunté quedamente.

—La terminé —dijo Tiantian mientras observaba silenciosamente mis ojos—, le pido que desista de la idea de venir a Shangai a abrir un restaurante, cuando fui a lo de mi abuela también hablamos del asunto. Mi abuela dice que es bueno que venga, ya que tiene cuentas pendientes con ella. Yo no quiero que venga, aunque estuviera solo toda la vida, hasta el día de mi muerte…

"Cocó, pase lo que pase nunca me vayas a mentir. —Miraba mis ojos fijamente, un cincel imaginario perforó la delgada membrana rosa de mi corazón, un espantoso y pesado silencio inundó el espacio como sangre. Mientras más crece un amor sin esperanzas, más profundo te escondes en mentiras, más profundo te hundes en desvaríos.

—Te amo. —Lo abracé, cerré los ojos, nuestras lágrimas cayeron a la bañera, el agua quemaba cada vez más, estaba cada vez más turbia, hasta que finalmente parecía un caldo que absorbía nuestros sollozos y nuestros miedos. Esa noche juré que Tiantian jamás sabría lo de Mark, ni lo de los otros. Ni un solo detalle, no quiero que muera por mí, que muera por mis encuentros galantes.

XII

Almuerzo campestre

Contra la uniformidad, la diversidad.
Contra las restricciones, el fanatismo por la ausencia de límites.
Contra el igualitarismo, la jerarquía.
Contra las espinacas, los caracoles.

SALVADOR DALÍ

Era de tarde, el sol del otoño iluminaba la calle y la multitud dejando una sombra suave y ligera. El otoño brotaba en los árboles, las hojas colgaban de las ramas como gusanos oscuros que poco a poco se tornaban amarillos. El viento soplaba en la cara, el ambiente era fresco.

Las cosas pasan en la vida una tras otra velozmente y ni siquiera te das cuenta de que las estaciones cambian, de que el tiempo pasa rápidamente.

Tiantian finalmente fue a un Centro de Salud Reproductiva, la primera vez lo acompañé.

La sensación de entrar en ese edificio no era buena, en el aire había algo opresivo, los cuadros que colgaban en los pasillos y las caras de los médicos estaban demasiado limpios. El médico que lo atendió, de lentes gruesos y ojos inexpresivos, anotaba cosas en el expediente mientras interrogaba a Tiantian.

—¿Cuándo tuviste tu primera polución nocturna? ¿En la mañana tienes erecciones espontáneas? ¿Cuándo lees libros o películas de *aquellas* tienes alguna reacción? ¿Has tenido alguna relación sexual completa? Me refiero a que si puedes penetrar con éxito y mantener la erección por más de tres minutos. ¿Además qué otras reacciones tienes?

El rostro de Tiantian estaba cada vez más pálido. Su frente se cubrió de gotas de sudor, hablaba sin poder terminar las frases, yo sentía que si sólo estiraba mi mano y lo agarraba él escaparía volando de ese lugar. Me senté en las sillas del pasillo, y vi que se llevaron a Tiantian al consultorio contiguo. Se lo veía de lo peor, como si fuera a desvanecerse en cualquier momento. Cuando llegó a la puerta, me lanzó una mirada con ojos llenos de terror.

Me tapé la cara con las manos, eso fue muy cruel para él.

Después de una larga espera, la puerta del consultorio se abrió. Salió el médico seguido de Tiantian con la cabeza gacha, sin mirarme. El médico seguía escribiendo en la hoja de diagnóstico y luego le dijo:

—Tu aparato reproductor es normal, la clave está en ajustar tu mente. —Le recomendó unirse a un grupo de terapia psicológica del hospital y le dio unos medicamentos para complementar el tratamiento.

En la vida cotidiana de Tiantian había de pronto otra actividad. Iba una vez por semana durante unas horas al Centro de Salud Reproductiva. Lo que le atraía no era tal vez curarse sino estar junto a personas que sufrían males parecidos a los de él. Todos sentados en círculo exponían su situación uno tras otro, hablando de sus sufrimientos y de las presiones de la vida ante un auditorio empático. Según mi amigo el psicoanalista Wu Dawei, intercambiar las penas personales en un ambiente de sufrimiento colectivo ayuda a liberar las ansiedades individuales.

Pero Tiantian pronto se aburrió del Centro y de ese grupo de terapia. Hizo amistad con un joven miembro del grupo, llamado Lile, y lo invitaba seguido a nuestro círculo.

El otoño es apropiado para reuniones al aire libre. Organizamos una fiesta en el jardín del hotel Xingguo. El sol de esa tarde de fin de semana de otoño calentaba suavemente nuestros cuerpos. El viento traía un olor a Lysol* de un pequeño hospital cercano que provocaba picazón en la nariz. El paisaje era extraordinario, la vegetación y las construcciones contrastaban y se mezclaban en los colores cálidos del otoño.

El mantel estaba extendido sobre el pasto, encima estaban colocados algunos bocadillos tentadores. Nuestros amigos, unos sentados y otros acostados, estaban tirados por todos lados como piezas en un tablero de ajedrez. Aquello parecía el famoso cuadro *Almuerzo campestre* de Manet. Siempre me ha atraído ese toque de mediados del siglo XIX de la forma de vida de la clase media europea. Además, tanto vivir encerrado es algo que enoja también. Pensar, escribir, estar en silencio, soñar, imaginar, puede llevar a cualquiera al borde de la locura. Experimentos inhumanos hechos por científicos han demostrado que aislar a un individuo en una habitación cerrada durante cuatro días es suficiente como para que salte por la ventana como una bala sin control. Es muy fácil enloquecer. Mi padre en una postal que recientemente me mandó (paseaba con mi madre por Hangzhou) me escribió:

—Hija, sal a pasear seguido, el pasto y el aire fresco son lo más valioso de la vida. —Él en esos días solía usar ese tipo de dichos y aforismos para comunicarse conmigo.

También vino Lile. Era un hombre flaco y rapado, de ojos grandes, vestía ropa sucia a la última moda. La primera impresión que tuve fue de sus constantes groserías: "carajo, *shit*", además todo el tiempo ansiosamente se apretaba la punta de la nariz hasta dejársela roja y en punta. No me gustaba. Decían que desde los diez años le gustaba corretear tras mujeres mayores, a los once fue seducido por la mamá de un compañero de escuela, así de temprano perdió la virginidad, desde entonces tuvo relaciones con más de cincuenta mujeres de la edad de su madre o de sus tías o por lo menos de sus hermanas mayores. Hace un año, cuando estaba metido en la cama con la esposa de alguien, el esposo de la señora le dio una tremenda golpiza y le cortó su melena larga de la que estaba tan orgulloso. Después de ese tremendo susto quedó impotente.

Él era un hijo de intelectuales de la nueva generación, sus padres no vivían en Shangai, nadie lo cuidaba y nadie se preocupaba por él. En ese momento era empleado de una tienda de Adidas sobre la calle Nanjing, además en algún sótano practicaba batería, tenía su propio grupo de *rock & roll*. El rock se había convertido en un sustituto del sexo, calmando sus ansias juveniles. La simpatía que Tiantian sentía por él no sólo se debía a su extraño modo de vida (desordenado, sin carácter, ingenuo, independiente), sino a que a él también le gustaba leer y meditar sobre cuestiones existenciales.

Zhusha aceptó mi invitación y también vino a la fiesta, además me trajo un regalo, un frasco de tónico para la piel Shiseido. Me dijo que acababa de volver de un viaje de trabajo a Hong Kong. Ese tónico allá era cien yuanes más barato que en Shangai. Llevaba tiempo sin verla, pero su porte femenino, elegante y serio no había cambiado, parecía que ya se había recuperado del golpe del divorcio.

—Dice mi tía que otra vez estás escribiendo una novela. —Tomaba su jugo mientras me miraba sonriente. El sol brillante iluminaba su cuerpo que exhalaba un aroma natural a pasto primaveral.

—Ah, por cierto —sacó una tarjeta y me la dio—, ésta es la empresa donde trabajo ahora.

La tomé y al verla quedé atónita pensando: "¿Acaso no es la misma empresa de asesoría financiera donde trabaja Mark?"

—Sí, nuevamente estoy escribiendo, espero que sea

un best-seller. Así tendré dinero para viajar a Europa —dije.

—¿Y tu novio? ¿Aún se lo pasan encerrados? No puedo imaginar esa vida. ¿Ninguno de los dos piensa salir afuera a trabajar? Así no está muy bien, creo que no es muy sano —decía Zhusha con un tono muy amable.

—Salimos seguido a pasear, a veces vamos a un bar a tomar una copa o vamos a bailar —decía mientras pensaba que si viajara a Europa, Tiantian seguro iría conmigo. Salir de viaje no sólo implica moverse en el tiempo y el espacio sino que también influye en cierto grado sobre aspectos psicológicos y físicos. Imaginaba poder hacer el amor con Tiantian en algún hotel de algún pequeño pueblo de Francia (allí él sí podría), luego era en un motel de paso en Alemania, luego en una iglesia pequeña y abandonada de Viena, en el Coliseo de Roma del siglo XV, en un yate en el Mediterráneo... los cuentos se hilaban uno tras otro, cuando hay amor y deseo la libertad y el amor rondan los bosques, los lagos y el cielo.

Me acerqué a Tiantian, me senté y lo besé, interrumpió su charla con Lile y me abrazó sonriente:

—Vamos a jugar al platillo volador.

—Vamos —dije. Se levantó, bajo los rayos del sol parecía muy joven, como un estudiante de secundaria con su corto pelo negro, su remera negra arrugada, sus ojos brillantes y hermosos. Nos miramos por unos instantes, una fresca pasión excitó mi cuerpo, sentí palpitar mi corazón, él sonrió nuevamente. El platillo volando como un pequeño ovni llegó a los pies de Zhusha. Ella sonriendo se lo dio a Tiantian. Zhusha estaba charlando al parecer muy alegremente con Dick.

Cuando Madonna terminó de conversar con sus amigos del hotel vino a jugar al platillo con nosotros. El viejo Wu, experto en carreras de karting, y su novia Xixi tomaban sol en las espaldas desnudas mientras jugaban una partida de aeroplano, al lado de la fuente. Con sus lentes oscuros y sus blancas espaldas expuestas a los rayos del sol, eran sin duda una pareja hecha el uno para el otro.

Mientras el grupo se divertía alegre en el pasto, de pronto una señora extranjera mal dispuesta apareció ante nosotros. Madonna y yo nos acercamos mientras los demás seguían divirtiéndose.

—Discúlpenme, vengo a pedirles que se vayan —dijo en inglés con un fuerte acento norteamericano, arrastrando la lengua.

—¿Por qué? —le pregunté en inglés.

—Bueno —levantó los hombros—, mi esposo y yo vivimos en el edificio de enfrente. —Al apuntar con la mano vi al otro extremo del jardín un bello edificio estilo francés de tres pisos separado por una baranda baja. En lo alto se elevaba una bella e inútil chimenea, además tenía ventanas de vidrio coloreado y dos balcones rodeados por balaustradas esculpidas con flores cubiertas de hiedra.

—Siempre vemos este jardín desde nuestro balcón.

—¿Y eso qué? —mi inglés era muy descortés. Tampoco quería ser cortés, ¿qué se creía esa anciana norteamericana?

—Pero ustedes acabaron con el silencio de este jardín, son muy escandalosos —dijo sin inmutarse, en sus pupilas azules se divisaba una frialdad que indicaba que no se podía desobedecer, tenía los cabellos plateados como mi abuela, las mismas arrugas, pero de ninguna manera me inspiraba cariño. En chino le reporté la situación a Madonna en voz baja.

—¿Qué? ¿Nos quiere correr? —Madonna se enfureció al oír eso, era evidente que esa petición ilógica la alegró ya que no se doblegaba ante la fuerza y le gustaban los enfrentamientos y la pelea.

—Dile que el jardín no le pertenece y por lo tanto no tiene derecho a pretender tal cosa. —Le transmití a la señora esas palabras.

La señora empezó a reír, su semblante parecía decir "china grosera". Madonna prendió un cigarrillo:

—No nos iremos, usted señora vuelva a su casa a descansar.

La señora, como si hubiera entendido sus palabras, continuó en inglés sin inmutarse:

—Mi esposo es Director General del Banco Meiling. Alquilamos la casa sólo porque nos gustó la vista a este jardín. Somos mayores y necesitamos aire fresco y limpio. No es fácil encontrar en Shangai un jardín decente.

Yo asentí.

—Sí, no es fácil, por eso nosotros también venimos aquí a relajarnos.

La señora sonrió:

—¿Tú también alquilas?

Asentí con la cabeza.

—¿Cuánto pagas? —preguntó.

Sonriendo le contesté:

—Es mi asunto privado, a ti no te interesa.

—Nosotros pagamos veinticinco mil dólares al mes —decía remarcando las sílabas: Ese precio tiene que ver con este jardín, ustedes los chinos también saben que un ambiente agradable se puede vender muy caro, así que les pido que se vayan lo más pronto posible. —Sonreía pero su voz era firme. Honestamente el precio nos espantó, quién sabe cuánto ganan ella y su esposo el Director General, y si tienen alguna relación con el dueño de este hotel. Madonna, curtida y veterana, esbozando una sonrisa dijo:

—OK, nos vamos, *see you later*.

En el camino nos acordamos de una placa en la antigua concesión francesa que decía: "NO SE ADMITEN CHINOS NI PERROS". Ahora los dueños de las grandes corporaciones y compañías financieras multinacionales se apoderaron de la escena, sin lugar a dudas el ímpetu de su fuerza económica les dará de nuevo un sentido de superioridad y de hegemonía cultural. De ese modo, esta nueva generación por primera vez experimentó lastimaduras en su autoestima nacional y esa tarde se puso a meditar seriamente sobre algunas otras cosas de la vida.

Por la noche Mark me llamó por teléfono. Tiantian estaba en la bañera. Le dije en voz baja:

—No me llames por teléfono, eso no está bien.

Estuvo de acuerdo.

—¿Pero cómo me voy a comunicar contigo?

—No sé, tal vez yo te llame.

—Puedes abrir una cuenta de correo electrónico —me aconsejó con seriedad.

—Está bien —le dije y luego sin poder aguantarme le conté lo ocurrido esa tarde—. ¿Si tú vivieras en esa casa nos echarías también? —le pregunté con tono grave como si le estuviera haciendo un examen diplomático sobre la autoestima nacional.

—Claro que no —contestó—, así podría verte todo el tiempo.

XIII

Diciembre, la separación

Vi sus ojos brillantes, vi sus alas.
Vi ese viejo coche lanzar llamas salvajemente, arder
sin parar por las carreteras, atravesar campos, cruzar ciudades, desaparecer puentes, secar ríos, correr
locamente hacia el oeste.

JACK KEROUAC

Diciembre, estación insoportable, no hay lilas flore-
ciendo en los parques centenarios, no hay mujeres bellas semidesnudas bailando en los escalones de piedra
y en los pasillos coloridos del restaurante Le Garçon
Chinois de Takashi en la calle Hengshan, no hay palo-
mas, no hay felicidad desbocada, no está la sombra azul
de la música de jazz.

La lluvia del invierno flotaba triste, sentí un gusto
amargo en la punta de la lengua, la humedad del aire pu-
dre todo, hasta el corazón. El invierno de Shangai es como la menstruación, húmeda y nefasta.

Tiantian decidió irse de viaje, cada año en esa temporada salía de Shangai unos días, no aguantaba ese clima húmedo y frío. Hasta el sol ocasional es gris, se le
erizan los vellos a uno.

—Me voy a escapar un rato —dijo.

—¿A dónde?

—Al sur, donde hay más sol, donde el cielo es más
azul, por ejemplo a Haikou.

—¿Vas solo?

Asintió con la cabeza.

—Está bien, cuídate mucho, tienes tarjeta de teléfono, puedes hablarme cuando quieras, yo me quedaré en el departamento escribiendo la novela.

La idea de no terminar jamás esta novela me aterraba, pensé que cuando Tiantian se fuera podría disfrutar de mi espacio y la sensación de soledad física. No sé si él también se había dado cuenta de eso, su decisión de viajar tal vez era para escapar del peligro que ocasiona la convivencia diaria, él era cien veces más sensible que cualquiera, y a veces nuestros sentimientos nos ataban demasiado, hasta el grado de no poder respirar ni crear, entonces era el momento de viajar.

Y además Mark había crecido como un tumor sobre el punto más débil de nuestra vida sentimental y no era fácil de desterrar, ya que existía debido a un virus que yo llevaba en alguna parte de mi cuerpo, y ese virus se llama "sexo".

Para muchos el amor y el sexo no se pueden mezclar. Para muchas mujeres liberales el máximo ideal es encontrar a uno que la ame locamente y a otro que le pueda provocar orgasmos. Ellas dicen: "Separar el amor y el sexo no se contradice con la búsqueda de la pureza". La búsqueda de una vida que les proporcione seguridad lleva la conciencia y las aspiraciones de las mujeres a la rutina que consume su vida día a día, pero ellas guardan debajo de la almohada la llave que abre los secretos de sus vidas. Las mujeres de hoy tienen más libertad que las de hace cincuenta años, son más bellas que las de hace treinta años y experimentan más variedad de orgasmos que las mujeres de hace diez años.

El taxi de la empresa Dazhong que llamamos por teléfono ya estaba en la puerta. Revisé por última vez la valija de Tiantian, una caja de cigarrillos Ted Lapidus (sólo en algunas tiendas especializadas de Shangai se pueden conseguir), hojas de afeitar Gillette, enjuague bucal, siete calzoncillos blancos, siete pares de calcetines negros, un discman, una selección de poemas de Dylan Thomas, el diario de Dalí, las obras de Alfred Hitchcock y una foto enmarcada de nosotros dos. En la otra bolsa estaba Ovillo, nuestra gata, a la que quería llevar a toda costa. Luego los dos con paraguas en la mano nos subimos al taxi. Por llevarse a la gata desistió de irse en avión y decidió ir a Haikou en la sección de coches-cama del tren.

La lluvia golpeaba el parabrisas del coche, la calle era gris, las tiendas y los transeúntes parecían manchas difusas de pintura, líneas y formas deformes. Tiantian todo el tiempo dibujaba con la mano signos extraños sobre el vidrio empañado. En la radio del taxi se oía una música empalagosa de moda, Ren Xianqi interpretaba la canción *La chica de enfrente está mirando hacia acá*. El auto se acercaba a la estación de tren, yo sentía en el corazón una tremenda inquietud difícil de definir. Tiantian apretó mi mano y la puso en su rodilla, nos íbamos a separar durante casi dos meses, de pronto íbamos a descubrir que el otro no estaba en la almohada de al lado, nadie iba a tocar a la puerta de la ducha para bañarse juntos, no habría dos platos de comida, ni ropa de dos para lavar, y tampoco habría que preocuparse por los celos del otro, por las lágrimas, tampoco íbamos a oírnos el uno al otro hablar dormidos.

En la explanada de la estación había muchos forasteros deambulando bajo la lluvia. Le recordé a Tiantian que guardara bien su identificación personal, la tarjeta Peonia de crédito, la tarjeta de teléfono y el boleto de tren. Subimos al segundo piso por el ascensor, en los andenes ya revisaban los boletos, Tiantian saludándome con la mano caminaba hacia una puerta cargando en el hombro izquierdo la bolsa con la gata y en el hombro derecho la valija y con los demás pasajeros entró en los andenes.

Afuera la lluvia había cesado. Tomé el colectivo y me bajé al llegar frente al almacén Meimei. Esta sección de la avenida Huaihai tiene un sabor occidental y popular, hay muchos jóvenes muy modernos. La calle Huating es donde los jóvenes se empapan de la última moda aún antes que en cualquier otro lugar. La calle es muy pequeña pero los shangaineses, que saben bien tirar el anzuelo donde hay peces, han usado su talento para sacarle partido a cada pulgada cuadrada de suelo. Dondequiera abunda la ropa atractiva y barata, hay también bolsos, zapatos, sombreros, artesanías, juguetes. Esta calle, señalada en todos los folletos turísticos de Shangai, sigue muy de cerca la moda extranjera, además los precios son mucho más bajos que en cualquier otro lado. Una vez, en la sala de exposiciones de Shangai durante la Feria de Hong Kong vi un bolso de mano de seda con perlas incrustadas a doscientos cincuenta yuanes, por la tarde compré ese mismo bolso en la calle Huating a sólo ciento cincuenta yuanes. Cuando estoy un poco deprimida, al igual que otras chicas, voy a esa calle a dar vueltas y comprar, y regreso a casa con un montón de cosas hermosas. La mayoría de la ropa sólo me la pongo una o dos veces. Son modelos exagerados y de colores excéntricos comprados en un estado de locura y depresión, que sólo sirven para modelar como Marilyn Monroe sola frente al espejo.

En la calle Huating había muchos jóvenes chinos y extranjeros vestidos de una manera como descuidada. Un grupo de jóvenes japoneses con patines, como mariposas exhibían su técnica de patinaje y sus pelos pintados como un plumaje. Una chica shangainesa con labios negros caminaba junto a un grupo de chicas de labios plateados, lamiendo chupetines de la marca Zhenbaoguo (jóvenes de todas las edades con un chupetín en la mano, eran los chic de Shangai), algunos se preocupan de que alguna chica se muera envenenada por ingerir enormes cantidades de lápiz labial barato, pero hasta la fecha no ha habido un informe oficial de que alguien haya muerto por comer carmín.

Entre la gente caminaba un grupo de oficinistas impecablemente vestidos. Uno de ellos me saludó con la mano, pensé que saludaba a la persona de atrás y seguí caminando sin hacerle caso. Él seguía saludándome y además me llamó por mi nombre, lo miré asombrada.

—Soy yo, la Araña. —Pensé que tal vez era el día de los inocentes. La Araña era para mí un joven con impulsos criminales cuyo alto grado de inteligencia asustaba. Cuando lo dejé de ver pensé que de no ser un hacker robabancos sería un empleadillo cualquiera que se mataría trabajando en el día y haría travesuras en Internet por la noche.

Pero el joven que tenía enfrente usaba unos anteojos de armazón invisible muy populares entre los ejecutivos, los dientes blancos y una sonrisa saludable.

—¡Para morirse! Ni siquiera me reconociste. —La Araña aún conservaba la costumbre de decir "para morirse".

Sonreí.

—¡Qué guapo estás! —le dije.

—Tú también estás guapa —me dijo sincero, aunque todos sus movimientos eran medidos.

Nos sentamos frente a frente en la cafetería La Auténtica Cazuela. El creciente aroma del café podía provocar un envenenamiento lento, por eso mucha gente venía a pasar la tarde. Por tan sólo sentir la ilusoria sensación de separarse un rato de las responsabilidades del trabajo, valía la pena pasar una quinta parte de la vida en las cafeterías. La música no era estridente y los mozos eran apuestos, nos transportamos a la cafetería Lüdi.

—Era un buen lugar —dijo la Araña—, pero cuando estábamos allá no lo disfrutábamos, sólo pensábamos en trabajar y ganar dinero…

—¿Aún piensas en las cajas fuertes? —le dije en tono de broma.

—Para morirse, eso ya ni lo menciones, ahora soy un hombre decente. —Sonrió y me dio una tarjeta que decía "Compañía de Sistemas Manzana Dorada". Él y unos compañeros de la universidad habían invertido dinero y formaron una pequeña empresa especializada en programación, instalación de redes y venta de computadoras. Apenas empezaba a crecer.

—Calculamos que a fin de año tendremos buenas ganancias. —Su deseo de ganar dinero aún persistía, sólo que ahora era con mucho trabajo.

—Ah, por cierto, ¿cómo está aquella Mei? ¿Todavía tienes relación con ella? —me acordé de su amiga de la Red.

—Tomamos café seguido, vamos al cine, jugamos al tenis.

—Gracias a Dios mis presentimientos resultaron falsos, parece que se entendieron, ¿te vas a casar con ella?

—No, Mei en la Red es mujer, pero en la realidad es hombre —me corrigió rápidamente. Al ver mi asombro añadió:

—Claro, sólo somos amigos, no tenemos otro tipo de relación. —Sonrió sin importarle si yo le creía o no.

—Si en la Red se hace pasar por mujer para atraer hombres, seguramente ha de tener algún problema mental —dije.

—Sí, siempre ha querido hacerse la operación para cambiar de sexo, por supuesto que me relaciono con él porque pienso que es noble, bueno y entusiasta. Él tiene criterio, sabe que yo no soy gay, pero a pesar de eso podemos ser amigos ¿no?

—Me gustaría conocer al tal Mei, parece ser muy excéntrico.

XIV

Los ojos del amado

Los cuerpos cálidos brillan juntos.
La piel tiembla de felicidad.
El alma gozosa se hace visible.

ALLEN GINSBERG

Esa noche no pude escribir ni una palabra, mi mente estaba confusa, parecía una mosca volando en el vacío de un lado a otro buscando sin cesar un poco de comida para caerle en picada, pero no pescaba ni una inspiración que valiera la pena.

Empecé a sentir cierta preocupación hacia esta novela, no sabía cómo esconderme en la mayor medida posible ante los ojos del lector, en otras palabras, no quería mezclar mi vida personal con la novela, pero lo que en realidad me preocupaba aún más era la posible influencia extraña del desarrollo del argumento de la novela sobre mi vida futura.

Siempre he considerado que escribir es como la brujería, llena de suspensos inesperados. La protagonista, al igual que yo, era una chica que no llevaba una vida común, era ambiciosa, tenía dos hombres y jamás se sentía tranquila internamente. Ella creía en un lema: chupar como una sanguijuela la esencia de la vida, incluyendo sus gozos secretos, no causar daño consciente, dejar fluir las pasiones espontáneas, seguir siempre hacia adelante. Al igual que yo, ella tenía miedo de ir al infierno al morir, y no poder ver películas, ni vestir pijamas cómodos, no poder oír el sonido celestial de la música MoNo, estar en el aburrimiento total.

Fumaba sentada en el suelo, puse la música a todo volumen, hasta me puse a revisar los cajones de Tiantian en busca de alguna nota o papel que me pudiera alegrar. Finalmente sobre la guía de teléfonos encontré el número de Mark. Dudé un rato si llamarlo o no, pero si Tiantian apenas se había ido y yo ya estaba pensando en llamar a otro hombre. Pensé en eso y fruncí el entrecejo.

Pero luego pensé en dos buenas razones: primero, yo no amaba a ese hombre, él no podía tomar el lugar de Tiantian en mi corazón, en su cara sólo estaba escrita la palabra deseo; segundo, él podría no contestar mi llamada, o su teléfono celular podría estar apagado.

Entonces marqué los números, al otro lado se oyó el largo timbre de la llamada. Exhalé el humo del cigarrillo y distraída miré las uñas de mi mano izquierda perfectamente bien recortadas, diez dedos filosos. Por un instante visualicé mis dos manos escalar por la atlética espalda de Mark, como dos arañas en movimiento, saltando, apretando, siseando, un olor a sexo flotaba en el aire. De pronto una voz femenina al otro lado del teléfono perturbó mi imaginación:

—*Hello!* —dijo.

Me asusté, contesté automáticamente.

—*Hello.* —Luego pregunté:

—*Is Mark there?*

—Está en el baño, ¿quiere dejar un mensaje? —hablaba en inglés con un fuerte acento alemán.

Cortésmente le dije que no era necesario y que luego lo contactaría. Al colgar el teléfono me invadió el desánimo. Ese alemán tenía una amante, claro que también podía ser su esposa. Él nunca me había hablado sobre su vida privada, además yo nunca le había preguntado. Como sea nuestra relación se había limitado sólo a *fuck* aquí, *fuck* allá.

Me acosté abatida en la bañera, burbujas de rosas se

amontonaban alrededor de mi cuerpo, una botella de vino tinto estaba al alcance de mi mano, ése era mi momento más vulnerable, pero también era mi momento más narcisista. En ese instante me imaginé a un hombre empujar la puerta del baño, acercarse, dispersar las burbujas y los pétalos de rosas y, como si escarbara un tesoro, sacar de mi cuerpo la más recóndita felicidad. Vi cómo sus toscas manos me estrujaban como a un pétalo, me rompían y me despedazaban, vi cómo mis ojos bajo la tenue luz se humedecían de vergüenza, cómo mis labios se abrían y se cerraban mientras la saliva se escurría, cómo mis piernas se abrían y se cerraban al son del placer.

De pronto recordé a Tiantian. Él con su dedo, único e incomparable, innumerables veces me había producido ese estado hipnótico sexual y poético del deseo carnal. Sí, era como un estado de hipnosis donde capas y capas de niebla eran removidas para escarbar el verdadero centro del amor. Con los ojos cerrados tomaba el vino mientras me acariciaba entre las piernas. Esta tortura me hizo de pronto comprender por qué en la película *Quemada por el sol* Alejandra escogió la bañera para morir.

De repente sonó el teléfono. "Tiantian", exclamé por dentro abriendo grandes mis ojos, me estiré y tomé el auricular colgado en la pared del lado derecho.

—*Hello*, soy Mark.

Tomé aire.

—*Hi!*

—Hace un rato me llamaste ¿verdad? —preguntó.

—¡No! —dije—, yo no te llamé por el *fucking* teléfono. Estoy aquí bañándome tranquila y felizmente. —Eructé por el vino y me reí entre dientes.

—Me dijo mi esposa que, mientras me bañaba, alguien me llamó por teléfono, por el acento parecía una china, pensé que eras tú —dijo él como convencido de ser un triunfador y de que yo moría por él.

—O sea que tienes esposa.

—Acaba de llegar de Berlín, vino a pasar la Navidad en Shangai, en un mes se vuelve. —Curiosamente me hablaba como si me quisiera consolar, ya que yo sufría mucho por esa situación.

—¿Ha estado muy ocupada? Ah, por cierto, me acordé de algo, ¿cambiaste las sábanas?… Estoy segura de que las cambiaste, de lo contrario ella podría descubrir el olor a china en ellas. —Sonreía suave, sabía que estaba algo tomada, estar un poco borracha es agradable, todo se puede ver más claro, como cuando la niebla se dispersa.

A los veinticinco años uno posee una capacidad enorme para afrontar eventos inesperados, si en ese momento me hubiera dicho que ya no me quería ver o que se pensaba ir a Marte, no me hubiera sentido decepcionada, tenía que saber manejar con claridad nuestra relación, uno es uno, dos son dos, no hay que perder la brújula.

Él también reía, dijo que la Navidad estaba cerca, que su empresa tendría vacaciones largas y que él me quería ver. Me hablaba en chino, seguramente porque su esposa estaba al lado y no entendía ni una palabra. Los hombres siempre hacen barbaridades en la nariz de las mujeres, pueden decir "amarte y serte fiel son dos cosas diferentes", la mayoría de los hombres no se adapta a la monogamia, añoran los palacios antiguos que albergaban a tres mil concubinas.

Dijo que en unos días un amigo periodista llegaría de Alemania. Quería presentarnos ya que su amigo planeaba entrevistar mujeres jóvenes de Shangai fuera de lo común.

Lo que en el fondo dijo es que no estaría mal cenar con una amante y un amigo periodista. Ese día, antes de salir, me arreglé mucho, me encanta la sensación narcisista de estar frente al espejo delineándome las cejas, poniéndome rubor y desenfundando el lápiz de labios, sólo por eso volvería a nacer como mujer. Arreglarse con cuidado sin que queden huellas del pincel, que el resultado sea discreto pero que asombre al que lo vea, las mujeres de Shangai tienen esa cualidad innata de sublimes calculadoras.

Según los libros, el negro es el color de la suerte para mi signo del horóscopo. Me puse una blusa negra pegada al cuerpo de cuello alto, unas botas de tacos increíblemente altos, me recogí el pelo con naturalidad y lo sujeté con un gancho de marfil, en la muñeca me puse un brazalete de plata que me había regalado Tiantian. Vestida así, sabiéndome bella, me sentí segura.

El M on the Bund era un restaurante a la orilla del río de dos hermanas australianas, muy caro pero nada particular en los sabores de su cocina. Era un buen negocio, los extranjeros que trabajaban en Pudong cruzaban el río y almorzaban allí. El restaurante era grande y la decoración impresionante, lámparas de más de dos metros y una balaustrada de hierro forjado, un estilo simple y elegante que tal vez correspondía a la estética austera de Mark y los de su etnia. Lo único extraordinario era la enorme terraza fuera del restaurante, donde uno podía apoyarse en la baranda para ver a lo lejos las dos orillas del Huangpu.

El periodista amigo de Mark se llamaba Luande, ojos y pelo negros, sus abuelos habían emigrado de Turquía a Alemania. Al principio hablamos de fútbol y de filosofía. Al hablar con un alemán de fútbol, uno se siente inferior, pero en filosofía mi país tiene mucho de qué presumir. Luande admiraba a Confucio, a Lao Zi, el primero impulsa a caminar por todo el mundo en búsqueda de la sabiduría antigua y verdadera, el segundo proporciona consuelo en los ratos de dolor y soledad, como la morfina.

A petición de Luande, empecé a hablar de mi vida y de mi libro que había provocado reacciones extrañas, hablé también acerca de mi relación con la generación de mis padres, de mis novios. Cuando llegué a Tiantian miré de reojo a Mark, quien cortaba una pierna de cordero en salsa de vegetales pretendiendo no oír nada.

Hablaba con toda honestidad, Tiantian era mi único amor, un regalo del cielo, aunque siempre sentí que ése era un amor imposible, al que no quería ni podía cambiar, hasta el día de mi muerte jamás me arrepentiré. Cuando hablé de la muerte, pensé que no le tenía miedo, a lo único que le temía era a la vida aburrida, por eso escribía. Mi inglés no era muy bueno, para algunas palabras necesitaba la traducción de Mark, quien todo el tiempo me ayudaba con mucha seriedad.

Mark todo el tiempo pretendía ser solamente mi amigo, pero no podía dejar de mirarme, luego contó algunos chistes, por ejemplo, que cuando empezaba a estudiar chino, siempre confundía la palabra *pibao,* cartera, con *baopi,* prepucio; así que un día que invitó a un colega chino a cenar, a medio camino palpó su bolsillo y muy apenado le dijo:

—Discúlpeme, no traje mi prepucio.

Yo estallé en risas, él no paraba de hablar y todo el tiempo contaba chistes subidos de tono. Su mano bajo la mesa buscaba mis piernas, era un acto arriesgado, en uno de mis cuentos hay una situación en que se agarra la pierna equivocada. Pero él sin el más mínimo error encontró mi rodilla, lo que me provocó cosquillas y empecé a reír. Luande me vio reír y me dijo:

—Sigue riendo porque quiero tomarte algunas fotos así.

Le pregunté en chino a Mark:

—¿Ésta es una entrevista seria?, ¿no es sólo para satisfacer la curiosidad de los alemanes sobre un enorme y misterioso país oriental y una joven escritora rebelde?

—No, no, tus cuentos me gustan mucho, estoy seguro de que te van a respetar, un día tus libros van a ser traducidos al alemán.

Después de la cena nos dirigimos al Goya de la calle Xinhua. Era un pequeño bar famoso por sus más de cuarenta clases de Martinis, muchos sillones, altos candelabros, cortinas largas hasta el piso y una música absolutamente hipnótica. Me gustan los dueños, una joven y hermosa pareja recién venida de los Estados Unidos. La dueña se llamaba Songjie, pintaba muy bien, la blancura de su cara era lo más misterioso que había visto, por mucho polvo que una se pusiera simplemente no se le podía igualar.

Pedimos bebidas, le pedí al mesero cambiar el disco, sabía que tenían *Dummy* de Portishead: esa música combinaba bien con la bebida. Desde hacía tiempo Tiantian y yo frecuentábamos mucho ese lugar, parecía un barco hundido en el fondo del mar, un pesado sopor parecía presionar desde el techo, embrujando a la gente, mientras más uno bebía más se le antojaba beber, mientras más tiempo pasaba más se hundía uno en el sillón, era fácil llegar a anestesiarse. Frecuentemente se veía gente bebiendo, que luego inclinaba la cabeza sobre el sillón y se dormía, pasaba un rato y despertaban, bebían y otra vez se dormían, y así hasta ser despertados por la sonrisa de alguna bella dama. En una palabra era un lugar dulce y peligroso, el lugar ideal para cuando uno se quiere perder un rato.

Siempre me topaba con conocidos del círculo artístico de Shangai, pintores, músicos, fotógrafos, allí nos conocíamos así que nos saludábamos con la cabeza o con un simple "Hola". Mark estaba sentado a mi lado hablando con Luande en alemán, ese idioma me separaba de su mundo. Yo me divertía sola bebiendo mi copa. Me gustaba beber con el cuello estirado, me hacía recordar al cisne de mis sueños, me sumergía en mis fantasías lacerantes y placenteras.

Mark seguía saludando y no dejaba de tocarme por los hombros o la cintura. De pronto entró en mi campo visual mi prima Zhusha al lado de un hombre cono-

cido. Abrí los ojos aún más, ella y Dick entraron cariñosamente tomados de las manos. No pasó ni un segundo cuando nos vieron y con mucha naturalidad se acercaron a nosotros.

Mark reconoció a Zhusha y la saludó con su nombre
inglés:

—Hi, Judy!

Mark era el jefe de Zhusha en la empresa alemana
donde ella había entrado recientemente. Cuando le dije que éramos primas se asombró.

—No se parecen en nada —dijo— pero las dos son
chicas inteligentes y encantadoras. —Estaba descaradamente a la defensiva, simplemente no estaba preparado para encontrar allí a una empleada, que además era pariente de su amante secreta. Me podía
imaginar cómo era en la oficina: serio, solemne, es-
crupuloso y minucioso, duro con los empleados, todo apegado a los reglamentos, como una maquinaria
perfectamente aceitada, igual que el reloj alemán que
cuelga en la pared de mi casa, totalmente preciso y
confiable.

Zhusha parecía adivinar mi relación con Mark, me
sonrió haciendo un guiño. Me fijé que tenía puesto un
abrigo caro tipo G 2000, estaba hermosa, parecía una
modelo de un cartel publicitario del local Printemps de
París.

Hubo otra cosa que también llamó mi atención, el
pálido y guapo Dick, acaramelado con mi prima, tomados de la mano, obviamente eran algo más que amigos,
se veían tan enamorados, pero ¿y Madonna?

La música y el alcohol invitaban a dormir, cuando
desperté Zhusha y Dick ya no estaban. Luande quería
regresar a su hotel Galaxia. Mark le dijo:

—Primero te llevo a ti al hotel. —Luego se dio vuelta
y me dijo.

—Luego te llevo a ti a tu casa.

Creo que tomé demasiado, recargué mi cabeza en el

hombro de Mark y sentí el olor del sudor de sus soba-
cos, venido de las vastas tierras del norte de Europa. Este sexual olor corporal extranjero era tal vez lo que más
me atraía de él. El coche pasó por el hotel Galaxia y
Luande se bajó, luego se dirigió hacia mi casa. Estaba
acurrucada obediente en sus brazos, él no hablaba, por
la ventana pasaban los barrios y las luces, pensaba que
hasta entonces aún no sabía qué era yo para él, pero tal
vez eso no era tan importante, él seguro que por mí no
se divorciaría ni se iría a la quiebra, yo tampoco le rega-
laría todo mi brillo y mi calor. Así es la vida, pasamos
los días y los años en la liberación de la libido y la lucha
de poder entre los sexos.

Llegamos a mi casa. Reconozco que estaba algo herida, es fácil sentirme así después de tomar. Bajó del
coche conmigo, subió, no le dije "no". Cuando empezó a quitarme la ropa sonó el teléfono, tomé el auricular, era la voz de Tiantian.

Su voz aunque clara se oía lejos, se oían ruidos de es-
tática y maullidos. Me dijo que vivía en un hotel cerca
del mar, que por la crisis económica del sudeste asiático el hotel y la comida eran muy baratos, los gastos de
un día no pasaban de doscientos yuanes, era el único
cliente del sauna curativo, se oía muy contento, me dijo que la gata Ovillo también estaba bien, al día siguiente planeaba ir a nadar a la playa.

No sabía qué decirle, Mark me levantó y me colocó
en la mesa al lado del teléfono. Con una mano sostenía
el auricular y con la otra agarraba el hombro de Mark.
Su cabeza estaba en mi vientre. Lamía mis partes priva-
das a través de la bombacha, excitándome como nunca,
hasta el grado de perder todas mis fuerzas. Traté de hablar con naturalidad, le pregunté por el clima, por el tipo de faldas que vestían las mujeres allí, que si ya había
ido al bosque de cocoteros, que si había alguien que lo
malaconsejara, aunque la gente aparente ser buena, eso
no quiere decir que no sean malas personas.

—Cuida tu dinero y las cosas.

Tiantian se reía. Me dijo que yo era aún más desconfiada que él, que no creía en nada, que a todo le encontraba el lado malo, que yo tenía una visión profundamente negativa de la vida. Las palabras de Tiantian penetraban en mis oídos como plumas ligeras, luego se desvanecían y ya no me entraba nada. Su risa me decía que tenía mucha más capacidad de adaptarse a nuevos ambientes de lo que yo pensaba. Su voz era como una melodía suave, como el *Claro de Luna* de Beethoven, que disipaba la confusión dentro de mí. Sólo sentía una sensación de gozo subir desde mis pies hasta el corazón, era una alegría blanca que relajaba los músculos y los huesos, con olor a leche pura al ciento por ciento. Tiantian me mandó muchos besos por el auricular deseándome buenas noches.

Solté el teléfono, Mark disparó aquella cosa sobre mi falda, tanta y tan blanca, parecía leche pura.

Hay un dicho que dice: "La fruta prohibida sabe mejor", en efecto, la prohibición es el mejor afrodisíaco. Pensé que un día, en el sepelio de Tiantian, recordaría todas las cosas pasadas, recordaría esa llamada telefónica, llena de significado simbólico. Parecía que dentro de mí no existía otro sino Tiantian, él a través de un cable telefónico a miles de kilómetros llegó a mí, sus susurros estaban en mis oídos, su respiración y su risa estaban en el lugar más sensible de mi cerebro. Cerré los ojos y por primera vez sentí la sensación carnal, tan cierta y tan engañosa a la vez, que me proporcionaba Tiantian. Un dócil y corrupto silbido de aire que fluye, un rito de purificación donde se unen las almas, difícil de explicárselo al hombre común. Siempre he tenido gran interés por la comunión de las almas. Por primera vez experimenté la extraña sensación del encuentro entre el cuerpo y el espíritu, decidí creer en las religiones del mundo. Lo más impresionante es que fui atrapada por la idea enloquecedora de que tarde o temprano iba a tener un hijo. En la niebla oscura un viento suave trajo una flor dorada, un bebé con alas de pronto voló en la oscuridad, será de este hombre o de aquél, será de ésta o de aquella vez.

Cuando se fue Mark descubrí su billetera en el piso, aquella cosa que cuando vino a China confundía con el prepucio. Me resistí con todas las fuerzas pero no logré controlar mi curiosidad por el contenido, adentro había algunas tarjetas Visa, Mastercard, un pase de miembro distinguido del Club Sifang y una foto familiar. Fue entonces cuando supe que él no sólo tenía una esposa bella y encantadora con una hermosa sonrisa, sino también un hijo de tres o cuatro años de pelo rubio rizado y ojos azules, parecido a él.

Abrí los ojos moviendo la cabeza, todos se veían muy felices, hasta daban envidia, besé la hermosa cara de Mark y luego sin pensarlo saqué varios billetes del grueso fajo que tenía en la billetera y los puse en un libro. Él no se enterará de que faltan algunos billetes, si pasas mucho rato con los extranjeros pronto descubres que la mayoría son simples y claros como los niños, si les gustas es que les gustas, si les caes mal inmediatamente te lo dicen, les falta malicia, no se parecen a los hombres chinos tan meticulosos y a veces mezquinos.

Pensé un rato qué había detrás de ese robo. Tal vez era por los celos que me provocó el feliz ambiente familiar de la foto, o tal vez un pequeño castigo para mi amante alemán quien en su inconsciencia pierde unos cuantos billetes y luego regresa por mí apasionadamente. Luego me dediqué a analizar nuestra relación, no tenía ninguna expectativa sobre ella, tampoco tenía ninguna responsabilidad, el deseo es el deseo, sólo con dinero y traición se puede conjurar el peligro de que el deseo carnal se convierta en cualquier momento en amor. Antes, todo el tiempo tenía miedo de enamorarme perdidamente de Mark y no poder zafarme de esa hoguera de excitación y sentimientos bajos.

Después de media hora, Mark jadeando tocó mi puerta. Le entregué la billetera Yves Saint-Laurent, me besó, se la guardó en el bolsillo y sonriendo corrió escaleras abajo.

Desde mi balcón lo vi subirse al coche y desaparecer en la noche como humo por la calle vacía.

XV

Una helada Navidad

No hacía nada, sólo esperaba la llamada de Edmonson.

Jean-Philippe Toussaint

Wu Dawei sentado en el sillón giratorio de cuero se sonaba constantemente los mocos, el periódico nocturno decía que un virus de gripe tipo A3 había invadido la ciudad y que la gente debía cuidar la higiene para prevenir el contagio, así como descansar y cuidar la alimentación y la ventilación. Abrí la ventana, me senté junto a ella donde había aire fresco, procurando estar lo más cómoda posible.

—Siempre sueño con una habitación donde hay un girasol grande en una maceta. La flor está seca, las semillas se riegan y nacen muchos nuevos girasoles, eso me da miedo, también hay un gato que quiere comerse las flores. Cuando brinca, salta por la ventana y desaparece. Miraba de repente todo eso por la puerta de la habitación, mi corazón palpitaba más rápido. En otro de mis sueños hay una caja, la abro y adentro hay otra más pequeña, abro ésa y adentro hay otra aún más pequeña y así hasta que todas las cajas desaparecen y en mi mano tengo un libro muy pesado, deseo enviarlo a alguien pero no me acuerdo de la dirección ni a quién se lo iba a enviar.

Wu Dawei me miraba apacible:

—Tienes temor en el corazón, temes que algo te

pueda pasar, que tu escritura pueda verse en dificultades, por ejemplo un embarazo, o la ansiedad que precede la publicación de un libro, de todo corazón deseas el éxito pero algo siempre te frena, ¿me entiendes? Todo eso viene de la jaula que tú sola imaginaste, Thomas Morton decía: "La verdadera liberación del hombre es escapar de su propia cárcel", dime cómo anda tu vida amorosa.

—No está tan mal pero tampoco es ideal.

—¿Qué te preocupa?

—Un sentimiento de vacío que jamás puedo eliminar, y al mismo tiempo un juego amoroso que bestialmente crece en mi pecho pero no lo puedo liberar. El hombre que amo no me puede satisfacer sexualmente, ni siquiera me da seguridad, fuma marihuana y otras cosas y no enfrenta la vida. Abrazado a una gatita se fue al sur, como si en cualquier momento me pudiera dejar, dejarme para siempre. Un hombre casado, sin embargo, me ha proporcionado placer una vez tras otra, pero no tiene ningún efecto sobre los sentimientos de vacío de mi corazón. Nos comunicamos a través de los cuerpos, existimos a través de los cuerpos, pero al mismo tiempo esos cuerpos son la barrera que no permite el contacto espiritual entre nosotros.

—El miedo a la soledad enseña al hombre a amar —dijo Wu.

—Pienso demasiado, el noventa y nueve por ciento de los hombres no desea convivir con alguien que piensa tanto, puedo recordar mis sueños y hasta los puedo anotar.

—Por eso la vida no es fácil. No todos pueden actuar conforme a sus pensamientos. Tú ya sabes la respuesta, usa el psicoanálisis para enfrentar las decepciones, tú no te satisfaces con lo ordinario, además eres una mujer atractiva.

Sus palabras eran muy dulces, no sé si consuela de ese

modo a sus pacientes. Desde que lo elegí como psicoanalista, ya no lo invito a comer, ni a jugar al tenis, ni a bailar, temo que psicoanalice todas mis actitudes y comportamientos.

Rayos del sol entraron, polvos flotantes como partículas de pensamiento danzaban en el espacio, sobre el sillón, aturdida, sostenía mi cabeza, será que por fin había entendido mi naturaleza y mi conciencia femenina. ¿Seré una mujer atractiva? ¿Seré algo hipócrita, arribista, torpe tal vez? Los problemas de mi vida están encadenados uno al otro, tendré que usar la energía de toda la vida para afrontar esa fuerza maligna.

Navidad. Durante todo el día nadie me llamó por teléfono. Al atardecer el día estaba gris pero no nevaba. Ya hace muchos años que en Shangai no nieva cuando debe nevar. Vi películas durante todo el día, fumé un paquete y medio de Siete Estrellas, me moría de aburrimiento. Lo llamé a Tiantian, nadie contestó, me dispuse a llamar a Mark, después de marcar algunos números desistí, esa noche definitivamente quería estar con un hombre para hablar, quería estar acompañada.

Nerviosa caminé por el cuarto y finalmente decidí que tenía que salir de allí, no sabía a dónde. Puse suficiente dinero en mi cartera, me maquillé. "Esta noche pasará lo que tenga que pasar", pensé.

Me subí a un taxi, el chofer preguntó:

—Señorita, ¿a dónde va?

Le dije:

—Vamos a dar unas vueltas. —Fuera de la ventana del auto el ambiente estaba lleno de espíritu festivo. Aunque la Navidad no es una fiesta china, para la juventud moderna es una excusa para divertirse un rato. Parejas enamoradas entraban y salían de los restaurantes, de los negocios, cargaban bolsas llenas de cosas. Las tiendas aprovechando la ocasión rebajaban las mercancías para vender más, iba a ser una noche llena de alegría burbujeante.

El chofer buscaba conversación todo el tiempo, no tenía ganas de contestar, en la radio se oía un solo de guitarra, luego sonó la voz alegre del conductor del programa, hablaba de un grupo de Pekín de música moderna que había perdurado mucho tiempo en la escena musical. Luego curiosamente oí un nombre conocido, Puyong.

Hace algunos años, cuando aún estaba en la revista, fui a Pekín a entrevistarlo a él y al resto del grupo, terminamos tomados de la mano caminando por la plaza Tiananmen a medianoche. Parado en el puente Lijiao me dijo que quería mostrarme una obra de arte espontáneo, se abrió la bragueta y empezó a orinar hacia el cielo. Luego tomó mi cabeza y me estampó un beso en los labios. Este romanticismo salvaje me interesó, pero temía que al hacer el amor quisiera orinarse encima de mí o hacer cualquier otra extravagancia. Solamente fuimos amigos, además nos veíamos poco.

Apareció la voz de Puyong en la radio. Respondió una pregunta simple del conductor acerca de la creación musical y luego empezó a conversar con el público. Una chica le preguntó: "¿En China existe o no un *rock & roll* nacional?". Otro chico le preguntó qué tipo de inspiración le proporcionaban las mujeres a su alrededor. Tosió un poco y luego, con una voz sensual y tono bajo, dijo varias tonterías. Paré al chofer:

—Espéreme aquí unos minutos.

Me bajé del taxi y me dirigí hacia la cabina telefónica. Inserté mi tarjeta telefónica y tuve suerte, sin ningún esfuerzo me comuniqué con el programa.

—Hola, Puyong —le dije alegre—, soy Nike. —A continuación oí un saludo exagerado pero conmovedor.

—¡Ey, feliz Navidad! —Como estaba en un programa de radio no me llamó "*baobei*", bebé.

—Ven a Pekín hoy —dijo con tono ligero y alegre—. Tenemos show en el bar La Abeja Diligente, luego tendremos una fiesta.

—Está bien, volaré esta noche de Navidad para oír tu música.

Colgué, caminé un rato frente a la cabina y luego decidida entré en el taxi: —Al aeropuerto lo más rápido posible.

Unos minutos después de las cinco había un vuelo a Pekín. Compré el boleto y fui a tomar un café en la cafetería de al lado de la sala de espera. No me sentía especialmente alegre pero ya no sentía la misma ansiedad e indecisión, por lo menos en ese instante tenía un objetivo hacia donde dirigirme, tenía algo que hacer aunque sólo fuera ir a Pekín para escuchar *rock & roll* y pasar una Navidad sin amante ni inspiración.

El avión despegó y aterrizó a tiempo. Cada vez que vuelo siento que el avión se va a caer, pues esa cosa grande y torpe fácilmente se puede caer en el aire tan ligero, de todas maneras me encanta volar.

Fui directo a la casa de Puyong, toqué a la puerta, los vecinos me dijeron que no estaba, me paré por un instante en medio del vecindario y decidí ir a cenar en un buen lugar, no había probado siquiera la comida del avión. Los restaurantes de Pekín son un poco más caros que los de Shangai pero el sabor afortunadamente no me decepcionó. Durante todo el tiempo fui observada por el norteño de la mesa contigua. Su particular mirada pudo consolar profundamente a esta shangainesa sola que llegó aquí para pasar la Navidad o por lo menos confirmaba que ella aún era atractiva.

La Abeja Diligente era un bar bien conocido donde se juntaban los rockeros, un sinnúmero de músicos de pelo largo, pelo corto, semblante enfermizo pero nalgas muy apretadas. Ellos competían en velocidad al tocar la guitarra o comparaban los métodos para atrapar mujeres bellas. Las mujeres de ahí (*groupies* o *guroupi*) todas tenían pechos y cintura de estrellas de Hollywood, o por lo menos podían atraer de alguna manera a las malas hierbas que se juntaban ahí (con dinero, con poder, con talento, con el cuerpo, etcétera).

La música era muy ruidosa, el olor a tabaco, a alcohol y perfume era muy fuerte. Atravesé el largo pasillo oscuro como en un apagón. Vi a Puyong, quien fumaba mientras ensartaba unas cuentas de plata.

Me acerqué y le palmeé el hombro. Levantó la cabeza y abrió la boca. Luego dejó las cosas que tenía en las manos a la chica de al lado y me abrazó desaforadamente.

—De veras viniste, mujer loca de Shanghai. ¿Estás bien? —Me miraba detenidamente. —Pareces mucho más flaca, quién te maltrata, dímelo, me voy a vengar por ti. Maltratar a una mujer bella no sólo es un error, es un crimen. —Dicen que los hombres de Pekín pueden llenar varios camiones de palabras bellas y que las olvidan no bien las pronuncian. Pero yo sí disfruto de este consuelo verbal frío como el helado y caliente como una llama.

Nos besamos estrepitosamente, luego señalando a la chica de al lado me dijo:

—Mi amiga Rosy, es fotógrafa. —A Rosy le dijo:

—Ella es Cocó de Shanghai, egresada de la Universidad Fudan, ahora escribe novelas. —Nos dimos la mano. Ella terminó de ensartar las cuentas de plata, Puyong tomó el brazalete y se lo puso en la muñeca.

—Durante la comida, en un descuido se me cayeron —murmuró mientras se sacudía el pelo. Llamó al mesero. —¿Qué tal una cerveza?

Asentí con la cabeza.

—Gracias.

En el escenario unos hombres arreglaban unos cables, al parecer la actuación estaba por empezar.

—Fui a tu casa y no estabas. Por cierto, ¿puedo quedarme a dormir en tu casa hoy? —le pregunté.

—No hay que dormir, vamos a divertirnos toda la noche. Te voy a presentar a unos hombres duros y salvajes.

—No me interesa. —Fruncí los labios. Su novia pretendía no oír nuestra conversación, su mirada emergía del pelo a los costados e inexpresiva se fijó en algo. Tenía nariz bonita, largo cabello brillante y pechos abundantes. Llevaba un largo vestido de colores entre verde y amarillo como de esas telas lánguidas de tonos y formas de las aguas del Nilo.

Se acercó un hombre muy guapo, tan guapo que dolía, daba miedo enamorarse de él y ser rechazada. Era alto, de piel luminosa, tenía cabello brillante que, como pasto salvaje, crecía hacia arriba, ojos encantadores como humo, un verdadero poema, miraba de reojo como un zorro, tenía esa famosa "mirada de zorro". Sus rasgos y su porte elegante tenían un aire gitano. Me llamaba la atención la barba que le crecía en el mentón, que le imprimía un toque tosco, varonil a su dulce y pura belleza y me brindaba una sensación especial.

Evidentemente conocía a Puyong y a Rosy, se acercó y saludó. Puyong nos presentó, se llamaba Fei Pingguo, Manzana Voladora, y era un famoso estilista de Pekín y de toda China. Tenía visa de trabajo en los Estados Unidos, se paseaba por todo el mundo en busca de inspiración y nuevas tendencias en belleza. Todas las actrices chinas se morían de ganas de consultarlo.

Empezamos a charlar, él reía todo el tiempo, sus ojos que relucían como la flor del durazno me hicieron sentir mal, no me atrevía a mirarlo más, tenía miedo de que se me paralizara la mirada. No planeaba ningún encuentro amoroso esa noche. Alrededor, las mujeres ansiosas de amor se desbordaban; después de los treinta, las mujeres llevan tatuadas en la cara todas sus aventuras y locuras, engañándome me decía a mí misma: "A veces deseo que los hombres me traten como escritora y no como mujer".

El grupo subió al escenario. Las guitarras eléctricas, como bestias desenfrenadas, emitían rugidos salvajes, la multitud se desbordaba, como electrocutados movían los cuerpos, zarandeaban la cabeza de tal manera que parecía que iba a despegárseles en cualquier momento. Metida entre la gente empecé a moverme, estaba realmente feliz ya que no pensaba y no me resistía, me entregué toda a la hoguera infernal de aquella música.

Con la música expresaba la alegría del cuerpo.

La cara brillaba en azul, la planta de los pies duros, extraños que se acarician en esa atmósfera ardiente. Ni una mosca podía volar en medio de esa catástrofe espesa de partículas de altos decibeles y agitación.

"Muero de felicidad", un hombre cantaba histéricamente en el escenario.

Fei Pingguo todo el tiempo estuvo parado a mi lado, acariciando mis nalgas mientras me sonreía. No soportaba a este hombre hermoso, a ese bisexual que todo el tiempo me sonreía y tenía la cara llena de huellas de maquillaje. En sus cejas, sus pestañas, sus pómulos, había huellas de maquillaje. Perseguía hombres y mujeres. Decía que sus novias estaban celosas de sus novios. Siempre estaba inmerso en la angustia del amor, sin saber hacia dónde ir. Le dije que en el país había ochocientos millones de campesinos cuya preocupación principal era cómo tener las más mínimas comodidades, y que él era una persona con mucha suerte.

Me dijo que pensaba que yo era muy inteligente e interesante, considerando mi seriedad y los botones de la blusa cerrados hasta arriba como si fuera una monja, y que yo a cada rato decía "mierda". Yo no hablaba, pero dentro de mí pensaba que era muy guapo y que me ponía nerviosa. Yo normalmente no digo groserías.

—Tienes un culo muy bonito —gritaba en mi oído, ya que la música era fuerte.

Dos de la madrugada, no había luna, la escarcha cubría los techos. El taxi corría por Pekín, que en esa noche helada parecía enormemente grande, como un gran pueblo medieval.

Tres de la madrugada, llegamos a otro sitio de reunión de rockeros. La habitación era grande, la dueña era una vieja norteamericana, originalmente una famosa *groupie* del círculo rockero. Ahora se había asentado, se había casado con un baterista narigón. El baterista había construido un pequeño invernadero en el patio en el cual se decía que cultivaba marihuana. Un grupo bebía, otros oían música, jugaban *mahjong* o juegos electrónicos, otros bailaban o se acariciaban.

Cuatro de la madrugada, unos empezaron a coger en la bañera caliente del dueño, otros estaban dormidos, otros se acariciaban en los sillones. Los demás nos fuimos a un restaurante de Xinjiang a comer fideos. Yo estaba pegada a las mangas de Puyong por el temor de perderme en Pekín de noche, sola no es divertido, además me daba miedo, el aire helado cortaba como una navaja.

Fei Pingguo desapareció. No estaba entre los que comíamos fideos. Pensé en cinco posibilidades, entre ellas, que alguien lo sedujo o que él sedujo a alguien, quién sabe. Él siempre sería un cazador o una presa hermosa. Afortunadamente no le dejé mi teléfono, de lo contrario me sentiría muy incómoda, como abandonada. Esta era mi Navidad más aburrida y lamentable.

Cinco de la madrugada, me tomé una pastilla y me acosté en el sillón de la casa de Puyong. En el tocadiscos una sonata ligera de Schubert, silencio alrededor, de repente se oían los camiones de la calle, no podía dormir. El sueño se alejaba de mi cuerpo como una sombra con alas, lo que quedaba era mi clara conciencia y mi carne sin fuerzas. La oscuridad gris me abrazaba como agua, me sentía esponjada, ligera y pesada a la vez. Esa sensación de ser transportada a otro mundo no era desagradable, entre el sueño y la realidad, no sabía si estaba muerta o viva, pero podía abrir los ojos para mirar el techo y la oscuridad que me rodeaba.

Finalmente tomé el teléfono e inclinada en el sillón le hablé a Tiantian. Aún dormía:

—¿Quién soy? —le pregunté.

—Eres Cocó, te llamé por teléfono, no estabas en casa —dijo con voz suave sin culparme, al contrario, contento porque me las puede arreglar sola.

—Estoy en Pekín —le dije.

Sentimientos contradictorios y opresivos se adueñaron de mi corazón, en ese instante no sabía por qué estaba en Pekín. Qué inestable, mi corazón inquieto siempre flotaba de un lado para otro, nunca descansaba, yo siempre cansada e inútil, ni siquiera escribir me proporcionaba tranquilidad y satisfacción, no tenía nada, sólo andar de un lado para el otro en un avión, sólo insomnio, música, alcohol, ni siquiera el sexo me podía salvar, acostada en medio de la oscuridad parecía un muerto viviente que no podía dormir. Espero que Dios me permita casarme con un noble ciego ya que todo lo que logro ver es oscuridad, pensé. Empecé a llorar en el teléfono.

—No llores Cocó, me haces sentir mal, ¿qué pasó? —decía Tiantian adormilado, aún sin poder sacudirse del sueño pesado inducido por las pastillas para dormir. Él todas las noches tomaba pastillas para dormir, yo también tomo algunas veces.

—No pasa nada, la música de los amigos está bien, estoy muy divertida… sólo que no puedo dormir, pienso que moriré con los ojos abiertos… no tengo fuerzas para regresar a Shangai. Además tú no estás allí, te extraño… ¿Cuándo te podré ver?

—Vente al sur, aquí se está muy bien… ¿Cómo está tu novela?

Cuando mencionó la novela me invadió el silencio, supe que regresaría a Shangai y seguiría escribiendo. Tiantian quería que hiciera eso, además yo sólo podía hacer eso, de otra manera, perdería el amor de muchos, incluso el mío propio. Sólo escribiendo me podría alejar de las personas mediocres y nefastas, sólo así me podría diferenciar de los otros, sólo así podría resucitar de las cenizas el rosal de la gitana.

XVI

La prodigiosa Madonna

> No aceptes invitaciones de un hombre desconocido y recuerda que todos los hombres son desconocidos.
>
> ROBIN MORGAN

> Denme un par de zapatos altos y conquistaré el mundo.
>
> MADONNA

Regresé a Shangai. Todo pasó de manera caótica pero de alguna manera conforme a lo previsto.

Sentía estar más flaca, los fluidos de mi cuerpo convertidos en aguas negras entraron a la pluma y se plasmaron en las palabras y frases de mi novela.

Los envíos a domicilio del restaurante Pequeño Sichuan llegaban regularmente, los traía el joven Ding. Cuando estaba de buenas le prestaba algunos libros para leer, en una ocasión me trajo un pequeño artículo suyo publicado en la columna "Voces del corazón", una sección para trabajadores emigrantes en el diario vespertino *Pueblo Nuevo*. Lo leí y me sorprendió lo bien que estaba el texto, muy profundo. Tímidamente me dijo que su ideal era escribir un libro. Kundera dijo que en el siglo XXI todos serán escritores, con sólo tomar la pluma y escribir lo que se piensa. El deseo de compartir sus sentimientos es una necesidad espiritual de todos los seres humanos.

Con el pelo enmarañado, en pijama, escribí toda la noche, cuando me desperté en la madrugada con la cabeza sobre la mesa tenía en la frente manchas moradas de la tinta negra, miré alrededor, no había nadie, Tiantian no estaba, el teléfono no había sonado (con frecuencia lo desconecto y me olvido de conectarlo de nuevo), me fui a la cama, me acosté y seguí durmiendo.

Una noche, tal vez pasadas las diez, me despertaron unos toques en la puerta. Sentí los golpes en la boca del estómago, afortunadamente los toques a la puerta me salvaron justo a tiempo de una pesadilla. Soñaba que Tiantian se subía a un viejo tren de vapor. Los asientos del vagón estaban ocupados por extraños. Con los ojos muy abiertos veía cómo el tren partía en mis narices, un hombre vestido de militar con un casco de acero saltaba al tren. Dudé sólo por un segundo y el tren ya se había ido. Lloraba muy desesperada, me odiaba, y todo por ver mal el reloj, o tal vez por confundir los horarios de los trenes, o quizá por cobardía en el último instante no me subí. Este sueño parecía insinuar que Tiantian y yo éramos dos trenes que se cruzan al pasar.

Cansada abrí la puerta, afuera estaba Madonna, de negro, fumando un cigarro, la ropa negra la hacía parecer muy flaca y larga.

Mis pensamientos aún estaban en el sueño, ni siquiera me percaté de su desusada expresión. Parecía que había bebido, se había rociado muchísimo perfume Opium, se había recogido el cabello, se parecía a las mujeres antiguas que se peinaban con rodetes en la nuca, tenía una mirada vidriosa, su aspecto me causaba incomodidad.

—Por Dios, ¿has estado todo el tiempo en este cuarto? ¿Sigues escribiendo sin parar? —Caminó unos pasos hacia el cuarto.

—Me acabo de despertar, tenía una pesadilla, por cierto ¿ya comiste? —recordé que en todo el día no había comido nada.

—Está bien, vamos a comer una buena comida, yo invito. —Apagó el cigarrillo, me tiró su abrigo y se sentó en el sillón mientras yo me arreglaba para salir.

Su Santana 2000 blanco estaba estacionado en la calle frente al edificio. Abrió las puertas, encendió el motor, me senté a su lado, me abroché el cinturón, el coche salió como disparado. Todas las ventanillas estaban abiertas, fumar al viento era maravilloso, daba la sensación de que todas las preocupaciones se irían con el aire.

Madonna se dirigió hacia la autopista. Desde que en Shangai proliferaron las autopistas, los locos del volante empezaron a abundar. Estaba sonando el CD con una canción de amor de Zhang Xinzhe, *¿Será que tienes a otro? Dímelo, no temas herirme.* Fue entonces cuando me di cuenta de que ella no estaba de buenas, además recordé a Dick y Zhusha juntos la otra noche en el Goya, y todo se me aclaró.

Madonna era una mujer impenetrable, su vida estaba llena de improvisaciones, caprichos, complicaciones, me era muy difícil imaginarme su pasado o su presente, y su futuro me parecía incierto. Tampoco sabía si su relación con Dick era seria, ya que siempre decía tener a muchos jovencitos como él, por lo que Dick tampoco parecía ser el último postre en el viaje de su vida.

—¿Qué quieres comer, comida china, occidental o japonesa?

—Lo que sea —dije.

—Qué indecisa, odio a la gente que dice *lo que sea*, piénsalo y decide.

—Japonesa —dije. En la cultura de esta ciudad hay una fuerte tendencia a venerar lo japonés, la gente adora las canciones de Anmuro Namie, los libros de Murakami Haruki, los programas de televisión de Kimura Takuya y ni qué decir de los innumerables cómics o los aparatos electrónicos japoneses. A mí también me gusta la comida japonesa, fresca y elegante, y los cosméticos. El coche se paró frente al restaurante Edo de la calle Donghu.

Las luces se derramaban sobre los ladrillos del piso como ámbar líquido, los mozos vestidos como marionetas se movían eficientemente, ordenados y limpios, por el salón. Nos sirvieron una tras otra las entradas, sushi de atún, pepino encurtido, camarones secos y sopa de mariscos.

—¿Sabes que ya no salgo con Dick? —me dijo.

—¿De veras? —la miré, tenía la cara descompuesta—, ¿por qué? —Realmente no sabía la razón pero no pensaba decir que lo había visto con Zhusha en el Goya. Zhusha era mi prima y Madonna mi amiga, debía tomar ese asunto con mucha objetividad.

—¿Acaso no lo sabes? Es tu prima, tu prima Zhusha me robó a mi hombre —gimió y se tomó de un trago el sake.

—Bueno, ¿acaso no es posible que Dick hubiera tomado la iniciativa? —dije con frialdad. Para mí Zhusha era una mujer impecable, incapaz de algo así. Por las mañanas, maquillada discretamente, se subía a un autobús con aire acondicionado o al taxi y se iba a la *office*, al mediodía tomaba su "almuerzo ejecutivo" en una cafetería de estilo occidental o en un restaurante pequeño, a la noche cuando las luces apenas se empezaban a encender, con pasos de gato, salía e iba al almacén Meimei de la calle Huaihai e impasiblemente miraba los estantes llenos de las marcas de última moda. Luego en la esquina de la calle Changshu bajaba por las escaleras eléctricas y tomaba el subte, y como muchas otras mujeres Zhusha se arreglaba el maquillaje manteniendo en su rostro una leve expresión de cansancio y satisfacción. Precisamente porque hay muchas mujeres como Zhusha en esta ciudad es que existe una cierta elegancia y un cierto control, en medio de estos tiempos desbordados, ostentosos y excéntricos. Los reclamos confusos de las mujeres que salieron de la pluma de Zhang Ailin, y la elegante melancolía de los escritos de Chen Danyan, se basaban en lo que ocurre aquí. Muchos llaman a Shangai la "ciudad de las mujeres", probablemente comparándola con las ciudades de machos del norte.

—Creí que conocía a Dick, podía adivinar todo lo que pensaba, pero jamás adiviné que se aburriría de mí tan pronto. Soy muy rica pero mi cara es fea ¿verdad? —Sonriendo tocó mi mano y levantó su cara hacia la luz.

Lo que vi fue una cara no muy hermosa pero sí difícil de olvidar, un rostro afilado, cejas oblicuas, piel pálida con poros un poco abiertos, pintura labial cara tan espesa que amenazaba con escurrirse. Había sido bella pero ahora el sauce se había marchitado, las nubes se habían dispersado, los pétalos marchitos se habían caído. Era un rostro por el que habían pasado placeres ácidos, locura, sueños, esas cosas corroen, dejaron huellas sobre la piel suave, endurecieron las facciones, marcas y cansancio que pueden herir pero también ser vulnerables.

Sonrió, sus ojos estaban rojos, húmedos, era como toda la historia de las mujeres, un espécimen que había concentrado las cualidades, los valores y la naturaleza de todas las mujeres.

—¿De veras te importa tanto Dick? —le pregunté.

—No sé… pero no me siento bien, siento que me usó, que me engañó, estoy enojada, ya no quiero tener otro hombre, quizá ya no haya otro hombre joven interesado en estar conmigo. —Tomó el sake como agua, su cara se encendió como un girasol de Van Gogh bajo el Sol. Me tomó totalmente por sorpresa cuando levantó la mano y estrelló la copa contra el piso, miles de pedazos como de jade blanco se desparramaron en el suelo.

El mozo vino de inmediato.

—Disculpe, fue un accidente —le dije.

—A decir verdad, eres muy afortunada, tienes a Tiantian y también a Mark. ¿Verdad?, súper completa. Cuando se es mujer y se puede tener todo eso, entonces eres feliz. —Seguía sosteniendo mi mano y mi palma de pronto empezó a transpirar frío.

—¿Qué Mark ni qué? —trataba de mantener la calma. En ese instante un mozo con cara de alumno de secundaria nos miraba a través de sus lentes. Es interesante observar a dos mujeres jóvenes que hablan de su vida privada.

—No quieras disimular, ¿qué puede escapar a mis ojos?, mis ojos son muy agudos, además tengo intuición, tantos años de ser *mami* en el sur no fueron en vano —rió—. Relájate, no le diré a Tiantian, si le digo lo mato, es muy puro y débil… además tú tampoco haces nada malo, te entiendo. —Me tomé la cabeza con las manos, esa bebida japonesa caliente, aparentemente inofensiva, hacía su efecto, mi cabeza empezó a dar vueltas, sentía que volaba.

—Estoy borracha —dije.

—Vamos a hacernos una limpieza facial, aquí al lado. —Pagó la cuenta, me tomó de la mano, salimos del restaurante y entramos en el salón de belleza por la puerta contigua.

El salón no era grande, en las cuatro paredes colgaban pinturas, algunas originales y otras copias. Se decía que el dueño del salón sabía mucho de arte, frecuentemente entraban hombres al salón, no para ver a las mujeres sino para comprar un cuadro auténtico de Lin Fengmian.

Suave música, suave olor a incienso de frutas, suave la cara de la cosmetóloga.

Madonna y yo nos acostamos en dos camas vecinas, nos taparon los ojos con dos rebanadas de pepino, ya no pudimos ver nada. La mano suave de la mujer resbalaba por mi cara, la música provocaba sueño, Madonna decía que cuando venía a hacerse la cara con frecuencia se quedaba dormida. Ese ambiente creaba una sensación sutil de intimidad y simpatía mutua entre las mujeres. Las suaves caricias de manos femeninas sobre la cara son mucho mejores que las caricias de un hombre. En los salones de belleza se respira un fuerte aire de cultura lesbiana. En alguna cama alguien se estaba tatuando las cejas, podía oír el sonido del metal perforando, se me erizaba la piel. Después me relajé. Me dormí embriagada por los dulces pensamientos de que mi cutis al rato sería como el de Elizabeth Taylor de joven.

El Santana blanco corrió volando como el viento por la autopista en la noche silenciosa. Escuchando la radio, fumábamos en una atmósfera quieta como el agua.

—No quiero ir a mi casa. Es tan grande y silenciosa. Sin un hombre que me acompañe parece una tumba, ¿puedo ir a tu casa? —preguntó.

Asentí con la cabeza.

Estuvo en el baño mucho tiempo. Marqué el teléfono del hotel donde estaba Tiantian. Su voz era soñolienta (siempre se oye así por teléfono). Su respiración familiar llegó a mi oído a través del cable telefónico.

—Estás dormido, te llamo después —le dije.

—Eh, no, no importa, estoy muy relajado, parece que tuve un sueño, soñé contigo, además había cantos de pájaros, se me antoja comer esa sopa rusa que tú haces… ¿Hace frío en Shangai? —Se sonaba la nariz, parecía resfriado.

—No mucho, Madonna se quedará conmigo esta noche, no se siente bien, Dick y Zhusha están saliendo juntos. ¿Cómo están tú y Ovillo?

—Ovillo tiene diarrea, la llevé al veterinario, la inyectaron y le dieron una medicina, yo tengo algo de gripe. Desde que regresé de nadar empecé, pero no importa. Acabo de ver una película de Hitchcock, su estilo me recordó un poco las novelas de artes marciales de Gu Long. Por cierto, quiero contarte algo que vi con mis propios ojos. Justo ayer, mientras estaba sentado en un colectivo, un ladronzuelo de catorce o quince años le arrancó la gargantilla de oro a la señora que estaba a mi lado. Nadie intentó detenerlo, se bajó y corrió sin dejar huella.

—Qué horror, cuídate, te extraño mucho.

—Yo también, es lindo tener a quien extrañar.

—¿Cuándo regresas?

—Cuando termine de leer estos libros, y de dibujar unos bosquejos. La gente de aquí no es como en Shangai, este lugar es como el sudeste de Asia.

—Está bien, un beso. —Se oyó en el teléfono un largo chasquido de labios, contamos uno, dos, tres y al mismo tiempo colgamos el teléfono.

Madonna me llamó desde el baño:

—Querida, pásame una bata. —Abrí el armario, saqué la bata gruesa de algodón de Tiantian. Ella ya había abierto la puerta y se secaba en la espesa niebla del baño.

Le tiré la bata, ella se puso en una pose provocativa al estilo de Marilyn Monroe.

—¿Qué te parece mi cuerpo?, ¿te parece atractivo todavía?

Crucé los brazos, la miré de arriba abajo, le pedí que girara, ella obediente dio media vuelta y luego la vuelta completa.

—¿Qué tal? —me miraba inquieta.

—¿Quieres la verdad? —pregunté.

—Por supuesto.

—Hay huellas de muchos hombres, por lo menos de unos cien.

—¿Qué quieres decir? —Seguía sin la bata.

—Las tetas no están mal, aunque algo pequeñas se ajustan cómodamente a la palma de la mano, las piernas son muy elegantes, el cuello es lo más bonito de tu cuerpo, sólo las damas occidentales de la alta sociedad tienen un cuello tan hermoso, pero el cuerpo en su conjunto está cansado, carga con la memoria de demasiados hombres.

Todo el tiempo apretaba sus pechos, algo decaídos pero para ella eran un tesoro, conforme oía mis palabras acariciaba sus piernas y luego hacia arriba tocaba su largo y bello cuello:

—Me adoro, mientras más vieja y cansada, más me quiero... ¿A ti no te gusto?

Me alejé, verla tocarse el cuerpo me ponía nerviosa, ya sea un hombre o una mujer, cualquiera se vería afectado por eso.

—¡Aquí se está mejor que en mi casa! —gritó a mis espaldas.

Quería charlar conmigo, nos acostamos en la misma cama, pierna contra pierna, arropadas con una delgada cobija de plumas de ganso, a través de la tenue luz, por encima de su nariz, podía ver el armario y la ventana. Mientras estaba estudiando en la Universidad, las chicas de la misma habitación tenían la costumbre de dormir en la misma cama. La mejor manera de compartir los secretos mutuos, las alegrías, los deseos, las penas con otra mujer era tal vez compartiendo la misma cama. En medio de eso se forjaba una amistad especial, una confianza basada en la intuición y la ansiedad subconsciente, tan difícil de ser comprendida por los hombres. Me contaba de su pasado, como parte del intercambio yo también le ofrecía mi vida pasada, claro que mi pasado ni de lejos era tan complejo y oscuro.

Su vida era como una caligrafía espontánea, hecha en estado de ebriedad, y la mía era como un carácter redondo, más uniforme, el dolor, la ansiedad, la alegría, la presión no me hicieron extraña ni anormal, yo aún era una chica simpática, dócil, por lo menos a los ojos de algunos hombres.

Madonna nació en el barrio bajo del distrito Zhabei de Shangai. Desde niña su sueño era ser artista (por eso se buscó tantos amantes artistas). A los dieciséis años dejó la escuela. Su padre y su hermano mayor eran borrachos, cuando se embriagaban la tomaban como blanco para golpearla. Poco a poco esa violencia se convirtió en abuso sexual, le pegaban en las nalgas, apagaban las colillas de los cigarrillos en sus pechos. Su madre era débil y jamás la pudo proteger.

Un día tomó el tren y sola fue a Guangzhou. No tenía muchas opciones, empezó a trabajar en un bar acompañando a los clientes. En aquel entonces, las ciudades del sur pasaban por una ola de gran desarrollo, había muchos ricos, algunos tenían tanto dinero que te dejaba sin palabras. Ella tenía ese toque especial que sólo tienen las chicas de Shangai, su porte y sus actitudes la hacían superior a las otras chicas de provincia, los clientes la preferían, la ayudaban, querían hacer cosas por ella. Su posición en ese medio subía cada día más, empezó a reclutar por si sola a unas chicas y comenzó su propio negocio.

La llamaban "Muñequita extranjera", era un apodo cariñoso de Shangai para las chicas blancas y hermosas. Con sus vestidos largos negros escotados con delgados tirantes, pulseras de diamantes regaladas por sus admiradores, los cabellos negros sobre su cara blanca, parecía una reina que vivía en un castillo encantado, lleno de pesadas cortinas. Ejercía un enorme poder dentro de una complicada red de relaciones.

—Cuando me acuerdo de aquellos tiempos, siento que todo pasó en mi otra encarnación, si lo resumiera en pocas palabras sería "La bella y las bestias". Yo dominaba las fórmulas de cómo domesticar a los hombres, tal vez después cuando sea vieja, voy a escribir un libro para mujeres, les enseñaré cómo atrapar el corazón de los hombres, cuál es su lado oscuro, igual que cuando vas a matar a una serpiente hay que pegarle en el punto exacto, los hombres también tienen su punto débil. Aunque las mujeres de ahora maduran más temprano y son más agresivas y valientes que nosotras, aún son perdedoras en muchos aspectos. —Acomodó la almohada y me miró. —¿Tengo o no razón?

Le dije:

—En el fondo lo que pasa es que el sistema social actual desconoce las necesidades de la mujer y no las apoya para que estén conscientes de su propio valor. Las mujeres más agresivas se ganan el apodo de "vulgares", las suaves y gentiles se consideran como "floreros vacíos sin cerebro".

—Como quiera que sea, las chicas deben cultivar su cabeza, no está mal ser inteligente. —Se detuvo y me preguntó si estaba de acuerdo, le dije que sí, aunque no me considero como ejemplo de feminismo, sin embargo sus palabras eran muy ciertas, me hicieron descubrir la sabiduría y sensatez escondidos en su pensamiento.

—¿Entonces, cómo fue que te casaste con tu esposo el difunto?

—Pasó algo que me enseñó mucho, me enseñó que dentro de ese mundo por mucho que yo tuviera influencias a través de mis relaciones, no era más que un punto rojo fácil de borrar... Apreciaba entonces a una chica de Chengdu. Era una universitaria, había estudiado administración en la Universidad de Sichuan, había leído mucho, podía conversar conmigo sobre temas de arte (disculpa, pero aunque sea muy inculta, desde niña el arte siempre me ha inspirado curiosidad, en aquel entonces entre mis novios había un pintor graduado en el Instituto de Bellas Artes de Guangzhou, igual que Dick, pintaba cuadros surrealistas al óleo). Ella no tenía dónde vivir así que la invité a vivir conmigo mientras tanto. Un atardecer de pronto tres hombres de aspecto salvaje vinieron a la puerta a buscarla. Eran paisanos de ella, habían reunido fondos y se los dieron para que los invirtiera en Guangzhou en el mercado de futuros. El resultado fue que en una sola noche los cien mil yuanes se hicieron polvo, y ella sin otra alternativa se dedicó a la prostitución. Todo el tiempo se había escondido de sus paisanos, sin decirles lo que había pasado. Finalmente esos hombres con navajas en la mano llegaron a la puerta. Yo estaba en la ducha, me descubrieron y me llevaron también. Aquello era de terror, dieron vuelta por completo mi cuarto, se llevaron todas mis alhajas y treinta mil yuanes en efectivo. Les decía que ese asunto no tenía que ver conmigo, que me soltaran, pero ellos taparon mi boca con una tela. Pensé que nos iban a vender a los tratantes de blancas y nos iban a llevar a Tailandia o Malasia.

"Nos encerraron en un cuarto oscuro, todo en mi cabeza estaba negro, estaba muy desesperada, por todos lados se sentía que algo terrible iba a pasar. Piensa, unas horas antes yo vivía entre algodones y de pronto me había convertido en una presa, qué vida iba a tener. Llegaron, golpearon salvajemente a la chica, decían que había nacido para ser puta, luego sacaron el trapo de mi boca, decidí aprovechar esa oportunidad para salvarme. Recité una larga lista de nombres importantes, desde el jefe de la policía hasta los mafiosos que controlaban cada barrio. Dudaron un poco, salieron del cuarto a deliberar, se demoraron, parecían tener aún un dilema, finalmente el hombre un poco más alto entró: "Tú eres la famosa 'Muñequita extranjera', esto es un malentendido, inmediatamente te llevaremos a tu casa".

Su mano helada tomó la mía, extendió las palmas lentamente, los dedos le temblaban.

—¿Por eso decidiste casarte?

—Sí, para salir de ese negocio. Entonces había un corredor de bienes raíces que se había hecho millonario. El viejo estaba decidido a casarse conmigo. Finalmente afronté el asco de acostarme con una momia llena de arrugas y me casé con él. Pensé además que no iba a durar mucho, mi intuición se confirmó… Ahora tengo dinero, tengo libertad, soy mucho más afortunada que la gran mayoría de las mujeres. Aunque me aburro como una ostra, estoy mejor que las desempleadas de las fábricas textiles.

—La mujer de la casa vecina está desempleada, pero no veo que esté sufriendo demasiado, igual que siempre prepara la comida y espera a su marido, regresa el hijo y los tres juntos alrededor de la mesa comen contentos. Dios es justo, te da esto pero te quita aquello, puedo entender la alegría de mis vecinos —dije.

—Está bien, digamos que tienes razón, vamos a dormir. —Abrazándome por los hombros, su respiración se hizo cada vez más profunda y pronto se durmió.

Yo no podía dormir, su historia como un manantial de luz constantemente arrojaba chispas en mi cerebro, doce corrientes de colores diferentes se fundían unas con otras. Su cuerpo estaba presionando fuertemente contra el mío, podía sentir su calor, su respiración, sus heridas y sus sueños. Ella existía en los límites de lo creíble y lo increíble, en los límites entre las llamas y el hielo, posee un atractivo sexual absorbente (por ser mujer yo lo sentía con más claridad). También poseía un sentido de la muerte pavoroso (sus vivencias y su nerviosismo sobrepasaban a los de un ser común, en cualquier momento podía salirse de control y herir como un cuchillo).

Intenté retirar su brazo, sólo si me alejaba de ella me podría quedar dormida. Pero ella me apretó aún más fuerte. Después de un fuerte suspiro en el sueño, empezó a besar mi cara. Sentía sus labios húmedos y peligrosos como una almeja hambrienta, pero yo no era Dick ni otro hombre de su vida. Traté de alejarla con todas mis fuerzas pero ella no despertaba, en la oscuridad de la noche rodeaba mi cuerpo como una hiedra. Ardiendo de calor, me moría de miedo.

De pronto despertó. Abrió los ojos, sus pestañas estaban húmedas:

—¿Por qué me abrazas? —preguntó en voz baja, se podía ver su estado de placer.

—Fuiste tú quien me estaba abrazando —me defendí.

—Ah —suspiró—, soñé con Dick… Tal vez de veras lo quiero, estoy muy sola. —Mientras hablaba se levantó de la cama. Se acomodó los cabellos y se puso la bata de Tiantian: —Me voy a la otra habitación a dormir.

Cuando salía del cuarto sonreía con picardía, se dio vuelta y me preguntó:

—¿Te gustó que te abrazara?

—*God.* —Hice un gesto hacia el techo.

—Siento que te amo, de veras, nosotras podríamos estar aún más cerca, tal vez porque nuestros signos del horóscopo son compatibles. —Con la mano me indicaba no abrir la boca. —A lo que me refiero es a que tal vez yo pueda ser la agente de tu maravillosa novela.

XVII

Entre madre e hija

No deseo que mi joven hija salga y afronte la crueldad de la vida, ella debe permanecer en la sala el mayor tiempo posible.

Sigmund Freud

Iba sentada, meciéndome, en el segundo piso del
colectivo que atravesaba las calles, los edificios, los árboles que conocía tan bien, me bajé en Hongkou. Ese
edificio de viviendas de veintidós pisos parecía adormilado bajo los rayos del sol, el color amarillo de las
paredes exteriores parecía algo sucio debido a la con-
taminación de materiales químicos. Mis padres vivían
en el último piso. Las calles, los edificios y la gente se
veían minúsculos desde la ventana de mi cuarto, la
ciudad a vista de pájaro era rica y colorida. Mi casa tenía tanta altura sobre el mar que algunos amigos de
mis padres que temían a las alturas ya no los visitaban
con frecuencia.

Pero a mí me encantaba la idea de que esas grandiosas construcciones en cualquier momento se podían
desplomar. Shangai no está como muchas ciudades de
Japón, levantada sobre suelos sísmicos. En Shangai sólo hay memoria de unas pocos y leves temblores. Recuerdo una noche de otoño cuando con los compañeros de la revista cenábamos en un restaurante de la calle
Xinle, que cuando apenas empezaron los temblores
solté el enorme cangrejo que tenía en las manos y de un

solo salto bajé las escaleras. Esperé que mis colegas bajaran, charlamos juntos en voz baja un rato en la puerta y cuando pararon los temblores regresamos al restaurante. Con un enorme aprecio por la vida, comí rápidamente los cangrejos gordos que quedaban en mi plato.

En el ascensor eternamente estaba un anciano con un viejo traje militar apretando los botones. Siempre me imaginaba que cada vez que el ascensor subía un piso, en los cimientos débiles de la ciudad se abría una delgada grieta, que cada vez que el ascensor subía y bajaba Shangai se hundía en el Pacífico 0,0001 milímetros por segundo.

Cuando la puerta se abrió, apareció mi madre con una expresión feliz en la cara, pero se contuvo y como si nada me dijo:

—Dijiste que vendrías a las diez y media, otra vez llegas tarde. —El peinado, que seguramente se hizo en el pequeño salón de belleza de la planta baja del edificio, brillaba por el tratamiento con aceite restaurador que le pusieron.

Apareció mi padre, regordete, con una camisa nueva de la marca Lacoste. En la mano tenía un puro de la marca Corona Imperial. Para mi grata sorpresa me di cuenta de que mi padre después de todos estos años aún era un viejo simpático y atractivo.

Le di un gran abrazo: "Feliz cumpleaños, profesor Ni", sonreía dulcemente mientras sus arrugas se estiraban en la cara. Ese día era su fiesta, dos alegrías juntas llegaron a su puerta, había llegado a los cincuenta y tres años y además, después de encanecerse, finalmente era su primer día como profesor titular. Profesor titular Ni se oye mucho mejor que profesor asociado Ni.

Zhusha salió de mi cuarto, aún vivía allí temporalmente, el departamento nuevo de tres dormitorios que se compró estaba en remodelación. Era muy gracioso, mis padres de ninguna manera querían aceptar que ella les pagara algo, siempre que a escondidas les metía billetes en los monederos o en los cajones, le recriminaban:

—Nuestra propia pariente fijándose tanto en el dinero, eso no está nada bien, en la sociedad mercantil todavía existe el cariño entre parientes, aún debe de haber ciertos principios ¿o no? —le decía mi padre.

Zhusha con frecuencia le traía frutas y otros pequeños regalos, para su cumpleaños le compró una enorme caja de puros. Mi padre sólo fumaba puros nacionales de la marca Corona Imperial. Estaba muy orgulloso porque por su recomendación varios profesores europeos invitados a su centro empezaron a fumar puros Corona Imperial.

Le compré a mi padre unas medias, por un lado porque creo que el mejor regalo para un hombre son medias (a todos mis novios en los cumpleaños les he regalado medias), por otro lado, mis ahorros pronto se iban a acabar y además faltaba un tiempo para que ganara dinero con mi nuevo libro, así que había que ahorrar un poco.

Entre los invitados había varios estudiantes de posgrado de mi padre, mi madre como siempre estaba preparando la comida en la cocina, la nueva empleada doméstica contratada por horas la ayudaba a un lado. En el estudio de mi padre se oía una polémica acalorada, los hombres estaban hablando sobre temas difíciles de entender y sin ninguna utilidad concreta. Mi padre pensó alguna vez presentarme a uno de sus discípulos, yo no acepté ya que la pedantería de ese joven me daba asco. Un hombre culto además debe saber de amores, debe apreciar la belleza de la mujer, su bondad, sus virtudes y defectos. Debe saber hablar bonito, a la mujer el amor le entra primero por el oído y luego le llega al corazón.

Zhusha y yo charlábamos sentadas en el pequeño cuarto. Se había cortado el pelo según el último número de *Elle*. Se dice que el amor transforma la apariencia, eso es muy cierto. Le brillaba el cutis (prefería pensar que ese brillo venía del amor y no de las mascarillas Shiseido que ella usaba), sus ojos húmedos también brillaban. Recostada en el sillón floreado de madera parecía una pintura antigua de mujeres bellas.

—Siempre vistes de negro —me dijo Zhusha.

Miré mi suéter y mis pantalones ajustados:

—¿Qué tiene de malo? —dije—, el negro es mi color de la suerte, además me hace parecer bonita y elegante. —Rió.

—También hay otros colores bellos, quiero regalarte algo de ropa. —Se levantó y empezó a buscar en un armario.

Mirando su espalda pensé que aunque ella siempre había sido tan buena y bondadosa, ¿no sería que esa vez me quería sobornar? Yo tenía mucho que ver en su asunto con Dick, se conocieron a través de mí y además Madonna era mi amiga.

Sacó unas prendas bastante nuevas y me las mostró.

—Quedátelos, yo no tengo dónde vestir ropa formal, siempre estoy en mi casa escribiendo en pijama —dije.

—Pero tendrás que entrevistarte con editores, con periodistas, asistir a sesiones de autógrafos, créeme, tú te convertirás en una celebridad —me animaba risueña.

—Cuéntame de ti y de Dick —le dije de repente, tal vez me faltó el tacto necesario, se quedó perpleja, sonrió y dijo:

—Muy bien, nos llevamos muy bien.

Después de aquella fiesta en el jardín ellos dos intercambiaron sus teléfonos, todo fue por iniciativa de Dick. Quien primero habló y arregló una cita también fue Dick. Antes de asistir a la primera cita ella dudó mucho si salir o no con un joven ocho años menor que ella, quien además sostenía una relación con una mujer fuera de lo común que había sido *mami*. Pero finalmente acudió.

No sabía por qué, tal vez porque ella odiaba su propia inocencia, no deseaba ser por siempre una hermosa doncella, pura y vacía, ante los ojos de los demás, las chicas de buenas familias también pueden tener de pronto el deseo de probar otros mundos, tal y como dice el dicho "la niña bien también enloquece".

En un restaurante cualquiera, ellos dos estaban sentados frente a frente bajo un foco. Ella a propósito no traía alhajas, estaba vestida de manera muy sencilla. Pero ella vio en sus ojos arder esa pequeña llama, la que Rose vio en los ojos de Jack en *Titanic*, esa luz que hace saltar el corazón.

Esa noche fueron a la casa de Dick, hicieron el amor al ritmo de los gemidos del jazz de Ella Fitzgerald. La sensación del sexo era como fresca lluvia primaveral. Nunca había tenido una sensación tan tierna y maravillosa, era como si pudiera penetrar en los huesos de un hombre, derretirse, fluir como agua por su cuerpo, creaban imágenes con líneas y sombras, expresaban los sentimientos según la música, ella estaba aturdida.

—¿Soy una mala mujer? —le preguntó al amante joven y apasionado. Él, desnudo, recostado en la cabecera de la cama la miraba sonriendo.

—Sí, porque hiciste que me enamorara de ti —le contestó el joven amante—. Mujeres buenas en la vida, malvadas en la cama así como tú, ¿dónde se pueden encontrar? —enterró su cabeza en su pecho—, creo que soy un *lucky guy*.

No sabía cuán confiable era él, pero ella ya había pensado y reconsiderado que no había que preocuparse por el desarrollo posterior, que sea como iba a ser. Ella no pensaba depender de nadie, tenía una buena profesión y además era inteligente, era la típica mujer de Shangai de la nueva generación, altamente educada e independiente, tanto espiritual como económicamente.

—Ustedes ¿se van a casar? —pregunté con curiosidad—. Sólo me preocupa que tú… —añadí. Mi enfermedad profesional es espiar los secretos privados de los demás. Zhusha apenas se había divorciado, conocía muy poco a Dick, pero yo sentía que Zhusha había nacido para casarse y formar una familia. Tenía sentido de maternidad y responsabilidad.

—No sé, pero de veras somos muy compatibles. —Yo pensé que esa compatibilidad tenía que abarcar varios aspectos, incluyendo la cama.

—Nos gustan los mismos tipos de comida, escuchar la misma música, ver las mismas películas, de pequeños los dos éramos zurdos y los grandes nos obligaron usar la mano derecha —me miró y sonrió—, además no siento que le lleve ocho años.

—Chang Hao, el apuesto maestro de Go, también se casó felizmente con una mujer ocho años menor. —Yo también sonreí. —La afinidad entre los seres es muy difícil de explicar… nunca he comprendido verdaderamente a Dick, de hecho es muy introvertido, ¿tú puedes estar segura de él?… Un artista joven frecuentemente inspira el instinto materno en una mujer mayor, por otro lado un pintor de por sí no es fácil de asir, es errante, lo que busca por el mundo es el arte y no una mujer —le dije.

Unos meses después, en la primera plana de todos los periódicos se hablaba del caso del divorcio en Hong Kong de las estrellas de rock Dou Wei y su esposa Wang Fei, la causa fue que Dou Wei se amaba más a sí mismo y a su música y que le era irrelevante que Wang Fei fuera la reina de la escena musical de Asia.

—Tú también eres artista. —Sonrió insípidamente y

toda seria, como una estatua de jade llena de rocío matinal dentro de un parque, se levantó, caminó hacia la ventana y miró a lo lejos.

—Está bien —giró la cabeza sonriendo—, cuéntame de tu novela, de tu Tiantian. —En su sonrisa pude ver que tal vez subestimé su capacidad de explicar la vida y su innata intuición femenina. Ella definitivamente era una digna muestra de las mujeres de clase media con criterio propio de Shangai.

—¿Cómo ha estado Mark últimamente? —pregunté. No nos habíamos comunicado por un buen rato, y yo creía que estaba ocupado disfrutando en compañía de su familia.

—Ya pasaron las vacaciones de Navidad, la empresa tiene mucho trabajo, hay muchos asuntos que hay que sacar rápido. Mark es un jefe impecable, tiene capacidad de discernir, de organizar, simplemente tiene cabeza, sólo que a veces es demasiado rígido —acariciando mi rodilla sonreía con malicia—, no me hubiera imaginado que ustedes dos iban a estar juntos.

—Yo me enamoré de sus nalgas apretadas y de su porte de nazi. En cuanto a él, tal vez le atrajo mi cuerpo oriental, su brillo, sin tanto vello como el de las occidentales, su color dorado, lleno de misterios. Además, tengo un novio que no me puede hacer el amor y yo soy una escritora. Éstos son todos los motivos de nuestra atracción mutua.

—Él tiene familia.

—Despreocúpate, yo me sé controlar, si no me enamoro de él, no habrá ningún problema.

—¿Estás segura de que no te enamorarás de él?

—No quiero hablar de eso, al parecer las mujeres siempre hablan de los hombres, vamos a almorzar.

Salimos juntas del cuarto, Zhusha recordó algo y en voz baja me dijo:

—El próximo sábado por la tarde en el estadio de la escuela norteamericana de Pudong habrá un partido amistoso de fútbol organizado por la Cámara Alemana de Comercio. Mark participará, él es el goleador del equipo de su empresa.

—Quiero ir —le dije en voz baja.

—Es muy probable que veas a su esposa y a su hijo —dijo.

—Está bien, será un espectáculo interesante. —Le pegué en el hombro. En las películas siempre describen muy dramáticamente los encuentros entre el esposo, la esposa y la amante. Pensé que en esa ocasión tal vez el director iba a enfocar la lente sobre mí.

—Come más —decía mi madre sentada a mi lado—, esta sopa de maní y patitas de cerdo es una receta nueva. —Sus ojos reflejaban un profundo amor maternal, eso era precisamente lo que me hacía sentir ternura por dentro, aunque era doblemente opresivo, eso era lo que me hacía retorcer y saltar en su matriz, curar todos los maltratos y heridas adquiridas después de nacer, y también me hacía estirar los pies para escapar de esa plaza de Tiananmen construida por el amor materno. No me preocupaba si vivía o moría, lo que deseaba era que me dejara sola.

—¿Todavía comen comida que les traen a domicilio? Estás muy flaca… ese chico Tiantian ¿cómo está? ¿qué planes tienen ustedes? —mi madre no paraba de preguntarme en voz baja. Comía con la cabeza gacha y a propósito sorbí la sopa haciendo mucho ruido (en mi casa no se permitía sorber la sopa). Papá y los alumnos aún hablaban de acontecimientos internacionales, como si personalmente conocieran la Casa Blanca o la península balcánica. Conocían la situación de Irak y Kosovo como la palma de su mano y hasta podían mencionar algunos detalles, por ejemplo, uno de los estudiantes comentó que cuando Clinton por primera vez enfrentó la investigación del Congreso acerca de su conducta vergonzosa, durante el discurso donde tenía que aclarar su inocencia llevaba en el cuello una corbata ZOI que le había regalado Monica Lewinsky, ése era un detalle oscuro, él de esa manera le rogaba a Lewinsky estar a su lado, mantenerse leal a él.

—Mamá —miré a la señora adulta a mi lado tan encantadora y tan llena de preocupaciones a la vez—, no te preocupes, cuando tenga una dificultad imposible de resolver, vendré a la casa a refugiarme, te lo prometo ¿está bien? —La abracé.

Llegó la torta que los estudiantes le habían regalado a papá. Le pusieron seis velas, mi papá estaba de excelente humor, las apagó de un soplo y empezó a reír como un niño grandote, cortó la torta y la repartió.

—Pronto vendrán más fondos, el proyecto de investigación va a tener nuevos alcances —dijo y los estudiantes empezaron a hablar del tema de la investigación, "El sistema de vacaciones del servicio civil de la dinastía Tang". (Ese tema se me hacía como un juego donde una persona sostiene en una mano una pelota roja y en la otra una pelota verde y pregunta en cuál mano está la pelota amarilla.)

Según mi opinión, los discípulos de los profesores titulares son básicamente sus ecos serviles o esclavos, primero deben estar de acuerdo con el pensamiento del profesor, esconder sus dudas. Luego, cuando logran el cariño y el aprecio del profesor, lo tienen que acompañar por todos lados a dictar conferencias, si el profesor los recomienda podrán publicar algún artículo en alguna revista, bajo los cuidados del profesor se casarán y tendrán hijos, encontrarán trabajo y así hasta el día en el cual su posición se afiance y puedan hablar por sí mismos.

Uno de los estudiantes me preguntó acerca de mi novela, creo que mi papá les dijo que otra vez estaba escribiendo, aunque no estaba nada orgulloso de tener una hija escritora, sin embargo con mucho entusiasmo me promovía. La gente seguía charlando, yo ya me quería ir.

—¿Ni siquiera una noche puedes quedarte a dormir? Todavía tengo muchas cosas que quiero hablar contigo —mi madre me dijo con una mirada herida que atravesaba el tiempo, como restos de una estrella flotando en el vacío ilimitado.

—Eh, sólo quiero caminar un poco, esta noche me quedaré aquí, dormiré con Zhusha. —Sonreí, saqué las llaves de la bolsa y las hice sonar ruidosamente, yo también sabía mentir.

XVIII

Las dos caras del amor

Somos amantes, no podemos dejar de amarnos.

MARGUERITE DURAS

Recuerdo que hace dos años, cuando aún trabajaba en la revista, me enviaron a Hong Kong para hacer un reportaje especial acerca del retorno a la madre patria. Cada noche después del trabajo me sentaba en las escaleras de piedra del Muelle Victoria, mientras fumaba y contemplaba las estrellas con el cuello estirado, a punto de romperse. Cada tanto me puedo sumergir en ese estado donde me olvido de la existencia de todo lo que me rodea y hasta me olvido de mí. Me imagino que en esos momentos quedan muy pocas células funcionando en el cerebro, apenas para respirar, como una fina niebla azul que se eleva.

El escribir frecuentemente me llevaba a ese estado. Sólo que veía las estrellas con la cabeza gacha, su brillo felizmente se reflejaba en las letras que aparecían, en ese momento entraba en el nirvana, es decir ya no le tenía miedo a la enfermedad, los accidentes, la soledad y ni siquiera a la muerte, era inmune a todo.

La vida real nunca es como deseamos. Vi por una ventana sombras de gente en un ir y venir, como ramas negras se entrecruzaban, vi a la gente que me ama y a la que amo, su rostro lejano y sufriente, lleno de anhelos.

En el campo de juego del Colegio Americano de Pudong me topé con la familia de Mark. Él estaba ese día particularmente guapo, tal vez debido al sol brillante y al hermoso paisaje que nos rodeaba. Este colegio, hecho para los hijos de los extranjeros ricos, parecía estar construido encima de las nubes, lejos de la polvorienta vida cotidiana, todo el campus parecía tan nuevo y fresco como recién lavado, como si el mismo aire estuviera desinfectado. Una atmósfera inconfundible de clase alta.

Mark, masticando chicle, nos saludó con mucha naturalidad y nos presentó a su mujer a Zhusha y a mí.

—Ella es Eva. —Eva lo tomaba de la mano. Era mucho más hermosa y elegante que en la foto, sus cabellos rubios estaban recogidos en una cola que caía en la espalda, en las orejas llevaba unas argollas plateadas, el suéter negro enfatizaba aún más su piel blanca, aquel blanco que bajo los rayos del sol tenía olor a miel, como de sueño.

La belleza de la mujer blanca puede hacer hundir mil fragatas (como en Helena y la Guerra de Troya), en cambio la belleza de la mujer amarilla está en sus cejas cerradas, sus ojos hermosos, como si viniera de esos calendarios de la *Belle Époque* (como Lin Yilian y Gong Li).

—Ella es Judy, una compañera de trabajo y ella es su prima Cocó, una *writer* extraordinaria —dijo Mark. Eva cerraba los ojos bajo los fuertes rayos del sol, sonreía mientras nos saludamos.

—Éste es mi hijo B.B. —Mark sacó al niño del cochecito, lo besó, jugó un rato con él, se lo dio a Eva:

—Tengo que ir al campo. —Estiró las piernas, sonrió y me miró con el rabillo del ojo, tomó su bolso de ropa y se dirigió al vestidor.

Mientras Zhusha charlaba con Eva, yo me senté a la orilla del pasto sin hacer nada. Me di cuenta que al ver a la esposa de Mark no sentí los celos esperados. Al contrario, Eva me gustó mucho, quién la manda a ser tan bonita, siempre nos gustan las cosas bellas. ¿O tal vez será que yo soy una excelente chica que al darse cuenta de la felicidad ajena se alegra por los demás? ¡Por Dios!

El partido estaba a punto de empezar. Mis ojos estaban clavados en Mark. Su silueta saludable y vivaz que corría por todo el estadio, sus cabellos que flotaban en el aire hacían flotar también mi extranjero sueño de amor. Su velocidad, músculos y fuerza pronto se explayaron ante los ojos de más de cien espectadores. Creo que la gran mayoría de los deportes son una orgía colectiva, la gente en las tribunas y los jugadores en la cancha excitados hasta el punto que les es difícil detener sus hormonas, lo que flotaba en el aire era precisamente eso.

Unos estudiantes del colegio tomando Coca Cola gritaban fuertemente, Eva seguía hablando con Zhusha (como si eso fuera más interesante que ver a su marido jugar), mientras que mi ropa interior ya estaba completamente mojada. Nunca pensé sentir tanta sed de Mark en ese momento y tener ganas de caer en sus brazos como una manzana sacudida por un viento fuerte.

—Cocó hace unos años publicó una antología de cuentos. —Zhusha de pronto interrumpió mi concentración.

—Ah, sí —contesté mirando a Eva sonreír.

—Me interesa mucho, ¿todavía se pueda comprar? —me preguntó en inglés.

—Creo que ya no, en la casa tengo un ejemplar que te puedo regalar, pero está en chino —dije.

—Oh, gracias, pienso estudiar chino, la cultura china es muy interesante, Shangai es la ciudad más interesante que conozco —En la blancura de su cara se asomó un leve color rosa. —Si tienes tiempo el próximo fin de semana ven a mi casa a comer ¿te parece? —me invitó.

Disimulaba mi nerviosismo, miré a Zhusha, ¿no será un banquete de Hongmen*?

—Judy también vendrá, estarán también algunos amigos alemanes —dijo Eva—. La próxima semana regresaré a Alemania, tú sabes, yo trabajo en el ministerio del medio ambiente, no puedo pedir largas vacaciones. Los alemanes están tan enamorados de la protección del medio ambiente que rayan en la paranoia —sonreía—, en mi país no hay de esos coches triciclos que emiten tanto humo, y tampoco la gente seca la ropa en los pasos de peatones.

—Oh —asentía con la cabeza pensando que Alemania era el país más cercano al paraíso—. Está bien, iré.

Pensé que tal vez no era muy inteligente pero era generosa y simpática.

El pequeño B.B. empezó a gritar desde el cochecito:

—"Papá, papá". Miré a Mark saltando y moviendo los puños, acababa de meter un gol. Nos mandó desde lejos un beso, Eva me miró y todas empezamos a reír.

Cuando fui al edificio del colegio para buscar un baño, Zhusha me preguntó si Eva me parecía hermosa.

—Tal vez, pero eso me hace aún más pesimista sobre el matrimonio.

—¿De veras? Mark parece amarla mucho.

—Los expertos matrimoniales dicen que amar de todo corazón a tu pareja no quiere decir serle fiel toda la vida.

En el baño había un cartel interesante de un bosque verde con un enorme signo de interrogación: "¿Cuál es la criatura más peligrosa del mundo?" Al salir del baño, Zhusha y yo al unísono contestamos:

—El ser humano.

En el entretiempo, tomamos gaseosas y bromeamos. Tuve la oportunidad de decirle a Mark unas palabras:

—Tu familia es muy adorable.

—Sí —dijo con neutralidad.

—¿Quieres a tu esposa? —le pregunté en voz baja. No me gustan los rodeos, ser duro y directo a veces es un deleite, miraba a Mark sin muy buenas intenciones.

—¿Te vas a poner celosa? —me devolvió la pregunta.

—Que ridículo, no soy tonta.

—Claro. —Me palmeó en el hombro y miró hacia otro lado saludando a un conocido, luego se giró para verme y sonrió. —Tú eres la doncella que canta en las noches, según una leyenda de mi país una sirena ronda en el Rin, ella se sienta en una gran roca y con su canto seduce a los marineros y los conduce a la muerte.

—Qué injusticia, ¿quién inició todo esto, tú o yo?

Se acercó Eva y abrazó a su marido, estiró el cuello y le dio un beso.

—¿De qué hablan? —Sonreía con curiosidad.

—Ah, Cocó me contaba sobre un cuento nuevo —dijo Mark.

Dick vino a buscar a Zhusha antes del final del partido, vestía sencillo y elegante, se había arreglado el pelo con gel, tenía el jopo un poco inclinado encima de la frente. Pero en la mejilla izquierda tenía una herida extraña, al parecer se había lastimado, además parecía un corte con un arma filosa. Intercambiamos unas cuantas palabras, afortunadamente no me preguntó de los avances de mi novela, últimamente cuando me preguntaban sobre eso me ponía nerviosa.

—¿Qué te pasó en la cara? —le pregunté señalando su marca en la cara.

—Me golpearon —respondió sin más. Abrí la boca, sentía que era muy extraño, ¿a quién pudo enojar tanto? Miré a Zhusha, me hizo una señal con la mano como si quisiera decir eso ya pasó, no hay que mencionarlo.

En mi cabeza repentinamente se prendió un foco, ¿habría sido la loca de Madonna? Ella misma dijo que no le importaba tanto, ¿habría sido capaz de buscar golpeadores para darle a su ex novio una buena lección? Si es así, ¡qué violenta!

En esos días Madonna no estaba en Shangai, armada con su tarjeta de crédito se había ido a Hong Kong para comprar enloquecida y vivir allá un tiempo. Hacía unos días por la noche me había llamado por teléfono y me había contado una cantidad de tonterías sobre cómo había ido a visitar al más famoso adivino de Hong Kong, Wang Banxian, quien le dijo que estaba pasando por una racha de mala suerte, que todo estaba de cabeza, nada le era favorable, y que era conveniente moverse hacia el sudeste, así que fue correcto ir a Hong Kong.

Zhusha y Dick iban a ir juntos a una local especializado para comprar pintura para las paredes. Dick la estaba ayudando a arreglar el departamento que ella se había comprado en Jardines de Ruixin. De acuerdo a eso planeaban pintar las paredes con una pintura al aceite de color marrón, con un toque antiguo, elegante y brillante que daba la sensación de estar a las orillas del Sena, era un producto típicamente francés que daba el aire de los salones de los años treinta. No eran muchas las tiendas que vendían esa pintura, habían oído que en Pudong había un negocio especializado. Ellos se fueron antes de que el partido terminara. Yo me quedé sola sentada al lado de la cancha hasta el final del partido, el equipo de Mark ganó.

Mark salió del vestidor con el pelo mojado, se había cambiado de ropa, y vino hacia nosotras. Eva y yo habíamos estado hablando sobre la naturaleza y la conciencia de las mujeres occidentales y las asiáticas y las similitudes y diferencias entre las culturas oriental y occidental. Ella consideraba que en occidente si la mujer tenía un poco de conciencia feminista era más respetada por los hombres. Le dije:

—¿De verdad? —Y nuestra conversación terminó. Eva se dio vuelta y besó a su marido:

—Vamos juntos a dar un paseo, ¿qué les parece? —preguntó.

En los grandes almacenes Babaiban de Pudong, Eva sola subió por el ascensor hasta el departamento de artesanías del tercer piso para ver la porcelana y las sedas. Mark y yo nos sentamos en la cafetería de la planta baja a tomar café, de vez en cuando jugábamos con B.B.

—¿La quieres?… perdón, mi pregunta no es apropiada, eso es asunto de ustedes. —Jugando con un terrón de azúcar miraba la columna de enfrente, pintada de beige y en la parte superior estaba decorada con dibujos, justo bloqueaba la vista de la gente que entraba y salía de la puerta.

—Es una mujer noble —dijo Mark evadiendo responder la pregunta. Con su mano sostenía la mano de su hijo.

—Todos somos nobles, incluyéndote a ti y a mí —me burlaba. Estos celos no correspondían a las reglas tácitas de la relación que sosteníamos. Estas reglas consistían en mantenerse ecuánime en cualquier situación y no mostrar celos ni sentimentalismos.

Hay un dicho que lo expresa muy bien: "Si te decidiste, hazlo; si lo hiciste, asume las consecuencias".

—¿Qué piensas? —preguntó.

—Pienso en qué pasa con mi vida. Además pienso… si tú podrías lastimarme —lo miré—, ¿llegará ese día?

No dijo nada. De pronto me invadió una desesperación:

—Bésame —le dije en voz baja, me incliné hacia la mesa. Él dudó un poco sin mostrarlo y luego se acercó a la mesa, estiró el cuello y me estampó en los labios un beso húmedo y ardiente. Justo cuando nos separamos vi a Eva asomarse por la columna, sonreía, tenía en las manos muchas bolsas. Mark en un segundo asumió su postura normal, agarró las bolsas de las manos de su mujer, en alemán que yo no entendía bromeó con ella (pensé que le hizo una broma ya que ella se empezó a reír). Como una extraña miraba su mutua demostración de cariño, luego me despedí.

—Nos vemos el próximo fin de semana para la cena —dijo Eva.

Cuando me subía al ferry en el muelle para cruzar el río, el día se había oscurecido. Nubes grises se amontonaron encima de mi cabeza como un montón de trapos viejos. Sobre el agua turbia amarillenta del río flotaban envases de plástico, fruta podrida, colillas de cigarrillos y otras cosas. Se elevaban pequeñas olas, como la crema de un batido de chocolate, y la luz que se reflejaba en ellas me lastimaba los ojos. Detrás quedaba la zona de los altos edificios amalgamados del distrito financiero de Lujiazui, enfrente se levantaban las arrogantes y grandiosas construcciones del Bund. Un barco mercantil negro y viejo se asomaba a la izquierda, encima flotaba una bandera roja, todo se veía muy extraño.

Respiraba el aire fresco algo ácido mientras veía cada vez más cerca la orilla occidental del río. Tenía una sensación extraña, como si ya hiciera mucho tiempo que hubiera vivido esa imagen, el agua amarillenta, el aire melancólico, los barcos corroídos inclinados acercándose al muelle lejano. Eso es como cuando te acercas a un hombre, como tocar con el alma un nuevo mundo. Cerca, cada vez más cerca, pero tal vez nunca llegas en toda la vida o te acercas sólo para separarte para siempre.

Con mis lentes oscuros crucé la plataforma de acero y entré en la multitud de la calle Zhongshan oriental. De pronto me dieron ganas de llorar, sí, a todos de pronto nos dan ganas de llorar, hasta a Dios.

De repente empezó a llover, pero el sol aún brillaba encima de los edificios, poco a poco el sol escondió su brillo, un fuerte viento empezó a soplar. Me refugié en una oficina de correos, dentro había muchos como yo, escondiéndose de la lluvia. Un olor húmedo y fétido salía de sus cabellos, ropa y zapatos. Me consolaba pensando que aunque aquí apestaba era mucho mejor que en los campamentos de los refugiados en la frontera entre Kosovo y Albania. Las guerras son espantosas, tan pronto recuerdo las miles de desgracias que hay en el mundo me siento mejor. Una mujer joven y guapa como yo que además ha escrito un libro, ¡qué felicidad, qué alegría!

Suspiré y empecé a mirar los diarios en el kiosco. Vi una noticia de Hainan, la policía había logrado resolver el caso del mayor contrabando de coches de lujo desde la fundación de la República Popular, habían agarrado a los cabecillas que eran altos funcionarios en la península Leizhou.

Rápidamente saqué de mi cartera la agenda, tenía que hablarle a Tiantian. Me acordé de que llevaba una semana sin comunicarme con él, el tiempo pasa tan rápido, ya debía de estar por regresar. Dejé el depósito en el mostrador y luego me mandaron a la cabina telefónica número cuatro. Marqué, pasó un rato largo, nadie contestaba, justo cuando iba a colgar oí la voz sin fuerza de Tiantian.

—Ey, soy Cocó, ¿cómo estás? —le dije.

Como si aún no despertara, después de un buen rato contestó: —Ey Cocó.

—¿Estás enfermo? —me preocupé, su voz no estaba bien, sonaba como si viniera del jurásico, sin fuerzas, incoherente, balbuceaba algo en voz baja.

—¿Me oyes? Quiero saber cómo estás. —Me puse nerviosa y subí la voz, él no hablaba, sólo respiraba lento y levemente.

—Tiantian, por favor háblame, no dejes que me preocupe. —Un largo silencio como de medio siglo, usé ese lapso para calmarme.

—Te quiero —dijo con voz cavernosa.

—Yo también te amo —le dije—, de verdad, ¿estás enfermo?

—Yo… estoy muy bien.

Mordiéndome los labios, inmersa en mil pensamientos de duda, miraba el vidrio de la cabina lleno de manchas y mugre, la gente al otro lado del vidrio se había dispersado, al parecer había dejado de llover.

—¿Cuándo vuelves? —grité, pensando que de otra manera no podría atraer su atención, él en cualquier momento podía caer en el sueño y desaparecer del auricular al otro extremo de la línea.

—¿Podrías ayudarme?… Mándame algo de dinero —dijo en voz baja.

—¿Qué? ¿El dinero de la tarjeta se te acabó? —Me asusté. En la tarjeta había más de treinta mil yuanes, y aunque Hainan fuera muy caro, a él no le gustan los negocios ni tampoco gastar dinero en mujeres, él era como un bebé envuelto en algodones, sin deseos ni aspiraciones. No gastaba el dinero como agua, seguro que algo estaba pasando. Mi intuición fue presa de una sombra oscura.

—En el cajón del lado derecho del armario está mi libreta de ahorros, es fácil encontrarla —me recordó. De pronto me sentí muy enojada:

—¿Qué te pasa? Debes decirme dónde gastaste tanto dinero, no me mientas, si confías en mí entonces dímelo. —Silencio. —Si no hablas no te mando el dinero —le dije muy seria para asustarlo.

—Cocó, pienso mucho en ti —balbuceaba. Una ternura oscura me invadió.

—Yo también —le dije en voz baja.

—No me vas a dejar ¿verdad?

—No.

—Aunque tengas otro hombre, no me dejes —me suplicaba, su voluntad era tan débil. Su enorme confusión fluía por el cable telefónico desde el otro extremo.

—¿Qué tienes Tiantian? —le dije con la voz baja y entrecortada.

Aunque su voz era débil, dijo muchas cosas terribles. Estoy segura de que todo lo oí bien, estaba usando morfina.

Las cosas seguramente ocurrieron así, una tarde Tiantian estaba sentado en un restaurante de comida rápida en una calle, allí se encontró a un conocido, se topó con Lile, ese joven que había conocido en el centro de salud reproductiva de Shangai. Él también había ido a Hainan. Vivía en casa de un pariente donde además trabajaba como ayudante en su pequeño consultorio dental. Tuvieron una conversación muy estimulante y Tiantian, quien ya estaba un poco aburrido, se puso muy contento al encontrar un interlocutor. Lile lo llevó a muchos lugares que él antes no conocía y si los hubiera conocido no se hubiera atrevido a ir solo. Casinos clandestinos, peluquerías oscuras, almacenes abandonados donde seguido había peleas de bandas. A Tiantian no le atraían estos lugares, pero sí le impresionaba ese mundo ancho de ese amigo tan astuto y experimentado.

Lile parecía muy amistoso, pero debajo de su delgada capa afectuosa flotaba una indiferencia ilimitada, y ese era precisamente el tipo de personalidad con la que Tiantian se sentía a gusto. Los dos tenían un par de ojos negros a veces fríos, a veces cálidos, todo lo hacían en silencio, sin hacer alarde. Cuando hablaban, escuchaban o reían sus ojos no reflejaban más que melancolía.

Ellos caminaban hombro a hombro sintiendo la brisa sureña tan relajante, hablaban de Arthur Miller y la generación *Beat*, sentados en las terrazas contemplaban los atardeceres, sosteniendo un coco fresco sorbían su néctar blanco. En la calle cercana aparecieron unas chicas de tez blanca con mucho maquillaje. Ellas, nada románticas, emprendieron su cacería, en su cara se divisaba una sonrisa falsa, sus narices se contraían descaradamente y sus pechos eran firmes, como rocas prehistóricas.

Tiantian probó la morfina un día en que Lile, en el consultorio dental de su pariente, le mostró cómo y luego le preguntó si quería probar. En el cuarto no había nadie, era tarde a la noche, afuera se oían de vez en cuando voces de personas que hablaban en el dialecto local incomprensible para ellos, los ruidos de los pesados camiones de carga que pasaban por la calle y las lejanas sirenas de los barcos.

Todo parecía de otro mundo. Altas cimas y hondas cañadas sin nombre proyectaban una gigantesca sombra tridimensional. Un viento dulce soplaba contra ramas filosas y hojas, flores rosadas sin nombre se abrían en las profundidades de las cañadas y una tras otra formaban un inmenso océano de color rosa. Esa sensación de embriaguez, ligera como el aire, cálida y venenosa como un vientre materno, impregnaba cada pulgada de la tierra hasta la membrana roja del corazón. La luna a veces llena, a veces menguante, la conciencia a veces trunca, a veces plena.

El asunto se salió de control. Tiantian dormía todas las noches en el sueño rosa. El líquido rosa se pegó a su piel y su veneno lo recorría como un torrente primordial. Su cuerpo se hizo débil y sin fuerzas, y sus nervios se crisparon.

Hasta la fecha no quiero encarar este asunto, éste es un punto crucial donde las cosas tomaron un abrupto viraje hacia lo peor. Tal vez todo estaba predestinado desde el principio, desde aquel día cuando Tiantian en el aeropuerto recibió las cenizas de su padre, desde el día en que perdió el habla y abandonó la escuela, desde el día cuando me conoció en el Lüdi, desde la primera noche, cuando recostado sobre mí, débil e impotente, nadaba en transpiración, desde que me acosté con otro hombre, todo era inevitable. Desde todas esas veces, el estado constante de decepción y sueños inalcanzables lo perseguía sin soltarlo, sí, a él le costaba trabajo sacudirse esas cosas, no distinguía sus límites con esos sentimientos, sólo le quedaba vivir y morir en la sombra oscura de su débil organismo, sin nombre ni forma. Simplemente fue así y ya no hay remedio.

Cuando pienso en eso me dan ganas de gritar, aquel terror, aquella locura sobrepasó mi capacidad de entendimiento, sobrepasó mis fuerzas. Desde entonces cada vez que por mi mente pasa la cara angelical de Tiantian me colapso a puertas cerradas. Cuando el corazón duele, duele hasta morir.

Lile se encargaba de todo, el dinero de Tiantian se convertía en polvo blanco. Los dos en el cuarto del hotel, la gata dormida frente a la tele, la tele prendida todo el día, informes policiales e información sobre las obras del gobierno municipal. Casi no comían, su metabolismo llegaba a cero, la puerta abierta para que los del servicio trajeran la comida, les daba debilidad caminar un paso. El cuarto estaba lleno de un extraño olor, entre fresco y podrido, como de mermelada dentro de un cadáver.

Poco a poco, por ahorrar o porque no encontraban al distribuidor de confianza, compraban en la farmacia jarabe para la tos, para usarlo cuando no se podían surtir de lo otro. Lile usaba un método primitivo para convertir las medicinas en un sustituto de droga, las cocinaba hasta reducirlas en una taza de café, tenían un sabor horrible pero era mejor que nada.

Un día la gatita Ovillo se fue. No había comido durante días y su dueño ya no la cuidaba, así que decidió salir, el estómago se le había encogido, sus pelos estaban opacos y delgados, ya se le veían los huesos, parecía que iba a morir.

Nunca más regresó, si no ha muerto se habrá convertido en una gata salvaje, viviendo en los basureros y maullando en algún lugar por las calles.

Las cosas ya estaban así, de pronto me quedé atontada, con un caos en la cabeza, encima el insomnio me acaloraba y me deshidrataba, las sombras flotaban a mi alrededor. Registraba miles de imágenes y sensaciones, desesperada, acostada en la noche, seca, sin esperanzas, pensando y meditando, repasaba en desorden el día en que conocí a Tiantian, mi cerebro parecía una pantalla llena de polvo gris, y mi amado y yo éramos la pareja más desamparada del mundo.

Nos amábamos tanto que ninguno podía dejar al otro, y menos en ese momento. El corazón se me oprimía con el temor de que Tiantian en cualquier momento, como una partícula de polvo extraterrestre en gravedad cero, pudiera irse flotando lejos. Sentía que lo amaba más que nunca, ansiaba la aurora para no enloquecer.

XIX

Al sur

La llave está en el quicio de la ventana.
Está bajo el sol de la ventana.
Yo tengo esa llave, Allen, vamos a casarnos.
No te drogues.
La llave está bajo el sol de la ventana.

ALLEN GINSBERG

Al siguiente día con una pequeña valija tomé un taxi y me fui directamente al aeropuerto. Compré un boleto para el próximo vuelo a Haikou. Me di cuenta de que tenía que hacer algunas llamadas. En el cuarto de Tiantian nadie contestaba, parecía no estar en el hotel, así que dejé un mensaje en la recepción y les dije mi hora de llegada. Le daba vueltas a la guía telefónica, me sentía deprimida, en ese momento cuando enfrentaba un problema tan grave no encontraba a quién hablarle para compartir mi miedo y desesperación.

El celular de Madonna estaba apagado, el teléfono de la oficina de Zhusha estaba ocupado, su celular también, no sabía que ella podía hablar simultáneamente con varias personas. La Araña había salido de Shangai por un viaje de trabajo. Su colega me preguntó si quería dejar algún mensaje, le dije gracias, no es necesario. Los que quedaban eran mi editora Deng, mi psicólogo Dawei, mi amante Mark, mis padres y algunos ex novios.

Metía y sacaba la tarjeta del teléfono, andaba con muy poco ánimo, miré hacia el gran ventanal y vi un avión

McDonnel Douglas deslizarse por la pista, muy rápidamente subió la nariz y salió de mi campo de visión. El momento del despegue de los aviones suele ser hermoso, parecen un gran pájaro plateado. ¿A cuántos pasajeros conmoverá la canción de John Denver *Leaving on a jet plane*?

Caminé hacia el salón de fumadores y me senté frente a un hombre. Estaba un poco inclinado hacia adelante y yo pude ver su pequeña barba a lo Agassi que le estaba creciendo, él también llevaba una falda larga acampanada de piel. Nunca había visto un hombre chino que se viera tan bien con ese estilo de barba, también era el único hombre que había visto subirse a un avión vestido de falda larga de piel. Fumaba 555, podía distinguir ese aroma fuerte que parecía harina integral pegada en la punta de la lengua, el filtro caliente estaba en medio de sus dedos fríos.

Luego dio vuelta la cara mirándome de frente. Sus ojeras eran un poco oscuras pero sus ojos eran muy brillantes, autoritarios pero delicados, era una combinación excitante de *ying* y *yang*.

Nos miramos con los ojos bien abiertos, él se levantó y estirando sus brazos sonrió:

—¿Cocó, eres tú? —Era Fei Pingguo, el estilista que había conocido en Pekín.

Nos abrazamos y luego nos sentamos uno al lado del otro para seguir fumando. Intercambiamos unas palabras y nos dimos cuenta de que íbamos al mismo lugar en el mismo avión. Yo tenía un fuerte dolor de cabeza y la luz del salón me molestaba.

—No pareces estar muy bien ¿qué tienes? —Agachó la cabeza y me observó con cuidado, pasándome el brazo alrededor.

—No estoy muy bien… pero el cuento es muy largo, voy por mi novio, está a punto de colapsar allá… y yo no tengo fuerzas —hablaba despacio, tiré la colilla y me levanté:

—El aire aquí está denso —dije mientras me dirigía hacia la puerta.

Me alcanzó:

—Espera, eh, ¿qué es esto en el suelo? —Yo con la cabeza agachada sólo quería salir de allí.

—Cocó, ¿se te cayó un aro?

Toqué mi oreja, suspiré y agarre mi aro de cobalto del tamaño de un grano de arroz de la mano de Fei Pingguo. Esos bonitos aros bajo una diferente iluminación cambiaban de color y de forma, en ese momento era lo único que brillaba en mi cuerpo oscuro. Le agradecí y mientras caminaba pensaba: "Cuando uno tiene un problema todo de pronto te sale mal, estás fumando tranquilamente un cigarrillo y de pronto se te cae el aro".

Frente a la puerta de embarque llamé a Mark por teléfono, por su voz parecía estar muy ocupado.

—*Hello* —dijo distante. Mi voz también era gélida, pagar con hielo la frialdad es apenas lo justo, así me protejo.

—Estoy en el aeropuerto —le dije—, no podré asistir a la cena de este fin de semana, por favor discúlpame con tu esposa.

—¿Dónde vas? —Finalmente obtuve su atención.

—Con mi novio.

—¿Te quedarás mucho tiempo? —Su voz empezó a mostrar intranquilidad, tal vez se le cayó la lapicera de la mano, o se le cerró la carpeta.

—¿Y si fuera así te importaría? —seguía con mi tono gélido. De veras que no me podía contentar, seguramente me veía pálida y rígida, como una mujer resentida de fines del siglo XX, nada me parecía bien, estaba llena de problemas.

—Cocó —dijo—, sabes que sí me importa, eh, por favor no bromees, regresarás pronto, ¿verdad?

Permanecí callada por un instante, claro, él tiene razón, traeré de vuelta a Tiantian y todo saldrá bien. ¿Pero podrá todo estar como antes? ¿Podré estar tranquila con dos hombres simultáneamente (uno de los cuales se droga por estar deprimido) y despreocupada seguir escribiendo?

Empecé a llorar, Mark nervioso dijo:

—¿Qué ha pasado?, querida, dímelo.

—Nada, cuando vuelva me comunico contigo. —Colgué el teléfono. Pensé que estaba contaminando a los demás con mi pésimo estado de ánimo, que Mark estaría preocupado dando vueltas en la oficina, pobre de él, pobre de mí.

Wu Dawei me había dicho que tener lástima de sí mismo es una actitud que debemos eliminar, cuando me lo dijo lo hizo con una expresión severa y amenazante, como de Dios, le brillaba la cara. Pero yo nunca le hice caso, siempre con mucha facilidad caigo en la lástima por mí misma, y además el narcisismo es precisamente mi más bella característica.

El avión atravesaba las nubes, Fei Pingguo estaba sentado en el asiento de al lado. Hablaba todo el tiempo mientras yo leía una revista, me quitaba el saco, me ponía el saco, otra vez tomaba la revista, cerraba los ojos, mi mano izquierda en el mentón, mi mano derecha sobre el pecho, tosía, abría los ojos, me ajustaba el cinturón.

Las azafatas trajeron bebidas y canapés, cuando bajé la mesa de servicio la Coca Cola se me cayó accidentalmente de la mano sobre las rodillas de Fei Pingguo. Rápidamente le dije:

—Perdón. —Y empecé a hablar con él, con ese hombre de mirada de fuego sacudidor, como una red invisible, como un motor, que puede hacer caer a muchas mujeres, excepto a una tan lastimada como yo.

Me contó que había absorbido las tendencias de moda en Japón, el uso de polvo rosa, azul y plateado para estilizar las imágenes de los clientes. En las filas de atrás estaban sus colegas, entre ellos había una actriz de cine, dos fotógrafos, tres estilistas ayudantes, y tres entrenadores. Precisamente iban a Hainan para hacer un video sobre la actriz. Me parecía que había visto antes a aquella actriz en alguna obra, no era una preciosidad pero tampoco era fea. Excepto sus bellos pechos, lo demás era ordinario.

Fei Pingguo sentado a mi lado y hablando sin parar logró desplazar de mi mente los pensamientos confusos. Lo escuchaba pensando que un hombre con falda de piel o es asqueroso o es adorable. Me contó desde la muela que se había sacado el mes anterior, hasta las peleas constantes de sus padres y los celos de sus novias hacia sus novios.

Me dormí, cuando desperté Fei Pingguo estaba dormido y luego despertó también.

—¿Ya vamos a llegar? —me preguntó, levantó la cortina y se puso a ver qué había abajo. —Aún falta —me dijo sonriendo—, ¿nunca te ríes?

—¿Qué?… No, no tengo ganas de reír.

—¿Por mí?

—No, por mi novio.

Agarró mi mano, la apretaba.

—No le tengas miedo a las dificultades, todos siempre tenemos dificultades, grandes o pequeñas. Por ejemplo yo, de un problema salto a otro, simplemente no sé si me gustan más los hombres o las mujeres.

—Amar y ser amado siempre es bueno —le dije sonriendo, pero esa sonrisa no podía ocultar mi tristeza, todo el mundo siempre dice eso; aun si yo y mis cuentos al mismo tiempo desaparecemos en silencio, las historias de los demás van a seguir ocurriendo, y la palabra "amor" va a estar presente en todas ellas, alrededor de esa palabra se tejen historias emocionantes, conmovedoras, con todo tipo de variantes.

Cuando el avión estaba a punto de llegar al aeropuerto de Hainan, se topó con una fuerte turbulencia y empezó a temblar horriblemente, cuando la azafata les pedía a los pasajeros abrocharse los cinturones se cayó a la alfombra.

La gente se asustó, la actriz empezó a gritar. Señalando a un señor que parecía su agente decía:

—Yo no quería viajar en este avión, ahora si se cae, voy a perder la vida por llegar a tiempo, ¡ah! —Sus gritos dieron al ambiente en el avión un tono muy raro, como si se filmara una película y no fuera de veras una emergencia.

Fei Pingguo apretaba mi mano, pálido.

—Si nos caemos apretando tu mano, no me sentiré tan mal.

—No pasará nada —dije aguantando mis fuertes ganas de vomitar—, mis adivinos nunca mencionaron que tendría un accidente, así que el avión no se caerá. Las estadísticas especializadas dicen que el transporte más seguro es el avión.

—Yo compré un seguro para accidentes aéreos y también un seguro de vida, es mucho dinero, no sé si a mis padres les dará alegría o tristeza —Fei Pingguo murmuraba para sí.

Mientras tanto el avión de pronto se estabilizó y nuevamente retornó la calma.

* * *

En el aeropuerto, Fei Pingguo y yo nos despedimos apresuradamente con un beso, sus labios eran muy húmedos. Muchos hombres homosexuales y bisexuales expresan el cariño de una manera más intensa que los demás, como animales pequeños y peludos, por eso fácilmente pueden adquirir el sida. Como bien dice la canción de Alanis Morrisette en *Jagged Little Pill*: "Estoy enferma pero soy bonita, nene".

Fuera de la ventana del taxi el cielo estaba azul, y debajo había muchas casas brillantes. No sabía dónde estaba, el chofer manejó un buen rato y finalmente me dejó en el hotel de Tiantian, que no era muy grande.

Pregunté en la recepción si alguien en la habitación B cuatrocientos cinco había recibido mi mensaje, la joven recepcionista dijo que no. Sus labios estaban pintados de un rojo brillante que manchaba sus dientes. Le pedí que llamara a la habitación, pero Tiantian no estaba. Sólo me quedaba esperar sentada en el sillón de la esquina.

El sol de las tres de la tarde brillaba en la calle al otro lado de la ventana, gente anónima y coches hablaban y tocaban bocina, pero no se veían tan amontonados como en Shangai. No se veía ese refinamiento cosmopolita que yo conocía tan bien. Todos se parecían entre sí. Cada tanto se veían mujeres altas y hermosas, que evidentemente habían inmigrado desde el norte. Eran de una belleza imponente que no poseían las shangainesas, su mirada era atrevida, directa, pero no tenían esa delicadeza calculada que caracteriza a las shangainesas.

Estaba muerta de hambre, recogí mi bolso y me fui a la calle. Justo enfrente había un restaurante de comida rápida, me senté cerca de la calle para poder ver la entrada del hotel. En el restaurante unos jóvenes a la moda hablaban en algo que no podía entender, en la radio se oían canciones en cantonés y en inglés. Entraron dos policías, lo raro fue que sin ponerse de acuerdo, los dos fijaron su mirada en mí. Compraron Coca Cola, y cuando se dirigieron a la puerta de vidrio nuevamente se dieron vuelta y me miraron. Me toqué la cara, al parecer no había nada, en mi blusa negra apretada no se veían hilos sueltos o manchas, el cierre del pantalón estaba bien cerrado, en mi vientre plano no había marcas de embarazo. Al parecer, o soy muy hermosa o muy sospechosa.

Ya no tenía hambre, se me fue el apetito, no tenía ganas de nada, sólo tomaba el café a sorbos, que tenía un sabor muy químico, como de aceite para muebles.

Fui al baño, en el espejo vi mi palidez, me acerqué a la taza y oriné parada como los hombres, en los baños públicos siempre hago eso. La taza del baño la usan un sinnúmero de extraños, hay un sinnúmero de fluidos corporales, bacterias, olores, recuerdos, testimonios e historias. Esa taza parecía una mosca enorme y blanca ofreciéndose resignada a las nalgas de todas las mujeres.

De pronto sentí dolor en el vientre, en el papel había una mancha roja, qué desgracia, siempre que salgo de Shangai, invariablemente me viene la menstruación. Especialmente ahora que vine para afrontar un problema de vida o muerte para mi amado y yo, mi cuerpo también afrontaba su propia desgracia.

Los nervios aumentaban los espasmos del útero, el dolor subía en oleadas. La última vez que tuve sexo con Mark creí que quedaría embarazada, hasta pensaba confesarle todo a Tiantian y dejar que el niño naciera, no importaría de quién era el bebé con tal de que en ella (o él) fluya la sangre del amor, con tal de que su sonrisa pudiera iluminar el cielo, hacer que los pájaros canten al unísono, dispersar la bruma y la tristeza, con tal de que…

El dolor me dio frío, arranqué todo el papel del rollo e hice una gruesa toalla y la puse dentro de la bombacha, con la esperanza de que el papel estuviera desinfectado, y entonces sólo necesitaba un gran vaso de agua caliente y unas compresas calientes en mi vientre.

Mi mamá siempre me dijo que en la mayoría de las mujeres esa molestia mensual desaparece después de tener hijos, ya que su útero se distiende. Si no quiero tener hijos entonces me dolerá toda la vida. Si la menopausia me llega a los cincuenta y cinco aún me faltan treinta años, cada año doce veces… La cabeza me daba vueltas, en aquel entonces estaba más nerviosa que un gato enfermo. Zhusha también padecía ese problema, pero no tan fuerte. Comparando, Madonna era el caso más extremo. Había muchas razones por las cuales los hombres la dejaban pero una de ellas era su humor insoportable durante siete días cada mes. Su tiranía y su debilidad los sofocaban a ella y a ellos. Por ejemplo, mandaba al novio a comprar pastillas para el dolor y toallas sanitarias; cuando regresaba, ya sea porque tardó mucho o porque no compró la marca de su preferencia, ella explotaba tirando ropa y cosas al suelo. Perdía la memoria y comenzaba a contradecirse, entonces cancelaba todas las reuniones, fiestas, planes. Nadie podía reírse frente a ella, ni tampoco estar en silencio. Si estaba violenta y su novio estaba detrás, empezaba a gritar. Todas las noches tenía pesadillas, soñaba con unos hombres malos que había conocido cuando trabajaba en Guangzhou. Ellos metían las manos en su útero y le sacaban un aparato que era un tesoro valiosísimo. Gritaba desesperada y al despertar se daba cuenta de que la toalla estaba empapada, que había manchado las sábanas, el colchón y hasta los calzoncillos de su novio. Se levantaba al baño para lavarse, se sentaba en el inodoro para cambiarse la toalla y, claro, así los novios no la aguantaban más.

La menstruación es una carga física y psicológica para las mujeres. Se ha hablado mucho al respecto en películas y libros. Esos medios dicen que cuando el período deja de llegar, la vida de las mujeres da un gran giro, eso se ha exagerado mucho de una manera estúpida. Pero eso a las feministas les da un argumento más o menos importante para continuamente preguntarles a los hombres: "¿Es justo? ¿Cuándo llegará la verdadera emancipación de la mujer?"

Con un amasijo de papel higiénico entre las piernas caminaba de manera muy chistosa, como un bebé con pañal. Ya había perdido el control sobre los acontecimientos venideros. Quería ver de inmediato a mi amado, pensaba en ese amor nuestro que llegaba hasta los huesos, que penetraba hasta la médula a la hora de abrazarnos y fundirnos. Este amor que desde un corazón penetraba en el otro corazón no tenía nada que ver con el deseo sexual, era como un tipo de locura producto de una reacción química entre el afecto filial y el amor, y producto también de un incomprensible encantamiento divino.

Tomaba taza tras taza de café mientras me apretaba el vientre con la mano izquierda, cuando por la ventana vi una sombra conocida.

Me paré y con grandes pasos salí por la puerta de vidrio. Mientras cruzaba la calle, grité su nombre. Se detuvo, se dio vuelta y un buen rato nos miramos sonriendo. No había otra elección, sólo podíamos sumirnos en la compasión y la tristeza que nacía de nuestro profundo amor y atrapaba nuevamente al otro. Nos abrazamos, nos besamos en la boca, hasta sangrar. El amor existía desde el principio, así como la muerte existía en oposición. Escuché el sonido de su garganta, mi vientre se entibió, el dolor disminuyó, y yo comprendí que ambos ansiábamos nuestra última gota de felicidad, como desde adentro de un capullo.

Ya no había otra opción.

A la noche lo acompañé al consultorio dental donde trabajaba Lile.

Para mí, era un lugar tenebroso, sucio, enfermo, frío como un caparazón metálico. Lile seguía flaco, como si algún accidente hubiera interrumpido su desarrollo. Todo el tiempo mantuve la boca cerrada, reconozco que tenía miedo pero ya había accedido a acompañar a Tiantian al campo de juego de una escuela primaria, donde tendría lugar una transacción ilícita. Y a cambio de eso, Tiantian regresaría conmigo a Shangai al día siguiente e iría a un centro de rehabilitación de la Oficina de Seguridad Pública. Le dije que esa era la única manera, que necesitaba verlo bien para poder cuidarnos para siempre.

Tiantian y yo estábamos tomados de la mano, mi otra mano estaba en el bolsillo del pantalón sosteniendo el dinero. Nuevamente sentí dolor de vientre, un tampón OB tapaba bien mi cuerpo, como una compuerta, era una falsa sensación de protección.

Entramos por una puerta pequeña sin vigilancia, vi el campo de juego con una pista oval de carreras, también había un pequeño gimnasio, una cancha de tenis y de básquet. Nos ubicamos en una sombra oscura al lado del muro que rodeaba el lugar.

Tiantian me abrazaba suavemente, con un pañuelo sucio me limpió el sudor de la frente. Sin importar dónde ni cómo, Tiantian siempre llevaba un pañuelo, en ese aspecto parecía un niño bueno o de familia noble.

—¿Te duele mucho? —Me miraba con cariño, negué con la cabeza y me recosté en su hombro. La luz de la luna dejaba en su frente una profunda sombra oscura, había adelgazado, tenía unas ojeras moradas verdosas. No podía observar por mucho tiempo esa cara, si lo hacía me hundiría en llanto, me sentiría desamparada.

Aparecieron dos sombras vestidas de jeans y anteojos oscuros. Nuestras manos agarradas de pronto se enfriaron.

Lile los alcanzó, les dijo algo en voz baja y ellos se dirigieron hacia nosotros. Yo estaba en cuclillas en una esquina, sosteniendo el aliento, tratando de calmarme sin moverme. Tiantian se levantó, con el dinero que yo le había dado en la mano.

El hombre me miró y preguntó:

—¿Y el dinero?

Tiantian estiró la mano y se lo dio. El hombre lo contó y sonrió:

—Quitando la deuda de la vez pasada, sólo te puedo dar esto. Mientras hablaba, rápidamente puso una cosa en las manos de Tiantian, quien de inmediato la escondió en la media izquierda.

—Gracias —dijo en voz baja, me agarró—, vámonos.

Caminábamos muy rápido, Lile se quedó hablando con ellos, nosotros llegamos enseguida al otro extremo de la calle donde aún había mucha gente caminando de un lado para otro. Callados nos paramos a esperar un taxi vacío. Unos jóvenes de aspecto dudoso pasaron, en el momento en que pasaron detrás de nosotros uno de ellos mirándome de reojo dijo algo. Cuando alguien dice algo que no entiendo seguro es una grosería, sus compañeros se rieron y patearon una lata vacía de Coca Cola que le dio en las piernas a Tiantian.

La mano de Tiantian que yo agarraba de pronto se deshizo en transpiración, lo miré y en voz baja lo consolé:

—No les hagas caso, no pasa nada. —En ese momento un taxi vacío se acercaba, le hice señas, se paró y nos subimos.

En el coche nos abrazábamos, me besaba, yo no podía decir nada. Callada me pegaba a su cara, su mano cálida acarició mi vientre, hasta que hizo desaparecer las contracciones, derritió los coágulos de sangre en mi vientre.

—Te amo —me dijo en voz baja—, no me dejes, no dejes de cuidarme, tú eres la chica más buena y hermosa del mundo. Tú eres todo lo que quiero.

En la noche entreoí unos maullidos leves y no muy claros. Prendí la luz, claro, era Ovillo. Salí de la cama, le ofrecí el cerdo asado a la sal y pimienta que había quedado de la cena, entró, empezó a comer, comía tan rápido que parecía muerta de hambre. Estaba muy fea, tan sucia que no se distinguía su color, además estaba flaca y parecía un gato salvaje.

Fumando sentada en la cama la veía comer. No sabía cómo es que había regresado. Tal vez desde alguna esquina de la calle me vio y le pareció ver una estrella salvadora con la que podía volver a Shangai. Pensando así de pronto me conmoví.

Salté de la cama, abracé a Ovillo, entré en el baño y con agua tibia y jabón líquido la bañé. Cariñosamente se enredó en mis dedos sin moverse, parecía un niño, luego la sequé, la abracé y me dirigí a la cama. Tiantian aún estaba dormido, Ovillo se durmió a nuestros pies.

La noche pasó tranquila. Al día siguiente el sol estaba hermoso, nos despertamos por las lamidas de Ovillo, nuestras plantas de los pies estaban llenas de la saliva de Ovillo, qué cosquillas.

Tiantian y yo nos miramos un rato, luego comenzó a sacarme el pijama, bajo los rayos claros del sol mañanero abrí los ojos. El aire tibio acarició mi cuerpo desnudo, mis pezones rosados se elevaron como flotando sobre las olas, crecían poco a poco, los labios de mi amado parecían un pez pequeño que jugaba suavemente en el agua. Cerré los ojos, aceptando todo eso. Sus dedos acariciaban mi herida sangrante, la sangre lubricaba, exploté. A la distancia oía los maullidos de Ovillo al tiempo que sentía su áspera lengua en la planta de mis pies.

Se me grabó en la mente esa mañana en la que mi amado, la gata y yo hicimos el amor. Había algo de locura. En la nariz llevaba pegado el olor a miedo, dulce, blanco, venenoso. Sí, ya nunca me pude liberar de eso. Estando con un hombre, hablando con una mujer en la calle, escribiendo sola o caminando por la calle Gierkezeile de Berlín jamás he podido olvidar aquella mañana clara llena de muerte y amor, ese sabor dulce y terrible.

Después de complicados trámites de transporte, Ovillo fue aceptada en el avión, y nosotros regresamos a Shangai.

XX

En una burbuja de cristal

No llores niño, no llores.

PAUL SIMON

Fuera de la ventana, el cielo gris se tornó en lluvia. En la televisión todo el tiempo transmitían sin parar un comercial de Pepsi Cola. Era miércoles, había visto la caricatura del ratón Mickey y sabía que los miércoles todo podía pasar.

Al levantarnos por la mañana Tiantian había cambiado de idea, no quería ir ese día al centro de rehabilitación.

—¿Por qué? —le pregunté, mirándolo.

—Quiero estar más contigo.

—Pero no nos vamos a separar para siempre, todo va a estar bien… no te preocupes, te comprendo, pero si te sientes mal ¿qué vamos a hacer?

Sacó una pequeña bolsa de su zapato y la zarandeó.

—Tiantian —suspiré—, trajiste eso de regreso.

Por primera vez entró en la cocina para prepararme el desayuno. Me acosté en la bañera un rato escuchando el sonido de los huevos friéndose en la sartén y de la tapa que se cayó al piso, qué torpe. No me sobornará con un desayuno, no puedo perdonarle una recaída.

No comí el desayuno que hizo, él sin decir ni una palabra se acomodó en el sillón y le dio de comer a Ovillo comida para gatos. Sentada enfrente de mis borradores, de repente me invadió el pánico como cuando un mago descubre que acaba de perder sus poderes por completo. Ahora simplemente no podía penetrar en el mundo distante de las letras, a mi alrededor ocurrían cambios incesantemente, como las pequeñas ondas del agua. Siempre había pensado en un triunfo repentino, como Alí Baba que sólo con leer un conjuro abrió la puerta de la cueva del tesoro, como Bill Gates que en una noche se convirtió en archimillonario, como Gong Li que a mi edad ya había subyugado a decenas de millones de hombres blancos con su magnífica belleza sin hablar una sola palabra de inglés.

Y yo ni siquiera tenía fuerzas para seguir. En esta ciudad nunca podría realizar mis ideales. La única manera sería agarrarme a mí misma por los pelos y escapar de este planeta (antes de que las predicciones de Nostradamus se hagan realidad), o junto con Tiantian abandonar este lugar e ir a las selvas de África o alguna isla del Pacífico sur para sembrar marihuana, criar gallinas y pasar el resto de la vida bailando danzas autóctonas alrededor de una fogata.

—¿Quieres salir a caminar? —Tiantian tiró en mi escritorio un avión hecho de papel. El avión que hizo era muy bonito, encima tenía dibujos, aforismos y dichos famosos como: "El infierno son los demás", "La soledad es inherente al hombre", "La verdadera vida está en otro lado", "Vive la poesía", etcétera.

Fuimos en taxi al centro de la ciudad. Cuando el coche pasó a la altura de la calle Yan'an, nos dimos cuenta de que aquel pedazo de autopista elevada no estaba aún terminado, después pasamos una hilera de casas viejas con pequeños jardines y rodeadas de muros. A la gente de Shangai siempre le ha gustado abrazar al mismo tiempo lo nuevo y lo viejo. Los proyectos de infraestructura del gobierno que se levantan aquí y excavan allá han moldeado el esqueleto de esta ciudad con un armazón de acero reforzado y han dejado reliquias históricas fragmentadas como lluvia adornando suavemente la conciencia de la ciudad. Cada vez que sentada en un taxi atravieso la ciudad mitad vieja y mitad nueva oigo en el camino su trepidar constante.

Tal vez recuerde ese sonido toda la vida, tal vez nunca lo entenderé, Mark me había dicho que todas las ciudades tienen su sonido. En los sonidos de París, Londres, Berlín, Venecia, Viena y Shangai, él había encontrado una cualidad especial, indefinible, difícil de precisar, es una cosa con forma y energía que tiene que ver con el ánimo de la gente. Esas ciudades se estimulan mutuamente y existen unas en función de las otras.

Suena muy esotérico. ¿Verdad? Los hombres que me gustan deben tener en el cerebro algunas neuronas mágicas, ya que el sexo y el amor hacen al hombre virtuoso, sensible, pensante.

Almorzamos muy bien en Benny, tal vez eso ya nos hizo el día. El dueño de Benny era un raro arquitecto belga que había diseñado el restaurante en forma de una langosta gigante. Había grandes ventanas plateadas, en las paredes colocó espejos redondos, los comensales si querían podían comer y a la vez levantar la cabeza y observar a los demás clientes, pero lo más extravagante era que desde los espejos sin ningún riesgo se podían ver todo tipo de contornos y cosas ocultas de las mujeres con vestidos escasos. Se decía que allí habían nacido muchas parejas, los hombres primero se enamoraban de la imagen en el espejo y luego caían en las redes del amor.

Tiantian y yo, comiendo sopa agrio-picante y mejillones salteados, entramos en una discusión insólita:

—¿Te gusto como soy ahora? —Lo blanco azulado de los ojos de Tiantian era como un signo de interrogación, parecía que ya había acumulado cierta energía como preparación para esta conversación. —Pero sin mentiras.

—¿Hace cuánto tiempo nos conocemos?… Casi un año, tengo la sensación de que es antes, además seguiremos juntos, cien años, diez mil años, porque yo te quiero, pero si no te pones bien pronto… ahora tengo vacía la cabeza.

—Si un día… me muero, no, no me interrumpas, quiero decir, en ese instante cuando cierre los ojos para nunca jamás despertar, ¿qué pensarás de mí?

Ya no quería comer más, la punta de mi lengua perdió sensibilidad, el estómago también se me entumeció, nuestras miradas separadas por los platos y vasos se cruzaron y se sostuvieron por un largo rato. Lo blanco de sus ojos se hacía cada vez más azul, hasta llegar al punto en que "exudaban un líquido gaseoso" como diría la norteamericana Joan Hawkes.

—Te voy a odiar —le dije deletreando.

—La muerte es una expresión de aburrimiento, es una respuesta natural al aburrimiento sin límites, he pensado sobre ello mucho tiempo, tal vez toda la vida, llegué a algo, siento que la muerte ya no me avergüenza. Una persona como yo no puede envenenarse a sí mismo ilimitadamente, enterrar en el olvido su alma. —Apuntó con su dedos el lado izquierdo de su pecho, si no fueran sus dedos y fuera un puñal se vería más natural.

—Puedo ver un tipo de impulso en el lado oscuro de mi alma, los psiquiatras dicen que los impulsos son peligrosos, no los recomiendan pero pueden llegar en cualquier momento de la vida. —Su voz era fría y clara, sus labios blancos e inexpresivos, no hablaba de otra persona, hablaba de sí mismo.

—Mi voluntad es cada vez más débil, mis ojos son cada vez más iluminados, yo ya vi el enorme agujero negro en la panza del Sol, vi la cruz que formaron las estrellas del cosmos —decía.

Estaba enojada por la decepción:

—No des tantas vueltas, en una palabra pienso que estás loco.

—Tal vez, el muerto jamás tiene oportunidad de defenderse ante el vivo, en realidad muchos viven aún más locos.

Agarré su mano, estaba helada.

—¿Qué estamos diciendo? Dios, ya no sigas, por qué aquí y ahora tenemos que sostener esta conversación tan espantosa, no me hables de la vida y la muerte, del amor y el odio, del ego y del ello, son palabras enloquecedoras. Estamos vivos y juntos ¿no?, si tienes objeción hacia nuestra vida común habla concretamente, no lavo bien la ropa, hablo dormida, la novela que estoy escribiendo te ha decepcionado, no tiene suficiente profundidad, es una basura, etcétera, etcétera, ¡OK! Cambiaré, me esforzaré por mejorar, pero por favor no vuelvas a decir estas cosas tan terribles… Siento que esas palabras son muy irresponsables, por ejemplo, todo el tiempo pienso encontrar unas alas para volar contigo hacia el cielo y tú siempre sueltas mi mano y te vas solo al infierno… ¿por qué?

Muchos nos miraban, levanté la cabeza y me vi en el espejo como ánima perdida, la expresión salvaje, los ojos llenos de lágrimas. Pensaba que era muy tonta, pero si nos amábamos tanto.

—Cocó —la expresión de Tiantian aún era fría—, sabíamos desde el principio de nuestras diferencias, siempre dije que éramos dos tipos de persona, aunque eso no impedía nuestro amor, tú eres una chica llena de energía decidida a ser alguien, y yo no tengo aspiraciones, me voy con las olas, los filósofos dicen "todo viene de la nada", y "todo lo que poseemos tiene sentido en función de la nada".

—Que se mueran los que dicen eso, no leas más esos libros, júntate con los vivos, haz más trabajo físico. Mi papá dice: "el trabajo hace al hombre saludable", lo que necesitas es sol y pasto y un sueño de felicidad y el disfrute que viene con él —hablaba yo tan rápido como una máquina de coser en la noche oscura.

—Por ejemplo, mañana te vas a ese maldito centro de

rehabilitación, participarás en algunas labores sencillas, cantarán todos juntos, cuando superes esos días espantosos te ayudaré para que te relaciones con otras mujeres, pero de ninguna manera te puedes enamorar, si hay necesidad te buscaré una puta, lo único que quiero es que te recuperes por completo. —Lloraba mientras hablaba, los espejos se empañaron.

Tiantian me abrazó:

—Enloqueciste. —Sacó el pañuelo del bolsillo y me limpió las lágrimas.

Lo miraba llorando con los ojos nublados.

—Enloquecí porque tú estas loco.

Una mirada insistente me apuñalaba desde un extremo del restaurante y se reflejaba en el espejo opuesto, cuando me distraje por un momento vi a Mark. Estaba sentado con una mujer extranjera de mediana edad que parecía ser su amiga. Seguramente que ya llevaba un rato fijando la mirada en mí.

Fingí no haberlo visto, llamé al mozo para pagar. Era miércoles, cualquier cosa podía pasar. Mark seguía mirándome. Tenía en la cara una expresión de duda y preocupación. Se paró como si nada, yo di vuelta la cara. El mozo se acercó con grandes pasos, me mostró la cuenta, saqué la billetera, por más rápido que quisiera irme, los yuanes no salían.

Mark finalmente se nos acercó, puso cara de sorprendido.

—¡Ah!, qué coincidencia, jamás imaginé encontrarlos aquí. —Primero estiró la mano hacia Tiantian.

De pronto lo odiaba, odiaba esa escena, odiaba a ese alemán, con qué derecho estiraba las manos hipócritas hacia Tiantian. Esas manos que habían tocado cada recoveco del cuerpo de esta mujer. En ese instante tan falso, esas manos eran particularmente ofensivas. Acaso no se había dado cuenta de que Tiantian en ese momento estaba tan débil e indefenso. Por Dios, acabábamos de sostener una conversación cruel y desgarradora, ese joven al día si-

guiente iría al centro de rehabilitación, estábamos deses-
perados y justo en ese momento este hombre de mi vida
secreta, de mis encuentros carnales que me avergüenzan
se acercó, e hipócrita y cortés le dice a Tiantian:

—¿Cómo estás?

Aunque tuviera cien motivos para desearme debería
de aguantarse, quedarse allá, lejos de nosotros, dejar-
nos salir en paz.

Me atacaron los nervios, tiraba de la mano de Tiantian caminando rápidamente hacia la puerta. Mark nos
alcanzó y me dio el libro que había olvidado en la mesa. Le agradecí en voz baja, y luego aun en voz más baja
le dije:

—Vete.

Casi toda la noche no cerramos los ojos, nos besábamos, el cuarto estaba lleno de la amargura de nuestra saliva. Nuestra cama parecía una isla segura y solitaria flotando en medio del mar tempestuoso. Nos refugiábamos
en el amor del otro. Cuando el corazón se rompe produce un sonido suave y delicado parecido al de los muebles
de madera cuando se rajan. Le juré que iría a verlo con frecuencia, que cuidaría bien de mí y de Ovillo, que escribi-
ría mi novela con mucho ánimo, que nunca me hundiría
en ninguna pesadilla. Yo necesitaba creer que era la mujer más hermosa y más afortunada, tenía que creer en los
milagros. Era todo lo que podía hacer. Le prometí que esperaría hasta ver con mis ojos, con lo blanco azulado brillante, el retorno de la sombra de su silueta.

Te amo, así es mi amor.

Al otro día a la mañana lo llevé al centro de rehabilitación. Buscaron en un cuaderno el nombre de Tiantian, yo lo había anotado con anticipación. Algunas cosas del equipaje que consideraron innecesarias me las
devolvieron, la puerta de hierro se cerró, nos miramos
un instante por última vez.

XXI

Cocktails

Vengan escritores y críticos.
Profeticen con su pluma.

Bob Dylan

El amor nos desgarra.

Ian Curtis

Diferentes mujeres tienen diferentes reputaciones.

Sally Stanford

Escribí durante una semana entera en mi habitación, ni siquiera me peinaba. Nadie llamó por teléfono ni tocó a la puerta (excepto el empleado del restaurante Pequeño Sichuan que me traía la comida y una anciana del comité vecinal encargada de recoger el dinero para la limpieza de las calles). Estaba aturdida, parecía resbalarme en lodo, desde una puerta a la otra, desde la realidad a la ficción, no me costaba mucho trabajo, la novela me arrastraba.

Dejé los adornos y el arte de decir mentiras, decidí apegarme totalmente a la realidad y mostrar mi vida ante el público. No necesité gran valentía, fue suficiente con seguir esa fuerza misteriosa que emergía de la oscuridad y con deleitarme escribiendo y listo. No tenía que aparentar inocencia ni tampoco crueldad. De ese modo descubría mi verdadera existencia, enfrentaba los temores a la soledad, la pobreza, la muerte y otras cosas horribles.

Con frecuencia me quedaba dormida encima del borrador, y me despertaba con la cara inflamada. En algunas ocasiones, cuando la aguja plateada del reloj de pared señalaba las doce, empezaba a oír un sonido. Era un sonido recurrente, parecía el ronquido del vecino, un obrero reparador de maquinaria, también parecía el ruido de alguna lejana grúa de una construcción y también parecía el ruido de la heladera de mi cocina.

Varias veces, cuando perdía la paciencia, soltaba la pluma y me iba silenciosamente a la cocina, abría la heladera, esperando encontrar un tigre escondido, que se me echara encima, tapara mi boca y nariz con su pelo dorado, me asfixiara y luego sin la menor vacilación me violara.

En realidad, en ese encierro inexplicable descubrí el *Tao*, me iluminé. El paraíso es así, eres libre y sin preocupaciones. No hay hombres que se fijen en tu ropa o en tu peinado, ni nadie que critique el tamaño de tus pechos ni el tipo de mirada que tienes. No hay reuniones sociales a las que hay que correr, ni policías que te refrenen las locuras, ni jefes que supervisen tus adelantos en el trabajo, ni una distinción clara entre la oscuridad de la noche y lo brillante del día, y tampoco hay nadie que venga a aprovecharse de tus sentimientos.

Mi propia novela me hipnotizó. Para describir con mucha precisión una escena tórrida de mi novela intenté escribir desnuda. Muchos creen que entre el cuerpo y la mente existe una relación inevitable. El poeta norteamericano Theodore Roethke se ponía y se quitaba la ropa frente a un espejo en su vieja casona para sentir continuamente la inspiración que venía de su cuerpo desnudo bailando. Quién sabe si esa historia es cierta o no, pero yo siempre he creído que escribir tiene una íntima relación con el cuerpo. Cuando me siento corporalmente plena, las oraciones que escribo son cortas y precisas, cuando estoy flaca, a punto de desaparecer, las oraciones de mi novela son larguísimas como algas marinas suaves y sedosas. Rompí los límites de mi propio cuerpo, pretendí llegar lo antes posible hasta el cielo e incluso hasta el universo, para escribir una cosa elegante y grandiosa. Tal vez eso sea como el lema de Dios, pero yo me esforcé por hacerlo.

En mi novela aparece una pareja abrazada mientras el fuego se expande por el cuarto, ellos saben que jamás saldrán de allí, el fuego había sellado todas las puertas y ventanas, por lo que lo único que les quedaba era hacer enloquecidamente el amor. Esa historia me la contó alguno de mis múltiples ex novios, sucedió cerca de su casa.

Cuando levantaron a esos amantes de las cenizas, estaban fuertemente abrazados, el cuerpo calcinado de uno estaba metido en el cuerpo del otro, no había manera de separarlos. El chico y la chica no llegaban a los veinte años, eran estudiantes de una importante universidad de esta ciudad, justo era una noche de fin de semana, los padres de la chica habían ido, como cada fin de semana, a la ópera en el teatro Tian Chan. El chico había ido a la casa de la chica, ellos siempre veían juntos la televisión, oían música, charlaban, claro que como cualquier pareja de jóvenes se tocaban tiernamente. De pronto el fuego empezó a crecer desde la cocina común de los pisos de abajo, se dispersó fácilmente en esa casa con estructura de madera, además el viento aquella noche era muy fuerte, no se dieron cuenta del peligro hasta el momento en que el aire en la habitación empezó a arder. Sabían que ya no era posible salir de allí, el fuego había sellado todas las ventanas y salidas. Sólo les quedó una cosa, hacer el amor locamente en medio de las llamas. Mi nariz de veras que logró percibir ese olor a quemado, al aire caliente y seco de la desesperación.

Dejé la lapicera y me puse a pensar, si mi amado y yo hubiéramos estado en esa habitación ¿qué hubiéramos hecho? Sin lugar a dudas lo mismo, ya que no había otra elección.

Sólo con ese lazo tan profundo se puede enfrentar el miedo insondable ante la inminencia de la muerte. La única de las teorías de Freud en la que yo creo verdaderamente es en la de la relación misteriosa entre el instinto de vida y el instinto de muerte.

Recuerdo cuando Madonna en aquella fiesta en el jardín me preguntó: "¿Si en 1999 las predicciones de Nostradamus sobre el fin del mundo se cumplen, qué sería lo último que harías?", y ella misma se respondió: "Coger, claro".

Mi mano derecha aún sostenía la lapicera, la izquierda se deslizó hacia mi sexo, allí ya estaba mojado, parecía una medusa resbalosa e hinchada, metí un dedo, luego el otro, si los dedos tuvieran ojos o algún otro instrumento científico, podrían descubrir allí un mundo rosado, bello y carnoso. Los vasos sanguíneos hinchados pulsaban delicadamente en las paredes interiores de la vagina. Durante miles de años el jardín misterioso de la mujer ha estado esperando ser invadido por el sexo opuesto, ha esperado el goce primario, ha esperado la esencia traída por una batalla, para que luego en ese palacio rosado y regordete se desarrolle una pequeña nueva vida que continuará, ¿es así?

Me satisfice con entusiasmo y algo de asco, sí, siempre da algo de asco. Otros usan la pérdida de las familias o del hogar, o el terminar la vida en la mendicidad para inspirarse y escribir una obra maestra, en mi caso me rocié de perfume Opium y me encerré durante siete días y siete noches con el sonido devastador de Marilyn Manson y me di el placer de lanzarme hacia la victoria.

Tal vez ésa sea mi última novela, ya que sentía que simplemente no lograba hacer nada que valiera la pena, la desgracia se avecinaba, sí, los padres que me parieron y me criaron se avergonzaban de mí, y mi amante indefenso como una mariposa había perdido la fe en mí.

Después de siete días una llamada telefónica me sacó a la superficie. Ese día los rayos del sol eran muy brillantes, el viento traía el fresco olor de los pensamientos y las orquídeas del cercano parque Changfeng. La editora Deng me dio una noticia extraordinaria, mi antología anterior se publicaría en su segunda edición para su distribución como parte de una serie llamada "Aires de la ciudad".

—¿Cuántos ejemplares se van a tirar? —dije lentamente, palabra por palabra, en siete días no había hablado con nadie, así que mi lengua estaba un poco torpe.

—Planeamos diez mil, claro, no son muchos, pero tú sabes que el mercado no está muy bien debido a la crisis del sudeste asiático. Bueno, a decir verdad, diez mil no está mal, la editorial al principio dudó pero les dije que la primera edición de tu libro se agotó en apenas unos días… —Sonreía con humildad, obligándome a expresarle agradecimiento.

—¿Los derechos de autor aún son pagos fijos? —pregunté ya más despierta, como cuando se abre una ventana y entran juntos el bullicio, el ruido, el caos, el bacilo de la tuberculosis, el colibacilo. Ese desorden caótico avivó mi cerebro, me alejé por un tiempo de la cárcel de mi novela, conseguí libertad temporal.

—Vamos a fijar una reunión para vernos, algunos amigos de librerías quieren conocerte —Deng hablaba con voz suave—. Supieron por mí que estás escribiendo una novela larga, quieren hablar contigo para ver si pueden hacer algo juntos, siento que es una excelente oportunidad ¿qué te parece?

Había pensado en todo, ella tenía capacidad de organizar todo en detalle, de acuerdo a la lógica y en conformidad con las reglas del mercado, yo sólo tenía que aceptar tranquilamente este regalo tan oportuno, no sabía si de veras apreciaba mi talento literario o era algo más, aún no consideraba necesario sacar mis antenas, le agradecí y le dije que pronto la llamaría por teléfono para fijar la hora y el lugar.

Después llamé a Madonna. Aún estaba en la cama, su voz era gangosa y ronca. Al darse cuenta de que era yo, aclaró la garganta y en voz baja le dijo a la persona que tenía al lado (evidentemente era un hombre):

—Encanto, te agradecería mucho un vaso de agua ¿sí?

Luego me preguntó qué había hecho esos días, le conté todos los detalles sobre mi ida a Haikou, sobre Tiantian en el centro de rehabilitación, le dije que escribía todo el día. Estaba evidentemente conmovida:

—¿Qué pasó? Oh, Dios. —Aspiró profundamente el cigarro y luego exhaló largamente.

—Las cosas van por buen camino, estoy segura de que se va a recuperar —le dije— ¿y tú cómo estás?

Gimió:

—¿Cómo puedo estar? Mi vida está inmersa en alcohol y hombres, es una eterna alucinación hasta el día en que me vaya con el viento, y cuando ese día llegue le daré gracias a Dios. Por cierto, si tienes tiempo a la tarde, me gustaría verte, me temo que no estás muy bien, además llevo tiempo sin verte. Vamos a nadar ¿qué te parece? Vamos a la piscina del hotel Donghu, tengo una credencial de miembro de allí. Tú sabes, la ventaja de ir a nadar es que puedes al mismo tiempo proporcionarte placer a ti y a otros, cuando una mujer quiere atraer hombres rápido y fácil, aparte de bailar desnuda, la mejor manera es ir a nadar. —Reía a carcajadas como la protagonista de una película de Hollywood.

—Querida, perdóname, ahora parezco una perra en celo, el maldito de Dick me lastimó, se llevó mi vida, está bien, ya no hablaremos de eso, iré por ti en el auto, además tengo un regalo para ti.

Al lado de la pileta azul, Madonna y yo nos acostamos encima de las reposeras tejidas, sobre nuestras cabezas al cielo claro, el viento suave acariciaba la cara, los rayos del sol dulces como miel se acercaban justo lo necesario a nuestra desnuda piel expuesta. La piel, después de haber sido tapada toda una temporada, se veía pálida y nada atractiva. Me cubrí el cuerpo con una toalla y me puse a mirar al hombre en el agua. Se llamaba Ma Jianjun, Madonna lo había conocido en una situación muy cómica.

Una noche, tarde, Madonna corría por las calles en su coche, a esas horas hay poca gente y tránsito, es un momento seguro para correr locamente. Cuando se metió en sentido contrario por un callejón bordeado de hermosos árboles fénix, una patrulla que salió de la oscuridad la paró. Bajaron dos policías, uno de ellos era de hombros anchos y piernas largas con ojos parecidos a Pierce Brosnan, el protagonista de la última película del agente 007. Cuando todo solemne le dijo "Señorita, usted ha cometido un error", sus labios se parecieron aún más a los de 007, sólo que no tenía pistola en las manos, y tampoco tenía ese airecito perverso.

Madonna lo miró encantada bajo la luz del farol, después de tres segundos ya se había enamorado del policía. Obediente, pagó la multa y de paso le dio el número de su celular. En cuanto a la razón por la cual ese policía se relacionó con una señorita solitaria que corre como loca con el auto por la noche, no la sé muy bien.

—Dijo que le gustaron mucho mis manos, cuando le di el dinero por la ventana, se fijó en que mis manos eran largas y blancas, mis dedos acentuados por el anillo de diamantes le parecieron mágicos, como las manos de un maniquí de yeso. —Madonna hablaba en voz baja y de pronto empezó a reír.

Me di cuenta de que sus manos eran muy diferentes a su cara, sus manos eran juveniles como las de una adolescente.

—Que diga lo que quiera, lo importante es que quiere coger conmigo, y lo hace muy bien, cada vez que toca a mi puerta con el uniforme me humedezco en tres segundos. —Me miró, mi mente estaba ausente.

—Ey, alégrate un poco, vamos a nadar. —Se dirigió hacia la piscina y saltó. En ese momento la gente que nadaba era cada vez más, un par de japoneses con vellos negros y piernas arqueadas me miraban desde el agua.

Me saqué los anteojos oscuros y la toalla que me cubría mostrando mi biquini rojo. El rojo sobre la piel pálida bajo el sol parece una ensalada de frutillas con crema. Rápidamente salté al agua. Una fuerza suave y transparente atrapó mi cuerpo. Bajo los rayos del sol ya no tenía a dónde huir, aun si cerraba mis ojos otros ojos podían atravesar el agua para ver esta ensalada de frutillas.

No sé por qué mis sentimientos han cambiado tan extrañamente, cuando un desconocido mira mi cuerpo semidesnudo puedo sentir satisfacción, pero de pronto pienso que parezco un postre que se exhibe como una tonta bajo los rayos del sol, me enojo terriblemente, el feminismo saca su cabeza, ¿por qué tengo que parecerme a una Barbie, bonita por fuera y vacía por dentro? Esos hombres seguramente no saben que yo soy una escritora que acaba de pasar siete días y siete noches encerrada en un cuarto escribiendo. Y seguro que tampoco les interesa. De una mujer en un lugar público lo único que importa son sus tres curvas, en cuanto a qué tiene en la cabeza eso es como preguntar cuántos escalones tiene la Casa Blanca, no tiene ninguna relevancia.

Nadar no cambió sustancialmente mi estado de ánimo y después de ver la escena amorosa entre Madonna y su policía me desmoralicé. En el vestuario empecé a estornudar.

—Pobrecita, tu angustia bajó tus defensas, debes cuidar tu salud. —Madonna me abrazaba con una toalla grande mientras susurraba en mi oído: —Mírame, desde que tengo novio nuevo no me enfermo, ¿sabes por qué?, la respuesta de los especialistas es que las relaciones sexuales con armonía suben las defensas, es por eso que yo no estornudo ni tengo mocos.

Me besó en la mejilla y recordó que en la bolsa traía un regalo para mí.

—Espérate, tengo una sorpresa.

—¿Qué es?

—Cierra los ojos. —Empezó a reír, yo cerré los ojos pensando que todo estaba bien, a ella siempre le gusta jugar.

—Está bien, abre los ojos. —Me puso en la nariz una cosa, retrocedí un paso y me di cuenta de que era un juguete sexual para mujeres. Era un verdadero consolador de plástico, y eso no era todo, lo desenvolvió, sacó el pene rosado y se puso a mostrármelo con lujo de detalles.

—Oh, gracias, pero no lo necesito —dije rápidamente.

—No está usado, es nuevo, cuando el cretino de Dick me dejó pensé que lo iba a necesitar pero finalmente no lo usé, esta cosa no puede satisfacer ese agujero que se abre en el corazón. —Le flotaba una sonrisa extraña como de sufrimiento o de lujuria. — Me refiero al desconsuelo en el alma. Pero ahora nuevamente tengo un hombre, y a ti te acompaña la depresión, seguro que te sientes sola y es difícil de aguantar, pobrecita, esta cosa te va a aliviar.

—No, no, gracias. —Sentía que mi cara enrojecía ante aquella cosa espantosamente enorme. Pensé que mi dedo siempre sería más gentil y confiable.

—Acéptalo, te lo suplico —decía aún riendo.

—No. —Yo también reía.

—Está bien, de verdad eres tímida, pero en el fondo somos iguales. —Me atravesó con la mirada, abrió grande la boca y me imitó con el gesto. —De verdad, vamos a ponernos de acuerdo para visitar juntas a Tiantian… Desde que lo conozco parece estar siempre inmerso en pesadillas, claro, conocerte a ti para él fue bueno, sé cuánta sed de amor tiene ese tipo de persona.

—…Pero siempre me siento culpable con él, siento que soy otra pesadilla para él, parecemos dos viajeros en la noche tomados de la mano.

—Querida, no pienses tanto, sé cómo te sientes, no muchas mujeres pueden afrontar ese tipo de situación, pero tú no eres como las demás, cuando te sientas sola, llámame, puedo prestarte a mi novio o directamente hacemos un trío.

Nuevamente soltó una carcajada, esa era su forma particular de expresar su desafío a la vida ordinaria. Estoy segura de que puede hacer lo que dice, aunque me parece difícil de imaginar, lo oigo y me da un poco de asco.

Cenamos juntos en el restaurante La Cocina de los Yang de unos taiwaneses. Durante la comida me pude dar cuenta de que su novio el policía me tenía ganas, tomaba un pequeño sorbo de vino tinto y luego presionaba su rodilla contra la mía. Yo permanecía inmutable, mientras tenía la boca llena de jugosos mejillones pensaba qué diferencia habría entre un policía y un hombre común en la cama. Tal vez él trate a las mujeres que tenga debajo como a un ciudadano que viola la ley y las aplaste severamente, ¿lo tendrá tan feroz? ¿resistirá mucho?

Pensando así la lengua se me llenó de un líquido agradable, sentí una tibieza especial en el vientre como si una mano grande me sobara.

Madonna gritó:

—¿Qué carajos pasa?

Furiosa tiró los palillos. La rodilla de enfrente de pronto dejó de moverse, yo no aguantaba la risa.

El mozo llegó rápidamente.

—¿Por qué hacen cosas tan asquerosas? Apuesto a que su cocinero se quedará pelado, ojalá que no le quede ni un pelo —señalando el tazón de sopa gritaba groseramente.

El gerente del restaurante también vino, se disculpaba todo el tiempo, mientras hizo que el mozo se llevara la sopa de pollo negro con bayas en la que flotaba un pelo.

Inmediatamente trajeron otro tazón de sopa y un plato de postres de regalo.

A la noche descubrí en mi cartera el regalo que me dio Madonna, probablemente me lo puso a escondidas. "Verdaderamente es una loca" pensé moviendo la cabeza, guardé la cosa en un cajón, me bañé y me fui a la cama. El sueño envolvió mi cuerpo como una ola en luna llena, ese fue el día en el cual recuerdo haber conciliado el sueño con más facilidad. Mi Tiantian, mi novela, mis preocupaciones, los problemas de mi jodida vida, a todos los eché en un pozo sin fondo, primero un buen sueño y luego lo demás.

Cocó querida, no te angusties, al despertar será el día siguiente al día anterior.

Por la mañana del otro día mi vecina la gorda encontró una carta y una postal en mi buzón, y amable como siempre me los trajo.

Le agradecí y me senté en el sillón.

La carta era de Tiantian, la postal era de Mark, venía de México. Dudé un instante y decidí leer primero la postal. La postal tenía un cactus enorme como una pagoda en medio del desierto. Al otro lado había unas letras en inglés difíciles de descifrar.

"*Corazón, estoy en México en un viaje de trabajo. Es un lugar un poco sucio pero muy interesante. Aquí por todos lados hay marihuana, triciclos y mujeres tristes de pelo negro y ojos azules. En el hotel he comido muchos* chiles de los más picantes en el mundo, cuando te bese la próxima vez seguramente que te picará. Supongo.

"P.S. Mi cliente, un productor multinacional de vidrios de seguridad, es muy difícil. También viajaré a Europa y a las oficinas centrales de mi empresa en Alemania para investigar el mercado del vidrio y a un competidor que nos señaló el cliente. Te veré en medio mes.

"P.P.S. Te hablé muchas veces por teléfono y siempre estaba ocupado, piensa en instalar Internet, puedo ayudarte a solicitar una cuenta gratis de Hotmail.
Besos, Mark."

Besé la postal, mi teléfono ha estado mucho tiempo descolgado, pensé que él adivinaría que yo estaba escribiendo. Por él no tengo que preocuparme en absoluto, es un pilar de la sociedad, apuesto, inteligente, tiene un trabajo envidiable, es bueno para resolver todo tipo de relaciones complicadas, tiene un gran equilibrio personal (es un Libra clásico) y con las mujeres se relaciona como pez en el agua.

Sólo con que él lo quiera, aunque yo me vaya al Polo Sur, él encontraría la manera de comunicarse conmigo.

Las capacidades de Mark parecen un regalo de Zeus, Tiantian es totalmente opuesto a él, parecen personas de dos mundos diferentes. Ellos se entrecruzan como imágenes invertidas en mi cuerpo.

En la mesa encontré una navaja plateada para abrir cartas, regularmente no empleo esa manera sofisticada de abrir las cartas, pero en esta ocasión me hacía sentir menos nerviosa.

Tiantian había escrito sólo una hoja:

"Cocó querida, escribirte en este lugar parece como una fantasía, ni siquiera sé si esta carta te va a llegar… Ahora me siento lejos de ti, muy lejos, a años luz de ti.

Vuelvo a pensar en todas nuestras cosas, mi mente se llena con pensamientos sobre ti, y no dejo de tener pesadillas.

"En una de ellas yo voy corriendo, por todos lados hay flores rosadas y frutas, las flores tienen espinas, yo corro y mientras corro sangro, después salto en un agujero muy profundo... No hay luz, oigo apenas tu voz, tú estás leyendo en voz alta tu novela, desesperado empiezo a gritar tu nombre, después mi mano se topa con una cosa redonda caliente, está húmeda y palpita.

"Yo creo que tiene que ser un corazón pero no sé quién pudo haber tirado su corazón en un agujero negro.

"Esta pesadilla la tengo una y otra vez, me pone histérico, estoy exhausto. El doctor dice que es una reacción normal de la desintoxicación, pero yo ya no quiero seguir aquí. Por todos lados hay caras tristes y sin esperanzas.

"Después del primer tratamiento volveré a casa, inmediatamente. Le ruego a Dios que me dé un par de alas. Un beso para ti, mil, diez mil besos, si existe alguna razón para vivir, esa sería amarte.

Tiantian el triste
30 de junio"

Al dorso de la carta, había dibujado una caricatura suya con las comisuras de los labios caídas como la luna en creciente y algunos pelos pegados a la cabeza. Estallé en llanto, lágrimas lacerantes corrían por mi rostro como lava.

Pensé, Dios, qué significa todo esto, qué nos depara el destino a este hombre y a mí, mi corazón siempre sufre por él, y mi alma siempre vuela por él. Yo no puedo dilucidar si lo que hay entre nosotros es amor, pero sí es una tragedia desolada, la expresión lírica más pura de la pasión, como un prisionero en una celda, como lilas danzando en el campo abierto, como peces nadando en un abismo.

Aun antes de que nuestras vidas empezaran no teníamos ninguna posibilidad. El tiempo es como un tren rápido silbando y rugiendo a través de los edificios a la distancia. Mis lágrimas no importan, las alegrías y las penas de una persona no importan, porque las ruedas de acero del tren nunca paran. Ese es el secreto que atemoriza a todos en las ciudades en esta jodida era industrial.

La droga, el sexo, el dinero, la angustia, la psique, la búsqueda del éxito, la desorientación y todo eso componen el cóctel de celebración del año 1999 con el que la ciudad espera darle la bienvenida al nuevo siglo. Para una joven como yo la poesía depende siempre del sentido último de la existencia, con mis ojos lacrimosos veré las hojas verdes, con voz cascada cantaré *Dulce vida*, con mis dedos frágiles retendré cada pedazo del tiempo ido, me detendré en cada uno de los recovecos de mis sueños, me agarraré de los cabellos de Dios para que me lleve, hacia arriba, muy arriba.

XXII

Encuentro con los libreros

Juntémonos, los corazones solitarios desnudos
bajo la luz. El tren va a toda marcha en la penumbra.
Ésos son los únicos medios creados por Dios
para alterar la estructura del tiempo.

TORI AMOS

Deng, la editora, me llamó de nuevo, cariñosamente me preguntó si comía bien, si dormía bien, cómo iba
la novela y luego si podía ir a una cafetería de la calle
Shaoxing, llamada Zhongguo tong para reunirme con
ella y sus amigos libreros.

Le dije que estaba bien.

El taxi llegó a Shaoxing, una pequeña calle con fuerte ambiente cultural, varias editoriales y librerías se ubi-
caban en ambas veredas. Esa cafetería, cuyo nombre en
inglés era Old China Hand, se había hecho famosa por
sus estantes llenos de libros en las cuatro paredes y la
decoración con aires de los años treinta. El dueño era Er
Dongqiang, un fotógrafo muy conocido, la mayoría de
los clientes, todos ellos del medio cultural, periodistas,
editores, escritores, directores de cine, cantantes de
ópera, estudiosos extranjeros, brillaban como estrellas
en el cielo en ese ambiente elegante y distinguido. Los
libros, la música de jazz, el olor a café y los muebles antiguos correspondían fidedignamente a las viejas pasiones de esta ciudad así como a su orientación moderna
al consumo.

Abrí la puerta del café y vi a Deng en una esquina, sentada con varios hombres en una mesita redonda. Me senté y me di cuenta que uno de los editores me era muy conocido. Él, sonriendo, sacó una tarjeta y me la dio, entonces supe quién era. Cuando yo estudiaba en Fudan él era jefe de la sección literaria y artística de la asociación de estudiantes. Ese hombre, que terminó la Universidad dos años antes que yo, era mi amor secreto de aquel entonces. Le decíamos el Padrino porque casi siempre usaba un sombrero como de mafioso italiano y unos anteojos oscuros.

Recuerdo que en esos tiempos en el primer festival de teatro universitario, Fudan presentó una obra llamada *La trampa*. El Padrino era el director de esa obra. Contra viento y marea, confrontando a todas las demás aspirantes, logré ser la protagonista. Con el pretexto de discutir el libreto, iba a la habitación del Padrino en el edificio número tres y me sentaba en la "mesa de las confesiones" (así se le llamaba debido a que frecuentemente había gente alrededor de esa mesa abriendo su corazón) mirando su par de ojos nublados debido a la miopía, observando aquella cara fina e inteligente, imaginando que de pronto dejaba de hablar, estiraba el cuello sobre la mesa y como un imán se pegaba a mis labios.

Esa escena era mucho más emocionante que la de cualquier otra obra de teatro, pero nunca ocurrió, yo era muy joven y le temía a las situaciones embarazosas y a él, luego me enteré, le gustaba la chica responsable de la escenografía de la obra. Ella siempre llevaba una cadena con llaves plateadas y cuando caminaba sus largas piernas parecían estar bailando un vals, cuando reía se le hacía un hoyito en cada mejilla. Autoritariamente mandaba a los muchachos a deambular por el escenario con el martillo y los clavos en la mano. Ella parecía una experta en el uso del papel para la fabricación de las cosas y se lo pasaba hablando por teléfono a la Compañía de Papel Huifeng, yo en secreto la llamaba Huifeng.

Huifeng tenía al Padrino completamente embobado, la noche antes de la presentación los vi de la mano paseando a la luz de la luna bajo los árboles de la vereda. Me sentía como la *Canción de la luna triste*.

Al siguiente día el maquillador por algún asunto personal no pudo llegar para la presentación formal de la obra, el Padrino le pidió a Huifeng que me maquillara. La vi acercarse a mí con su brocha de maquillaje como de pintar paredes y su sonrisa maliciosa, me maquilló los ojos y las mejillas, yo estaba mal y me sentí muy incómoda.

Cuando terminó, agarré un espejo y al verme casi no pude sostenerme de pie. Mi cara parecía la de un payaso de circo, mientras el Padrino decía "precioso".

Los viejos rencores y los nuevos odios se juntaron en mi corazón y llorando como loca declaré que me retiraba de la presentación, el Padrino no tuvo otra opción que contentarme durante media hora con palabras tiernas y suaves.

El olor a su agua de colonia era como una disculpa tierna que me consolaba y suavizaba mi humor, luego llegó un nuevo maquillador y me maquilló. La presentación tuvo mucho éxito, actué muy bien, corrieron lágrimas de emoción y hubo aplausos ensordecedores.

Dos meses después, en el pasto detrás de la estatua del presidente Mao conocí a mi ex novio, ese que era falso cristiano, que además era admirador de Shakespeare y un maníaco sexual. Tal y como dije antes, finalmente sólo me lo pude quitar de encima después de una golpiza y la intervención de amigos de la Oficina de Seguridad Pública.

Al recordar las cosas del pasado no pude dejar de pensar que era algo ingenua pero también fueron momentos maravillosos. Me puse a pensar que si en aquel entonces en lugar de andar con ese loco cristiano me hubiera enredado con el Padrino, ¿mi historia posterior sería diferente? ¿me hubiera metido también en tantos líos? ¿estaría escribiendo mi novela con tanta intensidad? ¿andaría por esta ciudad entre dormida y despierta, siempre confundida? Quién sabe.

—Ey, Padrino. —Contenta estreché la mano que me extendía.

—Cada vez estás más bonita —me halagó. Aunque esa frase es algo anticuada, para una chica siempre es grata.

Deng me presentó a los otros hombres. Todos eran amigos entre sí, en el piso de abajo de la editorial de Deng formaron una editorial llamada La Rive Gauche. Creo que sólo ex estudiantes de Fudan son capaces de pensar en un nombre tan sofisticado salido del nuevo romanticismo francés.

Deng me había dicho que La Rive Gauche había publicado la serie *Mil Grullas de Papel*, que fue récord de ventas en la Feria Nacional del Libro, y según las estimaciones el precio de la marca *Mil Grullas de Papel* excedía los diez millones de yuanes. Daba gusto escuchar eso.

Me relajé y me puse muy contenta, siempre me alegra encontrarme de vez en cuando en esta u otra ciudad a ex condiscípulos de Fudan. Sobre la hilera de árboles fénix del jardín Yanyuan, en el auditorio Xianghui y en las ramas de los árboles de la calle Handan flota un aire de locura juvenil, de libertad, de decadencia aristocrática. Esa es la parte ingenua y romántica de la existencia de los hijos de Fudan antes de emprender el largo camino de la vida, también es la marca secreta para reconocer a los condiscípulos.

—Que bueno que se conocen, Cocó háblanos de tu nueva novela. —Deng inmediatamente se concentró en lo principal.

—Leí tu primera colección de cuentos, *El grito de la mariposa*, y me maravilló, como cuando entras en una habitación cuyo techo, paredes y pisos son de espejos. El reflejo de cada espejo se ve en otros constantemente, los rayos de los cuatro lados, como una serpiente atrapada, brincan y saltan por todos lados. En medio del núcleo del caos espiritual hay una inesperada y conmovedora sensación de verdad. Además ese lenguaje negro y erótico. A la hora de leer tu libro se experimenta un tipo de… —el Padrino de pronto bajó la voz— se experimenta un fantástico encuentro sexual. —Me miró de manera significativa.

—Es el tipo de escritos que fascinan, sobre todo a los lectores que tienen educación superior.

—El escrito refleja a su autor —interrumpió Deng.

—El mercado para su novela son estudiantes universitarios y funcionarios. Las mujeres pueden tener una respuesta muy sensible —dijo el amigo del Padrino.

—Pero yo no se qué va a pasar, aún no he terminado la novela…

—¿Es cierto que has recibido muchas cartas de los lectores? —preguntó el Padrino.

—Y también fotos raras —añadió Deng con una sonrisa. Cuando una mujer de edad mediana de pronto se pone coqueta es como una flor que se abre después de la lluvia.

—Las pasiones son una fuente de inspiración —dijo otro.

—Gracias. —Sorbí el café recuperando mi mirada clavada en un teléfono antiguo. Algo me hizo reír, suavemente dije:

—Finalmente descubrí el significado de ser escritora, por lo menos es más interesante que ser un billete de cien yuanes.

Poco a poco oscurecía fuera de la ventana. Los luces naranja de las paredes se encendían. El Padrino sugirió ir a algún lado a cenar. Deng se disculpó, su hija en tercer año de secundaria la esperaba para la cena.

—Viene el examen de admisión para la preparatoria, falta poco tiempo, tengo que estar encima de ella —nos explicó.

En ese momento entró un grupo de personas. Entre ellos estaba una mujer que yo había visto en el programa de televisión *Abre tu corazón*, con sus pómulos salientes maquillados en rojo, bien vestida y con aire de mujer inteligente y melancólica al estilo de Zhang Ailin, salía en televisión trescientos sesenta y cuatro de los trescientos sesenta y cinco días del año. También me la había encontrado en muchas fiestas. Madonna me había dicho que esa mujer había tenido unas tres docenas de amantes extranjeros. Su apodo era "el pequeño *qipao*". El Padrino y los demás la conocían, se saludaron y luego en auto nos fuimos a cenar.

Después de la cena el Padrino me preguntó dónde vivía para llevarme a mi casa. No soy una tonta, me di cuenta de lo que pretendía, pero no, las cosas habían cambiado, y especialmente esa noche yo tenía ganas de estar sola, aunque él aún era muy atractivo.

Nos dimos un abrazo y nos despedimos. Nos pusimos de acuerdo para que cuando termine la novela le informara.

—Me encantó volver a verte y me arrepiento mucho de no haberte cortejado en Fudan —me susurró al oído medio en serio y medio en broma.

Caminé sola despacio en la noche por la calle Huaihai. Hacía tiempo que no caminaba así sola, poco a poco empecé a sentir calor por todo el cuerpo, después de todo apenas tenía veinticinco años, muy joven, parecía una tarjeta de crédito con un crédito muy alto, todo se podía gastar de una sola vez y cuando llegase el resumen mensual, se salda la cuenta y listo. Los innumerables focos de neón de la calle no robaban más miradas que yo, ni siquiera el cajero automático poseía mi fortuna.

Caminé hasta la estación de subte de los grandes almacenes Parkson. Abajo había una gran librería independiente, Monzón, famosa por tener una gran selección de obras y jamás hacer descuentos. Di una vuelta sin meta ni propósito, me paré un rato frente al estante de libros de astrología y adivinación, en un libro decía que las nacidas el 3 de enero tenían un atractivo extraordinario, las llamaban "señoritas de piernas hermosas", tenían enorme capacidad de recuperación física y espiritual y además predecía que el año 2000 era su año de suerte y gran cosecha. No sonaba nada mal.

Me dirigí hacia la cabina fotográfica PhotoMe de la estación, es una cabina sin vigilancia. En el departamento de Mark hay una hilera de bonitas fotos vanguardistas que él se tomó solo en una PhotoMe, entre las fotos hay cuatro retratos diferentes donde está desnudo de la cintura para arriba en diversas poses, parado, en cuclillas, y de uno y otro perfil. En cada foto había alguna parte de su cuerpo, la cabeza, el pecho, el estómago, las piernas, al ver todas las fotos juntas se produce un efecto visual muy excitante, parece un robot o un cuerpo cortado a pedazos por una navaja. También hay una serie de fotos que Mark denominó "Orangután". Tomó muchas fotos de sus brazos y otras tantas de su torso, cuando se unen estas imágenes en la parte superior del cuerpo parece una imagen de Tarzán. Si Michael Jordan, la estrella de la NBA, viera estos brazos tan largos y tan sexys se pondría a suspirar. Recuerdo que cuando por primera vez hicimos el amor en el departamento de Mark, esas fotos me excitaron mucho.

Puse suficiente dinero en la pequeña hendidura, después de cuatro disparos y cinco minutos de espera recibí las cuatro fotos unidas en hilera. La cara en las fotos expresaba respectivamente tristeza, enojo, alegría, indiferencia, por un momento me costó trabajo distinguir quién era la chica ante mis ojos, ¿por qué expresaba sentimientos tan diversos como tristeza, alegría, enojo, desdén? ¿en qué esquina del mundo vive? ¿qué tipo de personas se relacionan con ella? ¿de qué vive?

Al cabo de cinco segundos regresé a mis cabales, como si hubiera liberado mi alma y de pronto hubiera regresado a mi cráneo. Miré las fotos instantáneas y con cuidado las puse en mi bolso.

Miré el redondo reloj electrónico que colgaba en la estación, eran las diez y media. Pero yo aún no tenía sueño, aún faltaba media hora para que pasara el último tren. Compré un boleto simple en la expendedora automática. Metí el boleto en la ranura de la máquina, del agujero del medio salió un comprobante verde. Los barrotes automáticos se aflojaron, bajé, en la hilera de sillas rojas de plástico encontré una no tan sucia y me senté.

Podía dormitar y también podía observar a la gente extraña. En una ocasión escribí un cuento corto titulado "Los amantes del subte". Se trataba de una bonita mujer un poco flaca y pálida que siempre en la Plaza del Pueblo, al tomar el último tren del subte, encontraba a un hombre de negocios impecablemente vestido que olía a cigarros, a perfume y a aire acondicionado. Nunca se hablaron pero entre ellos ya había sentimientos tácitos, cuando uno de ellos no aparecía, el otro se sentía inexplicablemente triste y desilusionado. Hasta que un día frío que el piso del vagón estaba mojado y resbaloso por la nieve, en un violento frenazo la mujer cayó en los brazos del hombre. Ellos se abrazaron fuerte, la gente de alrededor no notó nada fuera de lo común, todo sucedía con mucha naturalidad, el hombre no bajó en la estación de siempre. Él y la mujer se bajaron juntos en la última parada. En el oscuro andén él la besó y luego como un verdadero caballero le deseó buenas noches y desapareció. Cuando pensé el final de este cuento dudé mucho, no sabía qué le iba a gustar más al lector, si era mejor que no tuvieran intimidad desde el principio hasta el fin o era mejor que se acostaran como verdaderos amantes.

Cuando el cuento se publicó en una revista de moda tuvo una gran respuesta entre los trabajadores de cuello blanco. Mi prima Zhusha, de parte de muchos de sus colegas, me expresó su insatisfacción con el eclecticismo de ese final sin compromiso.

—O los hubieras dejado así sin ningún contacto o hubieras sacado de plano todos los sentimientos, pero él la besó y luego cortésmente se despidió y la dejó, ¿qué es eso? Es como rascarse sobre el zapato, ni claro ni oscuro, así no se puede. Uno se imagina que, después de separarse, ellos dos, cada uno en su cama, se revuelcan, toda la noche sin poder dormir. Todos los cuentos de amor en la actualidad son decepcionantes.

En ese entonces Zhusha aún no se había divorciado de su ex marido, pero ya estaban en una situación embarazosa, pendían en el vacío sin encontrar un solo lugar en donde aterrizar. Su ex marido había sido su compañero de la universidad. En todos esos años se conocieron tanto y tan bien que entre ellos no había la más mínima sorpresa, eran como la mano izquierda y la derecha.

Zhusha, al igual que todas las mujeres ejecutivas, esconde su corazón sensible y rico debajo de un caparazón de seriedad y serenidad. Ellas siempre son muy responsables con su trabajo, no sueltan ni un hilo, en su vida privada tienen grandes expectativas. Se esfuerzan por alcanzar el modelo de mujer moderna e independiente, reflejan seguridad, autoconfianza, tienen dinero y son atractivas. Tienen muchas más posibilidades de elegir, reivindican la frase de Andy Lau[*] en el comercial de Ericsson, "todo al alcance de la mano" y también se identifican con la imagen de una ejecutiva en el comercial de De Beers que con un anillo de diamantes en su mano sonríe con plena confianza en sí misma mientras una voz masculina dice "La autoconfianza resplandece, el atractivo brilla".

El último tren se acercaba al andén. Cuando entraba en el vagón, percibí un delicioso olor a hombre. Era el perfume que había descrito en el cuento "Los amantes del subte", "de su cuerpo emanaba un olor a tabaco, a agua de colonia, a aire acondicionado, a cuerpo, ese aroma embriagador le produjo a ella un leve mareo". Sin contenerme miré hacia todos lados y pensé ¿y qué tal si el personaje del cuento se le aparece a la escritora? Pero jamás pude determinar de cuál de los hombres venía ese delicioso aroma. Dejé a un lado esa fantasía romántica, y experimenté profundamente la belleza y el misterio, suave y delicado, que flota en todas partes de esta ciudad, especialmente por la noche.

XXIII

La madre que llegó de España

Nunca oyes lo que digo.
Sólo te fijas en mi ropa,
o en lo que te importa más,
que es el color de mi cabello.
Cada historia tiene dos caras,
yo ya no soy la misma que al principio.

PUBLIC IMAGE LTD.

"Cada vez hace más calor. Las cigarras trinan en los álamos del distrito de las antiguas concesiones extranjeras. Los escalones de piedra llenos de polvo y hollín de los coches conducen a los jardines secretos de esta ciudad, a las antiguas mansiones, hacia gente moderna que se oculta de día y sale de noche. Tacones altos atraviesan los callejones donde crece el musgo verde, atraviesan las calles cercadas por rascacielos, van por cada rincón de esta ciudad de sueños, los taconeos suaves son el más bello eco material de esta ciudad".

Una tarde, cuando acababa de escribir el párrafo poético de arriba, oí a través de la puerta que se acercaban unos tacos y a continuación un discreto tocar de la puerta. Abrí, era una mujer desconocida de mediana edad.

El exagerado arreglo de su persona y su acento de lengua enrollada que salía de unos labios pintados de color indefinido, me hicieron comprender de inmediato quién era esa visita inesperada.

—¿Bi Tiantian está en casa? —Me observó unos segundos con una expresión complicada en la cara y esbozando una sonrisa dijo: —Tú debes de ser Cocó.

Sin pensar me alisé los cabellos que caían sobre mis hombros, en el dorso de la mano tenía unas manchas de tinta negra, lo peor de todo era que vestía sólo un delgado y corto camisón, cualquiera con más de 0,5 de visibilidad podía ver a través del algodón blanco y transparente que debajo del camisón no llevaba nada. Crucé mis manos y las puse en el vientre pretendiendo que todo era normal, la invité a pasar, corrí lo más rápido que pude al baño, saqué de la máquina de lavar la bombacha que me había sacado el día anterior por la noche y me la puse. Frente el espejo recogí mi pelo, revisé mi cara por si tenía algo raro, nunca me imaginé que la madre de Tiantian iba a aparecerse tan de repente en la casa.

Desde el principio, todo el asunto era embarazoso e incómodo. Aún no había salido propiamente de la novela que estaba escribiendo, creo que cualquier chica ante la visita repentina de la madre de su novio en la casa donde viven juntos se sentiría aterrorizada, especialmente cuando el novio, por estar intoxicado con drogas, está encerrado en un lugar espantoso aislado del mundo. ¿Cómo le diré lo de su hijo? ¿Qué reacción violenta podría tener? ¿Y si se desmaya? Tal vez me va a gritar porque no cuidé bien a su hijo, porque tan irresponsablemente me quedo en esta casa y jodidamente escribo mi novela. Tal vez hundirá sus uñas en mi cuello.

Fui a la cocina y busqué un buen rato, la heladera estaba casi vacía, sólo quedaba un resto de café en la cafetera. Nerviosa barrí con los ojos el espacio alrededor de mí, arreglé una taza, una cuchara, unos terrones de azúcar, soplé un poco el polvo marrón de arriba y preparé una taza de café. Una espuma blanca flotaba encima, parecía de cafetería de quinta. Lo probé, estaba más o menos, aún no estaba ácido.

Ella, sentada en el sillón, observaba la decoración de la casa, su mirada se estacionó durante un largo rato sobre el autorretrato de Tiantian colgado en la pared. Era la obra más extraordinaria de Tiantian; había dibujado perfectamente el frío gélido y transparente de su mirada. El pincel acentuaba una expresión difícil de palpar, parecía que cuando dibujó su rostro frente al espejo, había disfrutado de su soledad con una alegría difícil de explicar. Él abandonó al chico del espejo y luego le transfundió sangre mágica para resucitarlo y hacerlo elevarse como la niebla hasta lo más alto del universo.

Le di el café, agradeció mientras me observaba sin disimular:

—Eres más bonita de lo que pensaba, te imaginaba alta y fuerte —sonreí perturbada—. Oh, perdón, aún no me he presentado formalmente, yo soy la madre de Tiantian, puedes llamarme Connie.

Sacó de su bolso una elegante caja de habanos, le di el encendedor, prendió el puro con sumo cuidado, la habitación se llenó de humo gris azulado, un olor un poco picante, pero daba un agradable tono exótico al ambiente, las dos nos relajamos un poco.

—No les avisé con anticipación mi llegada, pero pensé que así era mejor, mi hijo me decía en las cartas que no quería que yo volviera. —Esbozó una sonrisa triste. Su cara muy bien conservada casi no tenía ni una arruga, su pelo negro con permanente brillaba con su corte estilo Juana de Arco. Casi todas las mujeres que viven un tiempo en el extranjero traen ese corte, la sombra de ojos color café, los labios color vino tinto, el traje confeccionado a la perfección, tal vez sea el modo de vida en el extranjero que las impulsa a estar siempre elegantes para aligerar la discriminación racial que sufren los chinos fuera de China.

Miró durante un largo rato el autorretrato de Tiantian, tenía una expresión muy pesada, como recién salida de aguas profundas, luego su mirada se posó en nuestra cama grande, siempre desarreglada. Con las piernas juntas y los brazos sobre ellas, me senté a su lado lista para aguantar el pesado interrogatorio de una madre. Tal y como lo esperaba, ella empezó:

—¿Cuándo regresa Tiantian?… es mi culpa por no hablar antes o enviar una carta.

Connie finalmente hizo la pregunta, sus ojos estaban llenos de esperanza y angustia, como una niña esperando un momento crucial. Abrí los labios, mi boca y mi lengua estaban secas y rasposas:

—Él…

—Por cierto —sacó una foto del bolso—, este es mi hijo hace diez años, entonces tenía cara de bebé, no era muy alto, cuando lo vea creo que no lo reconoceré.

Me dio la foto, vi a un niño flaco de mirada lánguida, vestido de chaqueta café, pantalón largo de pana, zapatos deportivos blancos. Estaba parado al lado de una planta de cáñamo rojo como el fuego, su pelo flotaba suave como la planta de diente de león bajo los rayos del sol, tan ligero que podía ser llevado por la brisa en cualquier momento. Era Tiantian en 1989, parecía una escena que yo ya había visto en mis sueños, tenía la impresión de conocerla, podía reconocer los rastros difusos de los colores y olores.

—En realidad Tiantian hace un buen rato que ya no está aquí… Aunque no era fácil esbozar estas palabras, sin embargo le conté la secuencia de todos los acontecimientos. Por mi mente pasaban una tras otra esas imágenes flotantes que emitían una luz pálida, era la tristeza y la pasión que venían a mi memoria.

La taza de café en las manos de Connie se cayó al suelo, la taza no se rompió, pero su falda roja y su rodilla estaba empapadas, estaba lívida, no habló durante un rato, ni me gritó ni hizo ningún gesto violento.

Sentía un extraño alivio, otra mujer importante en la vida de Tiantian compartía conmigo la tristeza. Parecía que hacía todo lo posible para controlarse y no perder la compostura. Salté y fui al baño para traer una toalla y limpiar la mancha de su falda. Ella me retiró la mano en señal de que no era necesario o no importaba.

—En mi ropero hay faldas limpias, puedes escoger una que te quede bien y te cambias.

—Quiero ir a verlo, ¿se puede? —Levantó la cabeza y me dirigió una mirada desolada.

—Según los reglamentos no se puede, pero en unos días más él podrá salir —le dije con voz tierna y nuevamente le sugerí secar su falda o cambiarse.

—No es necesario —dijo murmurando—, todo es por mi culpa, no debí permitir que llegara a esto, me odio, en todos estos años no le di nada, debí habérmelo llevado a mi lado hace mucho tiempo, aunque él no hubiera querido tendría que haberlo forzado... —Empezó a llorar, mientras se sonaba la nariz con el pañuelo.

—¿Por que nunca viniste a verlo y esperaste hasta ahora? —le pregunté con sinceridad, su llanto me contagió, tenía un nudo en la garganta. Yo nunca la había considerado una madre competente. Sin importar cuánta tristeza innombrable tenía esta mujer extraña que vino de España y cuánto pasado confuso y desconocido, yo no tenía derecho a juzgar su vida, ni su comportamiento, pero siempre consideré que había una íntima relación entre la vida desarraigada de Tiantian llena de almas perdidas y sombras oscuras y esta mujer. Estaban unidos para siempre por un podrido cordón umbilical. Desde que escapó de su casa y dejó a su hijo, desde que las cenizas de su esposo llegaron en un avión MacDonnell, el destino de su pequeño hijo estaba sellado. Fue un proceso de lenta pérdida de confianza, de la inocencia, del entusiasmo y de la alegría, como cuando las células de un organismo pierden poco a poco la resistencia ante la insensibilidad, ante la corrupción. Madre, hijo, humo, muerte, terror, frialdad, dolor que se apodera del hombre, todo esto junto, cada acción tiene su reacción, es como el eterno girar de la rueda de la vida y de la muerte en el budismo.

—Seguro que me odia hasta los huesos, él me respeta a la distancia, quiere huir de mí —susurraba para sí—, ahora que regresé seguro me odiará aún más, siempre ha creído que yo maté a su padre… —sus ojos repentinamente reflejaron una luz gélida, como gotas de lluvia invernal en la ventana.

—Todo es por las heridas que aviva esa mujer, mi hijo le cree todo, conmigo ni siquiera dice una palabra de más, no tenemos ninguna comunicación, le mando dinero, ese es mi único consuelo. He estado muy ocupada administrando mi restaurante, y pensando que llegaría el día en el que le daría a mi hijo todo el dinero ganado, y que ese día él comprendería que la persona que más lo ama en el mundo es su madre. —Derramaba lágrimas como lluvia mostrando su desolación.

Le daba pañuelos todo el tiempo, no aguantaba verla llorar así frente a mí. Las lágrimas de una mujer se parecen a una lluvia de toques de tambor plateados que contagian su ritmo particular a ciertas partes del cerebro y lo llevan a uno a las lágrimas también.

Me paré, caminé hasta el ropero, saqué una falda negra hasta la rodilla que desde que la compré hacía un año jamás la había usado, puse la falda enfrente de ella, pensé que sólo así podía detener aquel llanto interminable y parar sus recuerdos cada vez más tristes y profundos.

—Aunque he regresado, él no necesariamente querrá verme —dijo en voz baja.

—¿Quieres lavarte la cara? Hay agua caliente en el baño, esta falda te va a quedar bien, cámbiate por favor. —La miraba con ternura, su cara estaba llena de huellas de lágrimas sobre el maquillaje, la mancha de café sobre su falda roja era muy evidente.

—Gracias —se secó la nariz—, eres una joven noble y buena. —Estiró la mano y se arregló el pelo sobre la frente, sus manos y piernas torpes recuperaron la suave elegancia típica de la mujer. —Quisiera tomar otra taza de café, ¿se puede?

—Oh, lo siento —sonreí apenada—, era la última taza de café, en la cocina no hay nada.

Antes de irse, se puso mi falda limpia, se miró adelante y atrás, la talla le quedaba muy bien. Encontré una bolsa de papel de las que dan cuando uno compra y la ayudé a guardar su falda sucia. Me abrazó y me dijo que esperaría el instante en el que se pudiera reunir con su hijo. En ese momento ella y su esposo español estaban en tratos con una empresa de bienes raíces para ver algunas casas en el centro de la ciudad y escoger el mejor lugar para abrir un restaurante. Me dejó un papel con el número de su habitación y el teléfono en el Hotel de la Paz.

—Nos veremos muy pronto, te traje un regalo que ahora olvidé, la próxima vez te daré el tuyo y el de Tiantian.

Su voz era muy suave, en la mirada tenía un destello de agradecimiento. Había entre nosotras un entendimiento tácito y una mutua simpatía. Por todos lados había errores cometidos a propósito o sin querer, por todos lados había arrepentimiento y culpa, esas cosas existen en todas las fibras de mi cuerpo, en cada nervio.

Aunque esa mujer caída del cielo llamada Connie tuviera sus manos manchadas con la sangre de su difunto esposo, aunque su alma por esto o por aquello haya sido infectada por la maldad, aunque haya miles y millones de verdades escondidas que hasta el día de su muerte no saldrán a la luz, aun si ella fuera todas las cosas que desprecio, odio, evito, y además denuncio y condeno... siempre existirá el momento en el cual un toque noble, sin culpa, se apoderó de nuestros corazones, como cuando la mano de Dios se extiende y en trance hace un gesto vacío hacia el mundo.

XXIV

La cena diez años después

Cuando me senté a tu lado, sentí una inmensa tristeza.
Aquel día en el parque.
Luego un día regresaste a casa.
Cuánta alegría por regresar a casa.
Encontraste la llave de tu alma y
de veras la abriste, ese día regresaste.
Regresaste al parque.

VAN MORRISON

Una hora después de haber recibido la llamada de Mark en ese día seco y caliente (me dijo que ya había regresado a Shangai y que deseaba verme de inmediato, además me invitó a ver una película corta vanguardista alemana), Tiantian regresó a casa. Ellos dos existen uno en función del otro, como los lados claro y oscuro de la luna, se complementan mutuamente, los dos hombres importantes de mi vida habían regresado.

Cuando Tiantian empujó la puerta y entró me quedé perpleja, sin decir palabra nos abrazamos fuerte, nuestros cuerpos estaban particularmente sensibles, nuestras antenas invisibles se extendían hacia el otro disfrutando detalladamente aquel fuerte y fascinante arrebato fisiológico del otro, era un amor que venía de la mente, no del cuerpo.

De pronto se acordó que el taxi aún esperaba abajo a que le pagara.

—Yo voy. —Agarré la cartera y bajé por las escaleras,

le di al chofer cuarenta yuanes, me dijo "no tengo cambio", le dije "no importa", me di vuelta y caminé hacia el umbral del edificio, de lejos oía las palabras de agradecimiento del chofer. Esa luz blanca que parecía derretirse detrás de mi cuerpo en un instante se desvaneció, mis ojos nuevamente se acostumbraron a los pasillos y escaleras oscuras, al entrar en la casa oí el agua de la bañera.

Me acerqué y me apoyé en la puerta, mientras fumaba veía a Tiantian bañarse. El agua caliente hacía que su cuerpo se viera rosado, como un batido de frutilla y como un bebé recién nacido.

—Quiero dormir —dijo y cerró los ojos. Me acerqué con una esponja y lentamente lo bañé. El jabón líquido Watson despedía un rico y refrescante aroma a hierbas del bosque, una pequeña abeja constantemente se pegaba al vidrio de la ventana del baño teñido del color del vino blanco por los rayos del sol. Ese silencio que se palpa, se ve, de pronto se puede esparcir como la savia.

Mientras fumaba veía su hermosa y delicada cara dormida y su cuerpo, como si oyera el nocturno de Kreisler *La miel del amor*. Parecía que se hubiera recuperado.

Tiantian de pronto abrió los ojos:

—¿Qué vamos a cenar hoy?

Sonreí:

—¿Qué quieres comer?

—Tomates con azúcar, fritura de raíz de lirios con perejil, brócoli frito con ajo, ensalada de papas, codornices en salsa de soja, y un gran tazón de helado de chocolate, de vainilla y de frutilla…

Él tenía muchos antojos, sacaba y metía su lengua rosada.

Lo besé.

—¡Guau! Tu apetito nunca había sido tan feroz.

—Es que vengo del inframundo.

—¿Dónde vamos a comer?

Tomó mi antebrazo y me dio un pequeño mordisco, como un animalito carnívoro.

—Vamos a cenar con tu madre.

Se quedó aturdido por un momento, soltó mi mano y se levantó de la bañera:

—¿Qué?

—Ella volvió, su esposo español también.

Salió de la bañera y descalzo y sin secarse caminó directamente hacia el dormitorio.

—¿Estás muy enojado? —Lo perseguía.

—¿Tú qué crees? —hablaba en voz alta, se acostó en la cama y puso sus dos manos bajo la nuca.

—Pero ella ya volvió. —Me senté a su lado mirándolo fijamente, mientras él miraba fijamente el techo.

—Entiendo cómo te sientes, no le debes tener miedo a esta situación complicada, no debes sentir odio, ni escapar, ahora hay que encarar a tu madre, afrontar todo lo que va a pasar, eso es lo que debes hacer.

—Ella nunca me quiso, no sé quién es ella, sólo es una mujer que cada tanto me envía dinero, y para ella enviarme dinero es disculparse, es una manera de disminuir su sentimiento de culpa. De cualquier manera, ella sólo se ama a sí misma, sólo le interesa su vida.

—Si la quieres o no, no me importa ni me interesa, sólo me importa una cosa, tú no eres feliz, y eso tiene que ver mucho con tu madre. Mientras más pronto pongas en orden tu relación con ella, más pronto yo podré verte feliz. —Mientras hablaba me colgué de él y lo abracé:

—Te lo suplico, quítate de encima todas las cadenas, y como una crisálida que rompe el capullo, conviértete en una hermosa mariposa. Quiérete a ti mismo, ayúdate.

Silencio. En el cuarto había una profundidad extraña, como una llanura amplia, nos abrazábamos cada vez más fuerte, nuestros cuerpos eran cada vez más livianos y pequeños hasta que nuestros cerebros fueron invadidos por pequeños capullos de flores.

Luego lentamente hicimos el amor, de esa manera nuestra, que no es plena pero que nada la puede sustituir, su vientre blanco y liso casi podía reflejar como un vidrio mis labios, sus vellos púbicos suaves como hierba despedían un olor cálido y dulce como el de un animalito (por ejemplo, un Conejo que era su signo del horóscopo). Usé mi otra mano para acariciarme, poco a poco sentí cómo esa parte se me ponía inflamada y caliente. Donde mis labios y mis dedos pasaban, pequeñas chispas secretas, azuladas, se encendían. Todo era besos, llenos de saliva, llenos de ternura; el caos, el vacío, el arrepentimiento, el miedo, fueron empujados a un lugar lejano. No creo haber besado antes de una manera tan enloquecida, simplemente no pensaba.

Sólo sabía que él era la felicidad que había perdido y acababa de recuperar, era la chispa que encendía el fuego de mi vida, era mi esfuerzo de autoexpresarme, era el dulce y el dolor inefables, era una bella rosa inaccesible que la alquimia hacía renacer de un antiguo jardín persa.

Cuando él se rindió yo llegué al orgasmo, saqué mi dedo húmedo, caliente y lleno de líquidos y lo acerqué a mis labios. Olí mi propio olor, él mordió mis dedos y los chupó:

—Es dulce, huele un poco a almizcle, sabe a sopa de pato con anís y canela. —Suspiró, se dio vuelta y no tardó en dormirse profundamente, con una de sus manos apretaba fuerte la mía.

A las siete treinta de la noche Tiantian y yo llegamos al Hotel de la Paz en el Bund. En el iluminado hall del hotel nos esperaban ansiosos Connie y su esposo.

Connie estaba impecablemente vestida, llevaba un *qipao* rojo con bordados dorados, tacos muy altos, un maquillaje pesado y elaborado, tenía el aspecto de una actriz china de Hollywood de los años cincuenta o sesenta. Al ver a Tiantian empezó a llorar, estiró sus dos manos hacia Tiantian pero él se retiró, el español se le acercó un paso y ella se refugió en su pecho, limpiando sus lágrimas con un pañuelo.

Pronto recuperó su compostura y esbozando una sonrisa le dijo a Tiantian:

—Jamás me imaginé que estabas tan delgado y buenmozo. De veras que... estoy muy feliz, eh, déjenme presentarlos. —Agarrando la mano de su esposo se nos acercó un paso. —Él es mi esposo Juan —mirándolo—. Ellos Tiantian y Cocó.

—Seguramente que todos tenemos hambre, vamos a cenar —dijo Juan en inglés con fuerte acento español. Tenía la apariencia típica de un torero, unos cuarenta años, alto, fuerte, guapo, pelo color castaño, ojos café claro, nariz grande. Debajo de sus gruesos labios tenía una hendidura que sólo los extranjeros tienen, que parece esculpida con navaja y hace que el mentón se vea fuerte y sexy. Daba la impresión de que él y Connie se llevaban muy bien, eran una versión en edad mediana del cuento "La bella y el príncipe", aunque tal vez en este caso la bella era tres o cuatro años mayor que el príncipe.

Tomamos un taxi para ir a la calle Hengshan, en el camino nadie habló. Tiantian estaba sentado atrás entre Connie y yo. Estaba duro como el plomo.

Juan de vez en cuando murmuraba algo en español, probablemente sobre el bello paisaje nocturno de la ciudad fuera de la ventana. Era su primera visita a China, en su pequeño pueblo de España sólo en las películas de Zhang Yimou y Chen Kaige habría visto una mujer china sufriendo y a un hombre chino vestido en traje tradicional. Seguramente que su esposa china le contaba muy poco de su tierra natal, por lo tanto este hermoso Shangai ante sus ojos estaba a miles de kilómetros de lo que él esperaba ver.

Atravesamos un pequeño callejón, caminamos unos minutos entre iluminados muros cubiertos de hiedra, llegamos frente a varias casas antiguas estilo europeo, y entramos al jardín señalado por un anuncio luminoso del restaurante chino La Cocina de los Yang. La decoración era discreta, además los platos eran caseros y sabrosos. Yo no entendía cómo era que Connie con apenas unos pocos días de estar en Shangai sabía de este restaurante tan escondido en medio de estas callejuelas. De cualquier manera era un buen lugar para comer y charlar tranquilamente.

Connie me pidió ordenar la comida. El dueño, un taiwanés, se acercó y se saludaron con Connie como si ambos se conocieran muy bien. Juan mencionó en su escaso chino dos platos que no quería comer, "patas de pollo" y "tripas de cerdo". Aclaró que no quería comer estas dos cosas, ya que apenas llegado a Shangai las probó y toda la noche tuvo diarrea. Connie añadió:

—Además lo llevé al hospital Huashan para que lo trataran, tal vez como estaba recién llegado aún no se adaptaba al clima y los cambios, y quizá no tenía nada que ver con las patas de pollo y las tripas de cerdo.

Tiantian estaba sentado a mi lado en silencio, fumando aturdido, no oía ni interfería en la conversación, de hecho no había sido nada fácil que aceptara salir a cenar con su propia madre esa noche, así que no debía forzarlo para que sonriera o estallara en lágrimas.

La cena transcurrió muy lentamente, Connie todo el tiempo recordaba su embarazo de Tiantian, su nacimiento y los momentos memorables hasta que cumplió trece años. Se acordaba perfectamente de cada detalle y episodio y los narraba uno a uno como si fueran un tesoro familiar:

—Cuando estaba embarazada con frecuencia me sentaba en la cabecera de la cama y miraba un calendario que tenía la foto de una niña extranjera que jugaba con una pelota en el pasto, sentía que aquella niña era muy hermosa, y pensaba que yo también iba a tener un bebé muy hermoso, naturalmente unos días después en el hospital tuve un hermoso tesoro, aunque era niño, pero sus facciones eran tan delicadas...

Mientras hablaba observaba a Tiantian, él sin ninguna expresión en los ojos pelaba un camarón. Ella en español le resumía al marido lo que acababa de decir. Juan con cara de aprobación me decía:

—De veras es muy hermoso, parece una muchacha. —Yo sin afirmar ni negar tomaba lentamente mi vino.

—Cuando Tiantian tenía cinco o seis años, ya pintaba, pintó un cuadro llamado *Mamá teje un suéter en el sillón*, era muy interesante, en el ovillo a su lado estaban pintados un par de ojos de gato, la mamá tejía con cuatro manos, él siempre me preguntaba cómo podía tejer y ver la televisión al mismo tiempo, además de tejer tan rápido... —La voz de Connie era baja, pero su risa resonaba fuerte, como si alguien le ordenara reír así de fuerte.

—Sólo pinté a mi padre reparando la bicicleta —dijo Tiantian con frialdad.

Lo miré sorprendida y extendiendo mis manos tomé las suyas, estaban algo frías; de pronto un silencio se apoderó de la escena, parecía que hasta Juan había entendido las palabras de Tiantian. Las palabras de Tiantian rompieron un tabú que nadie hubiera querido romper, todo lo referente a su padre difunto era delicado y triste.

—Me acuerdo que cuando Tiantian tenía nueve años, le gustaba una niña vecina de seis años. La quería hasta el punto de... —Connie siguió narrando en shangainés. La expresión de su cara tenía un gentil tono de reproche. Todas las madres al recordar las travesuras de sus hijos cuando eran pequeños deben de tener esa expresión. Pero los ojos de ella estaban llenos de una tristeza oscura mientras hablaba, como si afrontara una prueba de vida donde no podía más que sacar fuerza para salir adelante.

—Él agarraba todas las cosas lindas de la casa, el despertador, el florero, esferas de vidrio, historietas de dibujos animados, chocolates, en una ocasión hasta se robó mi lápiz de labios y mi collar y todo se lo dio a esa niña, poco faltaba para que vaciara la casa.

Hizo un ademán exagerado y nuevamente empezó a reír con unas carcajadas que espantaban, como el sonido de un piano descompuesto.

—Mi hijo puede dejar todo por la persona que ama —susurraba mirándome y sonriendo tiernamente, la luz era tenue pero podía sentir la compleja expresión de sus ojos, algo de envidia mezclada con amor.

—¿Podemos regresar a casa? —Tiantian bostezando giró para mirarme. Connie parecía nerviosa:

—Si estás cansado vamos a regresar más temprano para que descanses —dijo mirando a Tiantian. Luego con la mano pidió la cuenta y le hizo una señal a su marido para que sacara unas cosas del bolso. Eran dos regalos envueltos con mucho cuidado en papel floreado.

—Gracias —agradeció Tiantian con sencillez. En todos estos años Tiantian había recibido con mucha naturalidad el dinero y los regalos que Connie le daba, ni los quería ni los odiaba, simplemente, como dormir o comer, los necesitaba y eso era todo. Yo también agradecí el regalo.

—Primero los llevaremos a su casa y luego Juan y yo iremos a otro lado a pasear.

Juan en inglés añadió:

—Leí una revista en inglés, *Shanghai Now,* donde decía que en el muelle había permanentemente un hermoso y elegante barco, *Ariana,* abierto al público, si quieren podemos ir juntos a verlo.

—Querido, habrá muchas oportunidades, iremos juntos la próxima vez, ahora Tiantian está cansado —Connie apretando la mano de su marido, explicaba.

—Ah —como si hubiera recordado algo—, cuando salgamos podemos pasar a ver el lugar que hemos elegido para establecer el restaurante, está en el jardín de al lado.

La redonda y brillante luna colgaba en el cielo, bajo su luz todo se veía misterioso y frío. Entramos en el jardín rodeado por una baranda de hierro forjado, con piso de ladrillos rojos e iluminado por una lámpara redonda, al frente se veía una vieja casona estilo extranjero de tres pisos al parecer ya restaurada, la construcción aún reflejaba el orgullo y la elegancia de setenta años de historia, tenía ese esplendor que no lo podía tapar el polvo de los años ni lo podían emular las construcciones nuevas. Al este y sur de la casa había escaleras de piedra para subir, la casa estaba plantada en un espacio amplio en el corazón de las antiguas concesiones extranjeras de Shangai, donde la pulgada de tierra vale oro, era un verdadero lujo.

Unos árboles de alcanfor centenarios y árboles fénix extendían su misteriosa sombra verde, como tules de encaje de una falda de bailarina, adornando el jardín y la casa. En el segundo piso de la casona había una enorme terraza, en primavera y verano se podía poner una romántica cafetería al aire libre. Juan decía que luego podrían invitar a chicas españolas para que bailaran flamenco en la terraza. Podía imaginarme esa atmósfera exótica y lujosa.

Nos paramos un rato en las escaleras de la entrada, no entramos en cada una de las habitaciones, aún no habían empezado a decorarlo, no había mucho que ver.

La luz de la lámpara y la de la luna mezcladas caían al suelo y sobre nuestros cuerpos. De pronto todo parecía un sueño. El taxi nos llevó a casa, Connie y Juan nos despidieron agitando sus manos, luego el auto arrancó. Tiantian y yo tomados de las manos entramos en el pasillo del edificio, llegamos a nuestra casa y sentados en el sillón abrimos los regalos.

El mío era un brazalete con piedras preciosas, y el de Tiantian era un libro de arte sobre Dalí y un CD de Ravel, eran el pintor y el compositor más apreciados por Tiantian.

XXV

¿Amor o deseo?

La felicidad de los hombres es: Yo quiero.
La felicidad de las mujeres es: Él quiere.

NIETZSCHE

Hacer el amor con una mujer y dormir con una mujer son dos sentimientos muy distintos, el primero es deseo, lo segundo es amor.

MILAN KUNDERA

Tiantian regresó y llenó de nuevo un importante vacío en mi vida. Cada noche nos dormíamos inhalando la exhalación del otro, en las mañanas cuando nuestros estómagos empezaban a rugir abríamos los ojos y nos besábamos hambrientos. Mientras más nos besábamos más hambre nos daba, yo creo que el amor nos abría el apetito.

La heladera estaba llena de frutas, varias marcas de helado, vegetales para hacer ensaladas. Nosotros queríamos ser vegetarianos, frugales, llevar una vida simple como los antropoides de los bosques de hace decenas de miles de años, que no tenían heladeras, helados, colchones, ni inodoros.

Nuestro gata Ovillo seguía portándose muy mal, seguía teniendo una doble vida, una en nuestra casa y otra en los tachos de basura de la calle. Ella tenía muy bien organizado su ir y venir entre un lugar y otro. Los viernes y sábados roncaba a los pies de nuestra cama con su suave olor a jabón líquido (Tiantian se encargaba de bañarla y desinfectarla), tan pronto como llegaba el lunes ella recogía su cola y se iba del departamento muy puntualmente, como si fuera al trabajo, ella vagabundeaba a gusto por las calles. Al caer la noche, empezaba sus chillidos de llamado a sus compañeros de apareamiento, aunque deambulaba entre la mugre y la peste de la basura, ella encontraba su propio placer en eso.

En una ocasión, durante varias noches se oyeron chillidos de una pandilla de gatos frente al edificio, que iban y venían. El Comité de Vecinos se organizó para limpiar los lugares donde los gatos se refugiaban, especialmente los basureros, así que los gatos eran cada vez menos, pero Ovillo aún se movía en sus territorios como si nada. Parecía tener una misteriosa habilidad para desafiar al destino. Los dioses son grandes pero el destino también lo es. De vez en cuando traía novios a casa para pasar la noche. Nosotros nos imaginábamos que si había una pandilla de gatos seguro que Ovillo era la reina, que podía enamorar a cualquier gato de la pandilla.

En cuanto a mí, había entrado en una especie de parálisis, estaba a cincuenta mil palabras de terminar la novela y mi cerebro estaba vacío, como si toda mi imaginación, mis conocimientos y mi fuego se me hubieran escurrido por las orejas en una noche. Las palabras que salían de mi lapicera eran rancias y oscuras, escribía y rompía, pensaba que lo mejor era tirar la lapicera en el cajón de cosas inútiles, hasta empecé a tartamudear. Hablando por teléfono o hablando con Tiantian yo hacía lo posible por evitar los adjetivos, me limitaba a las construcciones sujeto más verbo más complemento y a las oraciones imperativas, tales como "No me consueles" o "Por favor tortúrame".

Tiantian se recluía en la otra habitación absorto en pintar ilustraciones para esa temporalmente suspendida novela, allí estaba la mayor parte del tiempo con la puerta cerrada. Cuando me asaltaba alguna sospecha o cualquier otra preocupación abría la puerta intempestivamente y entraba, pero jamás sentí ese olor extraño ni le vi hacer algo fuera de lo común.

Desde que regresó de su cura de desintoxicación, yo hice una limpieza exhaustiva del departamento, me llevó toda la mañana revisar cada rincón para ver si había marihuana u otra cosa sospechosa. Después de corroborar que no había ningún resto del pasado, construí alrededor de nosotros una sensación de seguridad.

Él se instalaba allí con un montón de pinturas como Da Vinci, buscando la verdadera naturaleza de las cosas en un mundo caótico, como Adán creando el prodigio del amor con una costilla en una huerta de manzanas.

—No puedo hacer nada. Creo que soy un desastre. No tengo entusiasmo, no tengo inspiración, no soy más que una mujer común y corriente, empecinada en el deseo absurdo de hacerse famosa escribiendo un libro —dije con un sentimiento de aún más impotencia al mirar la mesa de trabajo llena de ilustraciones maravillosas. Me sentí verdaderamente triste sabiendo que no estaba a la altura de su amor ni de mis propios sueños.

—Claro que no —dijo él sin levantar la cabeza—, sólo necesitas un descanso por un tiempo y aprovechar para quejarte y hacer de niña mimada.

—¿Eso es lo que piensas? —Lo miré sorprendida, sus palabras me sonaban originales, interesantes.

—Quéjate de ti misma y vas a tener los mimos de la gente que amas —dijo perspicazmente—. Es una manera de aliviar la presión psicológica.

—Eso suena como de mi psicólogo Wu Dawei, pero me hace muy feliz que tú pienses así.

—¿El editor aceptará estas ilustraciones? —me preguntó bajando el pincel. Yo me aproximé a la mesa y miré los dibujos uno por uno, algunos eran sólo bocetos pero otros eran hermosos trabajos terminados. Los colores de las acuarelas eran luminosos y suaves, los trazos de los personajes eran simples y un poco exagerados, los cuellos largos al estilo de Modigliani y los ojos asiáticos, estrechos, largos y delicados transmitían melancolía, comicidad e inocencia.

Todas esas características son las que mis escritos y sus pinturas tienen en común.

—Yo amo esas ilustraciones, y aunque yo no termine mi novela ellas tienen vida propia y podemos exponerlas, van a gustar. —Me acerqué y lo besé en los labios. —Prométeme que vas a seguir pintando, estoy segura de que te vas a convertir en un gran pintor.

—Jamás he pensado en eso —dijo él tranquilamente—, además yo no necesariamente quiero ser un pintor famoso. —Eso era cierto, él nunca había sido ambicioso, y nunca lo sería. En China hay un dicho que dice: "A los tres años ya se vislumbran los ochenta", eso significa que en toda la vida de una persona, desde los tres a los ochenta años, hay algunas cosas que no cambian, es decir, es fácil predecir cómo será la gente de vieja.

—El problema no es ser o no famoso, sino acogerse uno mismo a un pilar firme, a una causa que te haga feliz —repliqué yo, pero hubo algo que no dije: "Y que te haga dejar para siempre las drogas y esa vida de confinamiento que llevas". Si él tuviera el deseo de ser un gran pintor, concentraría la mayor parte de sus fuerzas en eso.

Yo alguna vez escribí: "La vida es como una enfermedad crónica y encontrar algo interesante qué hacer es una especie de alivio a largo plazo".

—La única solución a los problemas es no engañarse a uno mismo —dijo él simplemente dirigiéndome una mirada incisiva (él casi nunca miraba así, pero desde que regresó del centro de desintoxicación yo he notado algunos cambios sutiles en él), como si yo usara las grandes verdades de la vida para engañarme y engañar a los demás, y construir una trampa fragante y dulce.

—Está bien, tienes razón —dije yo mientras salía—, precisamente por eso te quiero.

—Cocó —me gritó nervioso y contento mientras se limpiaba con un pañuelo la pintura de sus manos—, tú me entiendes. —Cada mañana cuando me despierto y te encuentro a mi lado me siento feliz al ciento por ciento.

Antes de ver a Mark estuve tratando de encontrar una excusa para salir, pero finalmente descubrí que para salir en secreto no necesitaba excusa. Tiantian estaba en casa de Madonna jugando a *El imperio contraataca* y llamó para decir que los ataques tenían que ser continuos y que se quedaría toda la noche. Colgué el teléfono, me puse una blusa larga hasta la cintura, transparente, unos pantalones negros a la cadera, ajustados, un poco de polvo plateado en los pómulos y salí.

Encontré a Mark, con sus largos brazos y largas piernas, en la esquina de las calles Fuxing y Yongfu. Impecablemente vestido, fresco, parado bajo un farol. Parecía salido de una película, flotando desde el otro lado del Pacífico. Mi amante extranjero tenía un par de hermosos y perversos ojos azules, un trasero incomparablemente bien formado y un miembro gigante. Cada vez que lo veía pensaba que estaba dispuesta a morir por él, morir debajo de él, cada vez que lo dejaba pensaba que el que debería morir era él.

Cuando él salía de mí y me levantaba para llevarme cargada con pasos tambaleantes a la bañera; cuando pasaba sus manos llenas de jabón líquido entre mis piernas, limpiando minuciosamente el esperma que él había vertido en mí y el elixir de amor que había salido de mi vagina; cuando él se excitaba de nuevo, me levantaba y me dejaba caer sobre su vientre; cuando hacíamos de nuevo el amor lubricados con jabón líquido; cuando lo veía jadear entre mis muslos bien abiertos, gritando mi nombre; cuando todo el sudor, toda el agua y todos los orgasmos al mismo tiempo fundían nuestros cuerpos, entonces yo pensaba que era ese alemán el que tenía que morir.

A ojos cerrados, la naturaleza del sexo y la de la muerte no están separadas más que por una línea muy fina. En un cuento que escribí, "La pistola del deseo", hice que el padre de la protagonista muriera cuando su hija alcanza el orgasmo haciendo el amor por primera y última vez con su amante, un oficial del ejército. Ese cuento me valió ataques despiadados de mis admiradores masculinos y de la prensa.

Nos besamos, tomados de la mano pasamos por una puerta de metal y atravesamos un jardín, envueltos por el perfume de hortensias moradas llegamos a una pequeña sala de proyección de videos. Yo me apoyé en la pared detrás de los asientos, observando de lejos a Mark departir y hablar en alemán con sus amigos rubios. Entre ellos había una mujer de cabello corto que ocasionalmente me miraba. Las extranjeras siempre ven a las amantes chinas de sus compatriotas como intrusas. En China ellas tienen muchas menos posibilidades que los hombres para elegir amante o marido, en general ellas no se fijan en los chinos, en cambio muchas mujeres chinas competimos con ellas por sus hombres occidentales.

En ocasiones yo me sentía muy avergonzada cuando estaba con Mark, temía ser confundida con una de esas mujeres fáciles que andan a la caza de un novio extranjero rico y que hacen cualquier cosa por salir de China. Por eso siempre me paraba lejos, mantenía un aire de seriedad y respondía con frialdad y enojo a las miradas afectuosas de Mark. Bastante ridícula.

Mark vino hacia mí y me dijo que después de la proyección iríamos a un café con la directora de la película.

Había mucha gente, así que estuvimos parados durante toda la película. Tengo que admitir que no comprendí muy bien las imágenes oníricas de glaciares y trenes, pero yo sentí que la directora estaba experimentando con una angustia existencial que todos los seres humanos compartimos, la angustia del desamparo. Ella había elegido una forma de expresión muy poderosa, los colores eran fascinantes, era una mezcla de violeta suave y azul que armonizaba en medio del contraste del negro y el blanco. Uno podía buscar en todas las tiendas de moda de Shangai y no encontraría una mezcla de colores tan artísticamente pura y atrayente. Admiro a una directora que pueda hacer ese tipo de películas.

Cuando la película terminó conocí a la directora. Shamir era una mujer aria, con un corte de pelo masculino, enfundada en una falda corta negra. Tenía unos ojos verdeazulados que irradiaban locura y piernas largas y bien torneadas. Mark me presentó, ella me miró de una manera especial y me dio la mano un poco reservada, yo le respondí con un abrazo, ella mostró cierta sorpresa pero le agradó.

Como Mark me había dicho anteriormente, Shamir era una auténtica lesbiana. Cuando ella me miraba había algo en sus ojos, algo que no sientes cuando te relacionas con mujeres. Nos sentamos a tomar unas copas en la planta alta del Park 97, al lado de una balaustrada de hierro forjado, en una atmósfera de luces trémulas, murales deslavados y suave música de fondo. Tony, norteamericano de origen chino y uno de los propietarios del Park, iba de un lado a otro saludando a los clientes, miró hacia arriba y al vernos nos saludó con un gesto.

—Qué tal.

Shamir tosió y tomó mi cartera de satén rojo bordado, la miró detenidamente por un momento, me sonrió y dijo:

—Muy bonita. —Yo le correspondí su sonrisa.

—Debo admitir que realmente no comprendí tu película —le dijo Mark.

—Yo tampoco —dije yo—, pero me fascinaron los colores, esos rayos luminosos chocando unos con otros y hasta atrayéndose, es difícil encontrar esa combinación de colores en otra película, ni siquiera en un local de ropa.

Ella se rió.

—Nunca pensé que pudiera existir alguna relación entre mi película y un local de ropa.

—Después de ver la película sentí como si hubiera sido un sueño que hubiera tenido antes, o un cuento que hubiera oído, es como la sensación que tuve al leer el libro de Cocó, en todo caso me encanta esa sensación… es como romper algo en pedacitos y después juntarlos de nuevo. Te vuelves sentimental. —Shamir se llevó la mano al pecho.

—¿De verdad? —Su voz tenía un extraño tono infantil, sus gestos eran a ratos tan calmados como la superficie del agua, luego de repente explotaba. Cuando ella estaba de acuerdo con tu posición te agarraba por la muñeca con su mano y decía en un tono de gran seguridad:

—Sí, exactamente.

Era ese tipo de mujer que no se olvida fácilmente. Ella había pasado por muchas experiencias, había sacado fotos en el Polo Norte, allí escaló una enorme cascada congelada llamada "El muro de los lamentos", que parecía como si estuviera hecha de una montaña de lágrimas. En ese momento estaba trabajando para la organización alemana más grande de intercambio cultural, DAAD, donde se encargaba de la sección de cinematografía, conocía a todos los cineastas clandestinos y de vanguardia de Pekín y Shangai. Esa institución organizaba todos los años un festival en Alemania al que invitaba artistas de todo el mundo, incluidos los de China. Mucha gente la apreciaba, pero la primera impresión agradable que yo tuve de ella fue de la película que acabábamos de ver, *Itinerario de vuelo*.

Ella preguntó sobre mis cuentos, yo le dije que todos eran historias verdaderas, que habían ocurrido en Shangai, ese jardín florido y caótico con acento poscolonial.

—Uno de mis cuentos está traducido al alemán, si te interesa te puedo dar una copia —dije yo de manera sincera—. Lo tradujo un chico que estudiaba alemán en la Universidad Fudan, al mismo tiempo que yo, que se enamoró de mí y me lo tradujo. Era un excelente estudiante pero no se graduó porque se fue a Berlín a estudiar.

Ella me sonrió. Una sonrisa que parecía el abrir de una flor sin nombre en el viento primaveral. Me dio una tarjeta con su dirección, su correo electrónico y sus números de teléfono y de fax y me dijo:

—No la pierdas, espero que nos veamos de nuevo.

—Ah, te enamoraste de Cocó —dijo Mark en son de broma.

—*So what?* —dijo Shamir sonriendo —ella es una chica especial, no sólo brillante sino también muy hermosa, una *baby* de temer... Estoy segura de que es capaz de decir y hacer todo lo que quiere.

Sus palabras me sacudieron y me paralizaron por un instante como un electroshock. Hasta hoy no entiendo por qué sin excepción es la mujer la que entiende a la perfección a otra mujer y puede descubrirle su naturaleza más secreta, sutil e íntima.

Debido a esas palabras de reconocimiento, antes de partir, nos detuvimos en la puerta del Park y nos besamos íntimamente bajo unos árboles. Sus labios tiernos y húmedos me atraían irresistiblemente como los pistilos de una flor exótica, el placer carnal surgió intempestivo, nuestras lenguas como tiras de seda preciosa se entrelazaron tierna y peligrosamente. Yo no alcanzo a comprender por qué fui más allá de ciertos límites con esa desconocida, de la conversación al beso, del beso de despedida al beso de la pasión.

La luz de la calle repentinamente se apagó, me asaltó una sensación pesada como un golpe pero al mismo tiempo poco común, con una mano acarició mis pechos a través del sostén, torciendo suavemente mi pezón, firme como un capullo de flor, mientras su otra mano se deslizaba entre mis muslos.

La luz se encendió de nuevo y yo regresé a la realidad, como si saliera de un sueño, liberándome de esa tentación extraña. Todo el tiempo Mark había estado parado tranquilamente disfrutando la escena, parecía que todo eso lo hacía gozar.

—Eres tan adorable. Lástima que mañana tengo que regresar a Alemania —dijo Shamir suavemente y luego abrazó a Mark—. Adiós.

Sentada en el automóvil de Mark, yo me sentía todavía confusa.

—Aún no sé por qué hice eso… —dije mientras pasaba mi mano por mis cabellos.

—Todo empezó cuando te fascinaste con su película —dijo Mark tomando mi mano y besándola—. Una mujer inteligente y sensible besando a otra mujer inteligente y sensible es algo irresistible, conmueve el alma y la inteligencia y excita la sensibilidad, es tan excepcional que resulta sexualmente muy excitante. —Sus palabras no sonaban para nada machistas, al contrario, eran comprensivas y conmovedoras.

Emocionada por sus palabras, floté húmeda todo el camino, hasta que llegamos a su enorme departamento donde cada rincón podía conducir a la locura. Prendí el estéreo y puse una balada de Suzhou cantada por Xu Lixian, me desnudé y me dirigí al cuarto.

Él recordó de repente que en la heladera tenía mermelada de zarzamora, que me encantaba, me pidió que esperara y se dirigió a la cocina, oí un ruido de platos y regresó a la cama desnudo con un plato de mermelada y una cuchara de plata.

—Toma un bocado cariño —dijo él llevando la cuchara a mi boca.

Disfrutamos la maravillosa mermelada, un bocado uno, un bocado el otro y mirándonos intensamente, súbitamente estallamos en risas. Él se puso encima de mí

y me acostó y como un cavernícola salvaje de las cue-
vas del Adriático, que ofrenda su cabeza, besaba mi
vientre con su lengua fría y dulce.

—Tienes una cuca muy hermosa, de Berlín a Shangai no hay otra tan exquisita... —Con los ojos bien
abiertos viendo sin mirar el techo, sentí cómo el placer
de la carne me adormecía el cerebro, apagándome el juicio. "Premio por la mejor cuca..." suena muy bien, quizá más conmovedor para una mujer que "el premio a la
mejor novela del año". Saboreaba un bocado de dulce y
luego un bocado de mi cuerpo, parecía el jefe de una tribu caníbal. Cuando se irguió y me penetró inmediatamente perdí el control y exploté.

—¿Te gustaría tener un hijo? —balbuceaba él irres-
ponsable, embistiéndome. En ese instante el placer me
invadió como si las montañas se desmoronaran y los
mares se vaciaran, era como si estuviera haciendo el
amor con todos los hombres del mundo.

XXVI

A principios del verano

Estamos buscando algún signo, pero nada se manifiesta.

SUZANNE VEGA

Felicidad, felicidad, ¿qué es la juventud?

SUEDE

El 8 de mayo, un avión de combate de los Estados Unidos bombardeó la embajada china en Yugoslavia. Tres bombas atravesaron cinco pisos hasta el sótano. Tres periodistas de *Noticias de Referencia* y del diario *Claridad* murieron en cumplimiento de su deber, además hubo más de veinte heridos. Ese día a las cinco de la tarde estudiantes de varias universidades de Shangai se reunieron fuera del consulado de Estados Unidos en la calle Urumuqi. Con pancartas en las manos gritaban: "Estamos en contra de la violencia de la superpotencia", "Apoyamos la soberanía y la paz". Huevos y botellas de agua mineral, como si tuvieran alas, entraron en el consulado, llegaron cada vez más estudiantes y la protesta duró hasta el día siguiente.

Madonna con un grupo de extranjeros, estadounidenses y europeos, fueron a mirar y tomaron algunas fotos, que luego me mostró. Lo que me llamó la atención en las fotos fue una pareja de enamorados, estudiantes del Instituto de Teatro de Shangai, cada uno sostenía una pancarta que decía: "Soberanía", *"Peace"*.

Madonna me dijo que estuvieron parados como estatuas más de una hora, la chica de ojos grandes y cejas gruesas parecía una joven de los años cincuenta o sesenta, ambos vestían igual.

Johnson, un amigo de Madonna, sacó un fajo de billetes de dólar del bolsillo y se lo regaló a los estudiantes para que los quemaran.

—Esperemos que no haya guerra —dijo Tiantian preocupado. Connie, su madre, era de nacionalidad española y Mark, mi amante secreto, era alemán, y tanto España como Alemania pertenecían a la OTAN, además Madonna estaba rodeada de gringos que no pensaban más que en divertirse.

El 9 de mayo, los mercados de valores de Shangai y Shenzhen se desplomaron y el Kentucky Fried Chicken de la plaza Wujiao de Shangai cerró sus puertas. Desde esa noche un ejército de hackers atacaron innumerables sitios de Internet de los Estados Unidos; el Departamento de Energía, el Departamento de Asuntos Internos y otros fueron invadidos, además en la página principal del Departamento de Energía colocaron fotos de las víctimas y de la bandera de China. La página de la OTAN, http://NaTo.org, fue cerrada.

El 10 de mayo, en el canal IBS en inglés de Shangai, en una transmisión especial durante el noticiario de la noche sorpresivamente vi la cara de Mark. Él, en representación de su empresa, lamentó el trágico incidente y pidió disculpas a las familias de las víctimas. También salieron representantes de otras multinacionales como Motorola, Volkswagen e IBM.

Cuanto terminamos de ver la televisión y Tiantian se fue a bañar, le hablé a Mark, me dijo que me amaba, que me besaba y me deseó dulces sueños.

Mi novela aún estaba en veremos. Era como cuando quieres hablar de negocios en una cafetería, pero no te puedes concentrar, hablas y hablas de manera dispersa, y sin querer observas la gente y el paisaje fuera de la ventana. Claro, no es muy apropiado comparar la escritura de mi novela con la charla de negocios con un extraño en una cafetería, ¿cómo iba a ser posible? Si un día escribir se convirtiera en un trabajo forzado, seguro que lo abandonaría.

Deng y el Padrino, por separado, me llamaron por teléfono, la segunda edición de *El grito de la mariposa* estaba a punto de salir, estaban preparando la promoción de la novela. Para promocionar el libro, organizaron charlas y ventas y firmas del libro en la Universidad Fudan, en la Universidad Normal del Este de China y en la Universidad Normal de Shangai, en los periódicos y las revistas también habría anuncios al respecto. Deng además me dio una lista de editores de revistas de moda, dijo que todos querían que yo escribiera un pequeño artículo sobre algo actual para apoyar la novela, pagaban muy bien y mi imagen no se dañaría.

De pronto, sin quererlo, Deng se había convertido en mi representante, pero aún no lo decía con claridad y yo tampoco le pagaba, no entendía por qué ella era tan entusiasta conmigo, la única explicación era que ella era noble y se preocupaba por mi novela (un escritor es como las acciones de la bolsa, de acuerdo a su desarrollo pueden subir o bajar).

Mi novela no prosperaba pero Tiantian producía con gran rapidez dibujos y bosquejos, así que había que esperar los progresos de mi novela.

La Araña me vendió una Pentium II y me instaló gratis un módem y otros programas y juegos. Así, cuando no teníamos qué hacer, Tiantian y yo jugábamos en la computadora. Tiantian jugaba a *El Imperio Contraataca*, y yo escribía poemas o contestaba los mensajes de mis amigos incluyendo los de Shamir y Mark en inglés.

—Busca un motivo para juntarnos, extraño a mi Tiantian —me dijo Madonna por teléfono con su voz ronca—, te voy a leer un poema:

"…*Los días pasan pesadamente lentos, el corazón sumergido en agua tibia sufre el tormento de este instante maravilloso, los ojos lastimosos del amado observan en el espejo cada nueva arruga, al despertar jamás podré volar a ciento ochenta kilómetros por hora para ir a la playa, estoy viva pero he muerto.*"

Cuando terminó de declamar, soltó una gran carcajada:

—Escribí esto hoy al despertar, ¿no está mal, verdad? Los verdaderos poetas no están en los círculos literarios sino en las camas enloquecidas.

—Estoy perdida, en estos días no he escrito ni una palabra —le confesé.

—Por eso deberías de organizar una fiesta, para remover las nubes de moho y espantar la mala suerte, además del vino, la música, los buenos amigos y el desenfreno ¿acaso hay otra opción?

Hice muchas llamadas:

—En agosto no pasa nada interesante, así que por las pinturas que Tiantian ha hecho últimamente, por la novela que no puedo concluir, por la amistad, la salud y la felicidad, los invitamos a nuestra fiesta "1+1+1" —repetí en cada llamada.

Un día antes de la fiesta recibí una llamada inesperada de Pekín, era de aquel hermoso *baobei*, Fei Pingguo, el estilista bisexual que se autoproclamaba rompedor de corazones femeninos y masculinos. Dijo que ese día volaría a Shangai para encargarse del maquillaje y el peinado de las modelos en una reunión promocional de la marca Sassoon.

—Ven —le dije contenta—, tengo una fiesta más interesante.

Esa noche a las ocho y media la fiesta "1+1+1" se llevó a cabo en nuestra casa.

"1+1+1" quería decir "una persona, una rosa, un poema". Preparé con mucho esmero todos los detalles de esa fiesta, depuré cuidadosamente la lista de los invitados, debía haber proporción entre las mujeres y los hombres, además no invité personas muy serias sin ningún sentido del humor, para no arruinar el ambiente de la noche, afortunadamente estos amigos eran bastante relajados, amantes de los placeres y románticos. Arreglé un poco la casa, no tenía que esmerarme mucho, finalmente al día siguiente me despertaría en medio de un caos total.

Tiantian estaba de muy buen humor, vestido de tafetán blanco a la manera tradicional china, que lo hacía parecer un hermoso joven efebo iluminado por la luna de las islas de la antigua Grecia.

La puerta se abría, los amigos llegaban uno tras otro. Abrazaban a Tiantian y luego se sometían a mi inspección para ver si traían los pequeños regalos que habíamos pedido. Zhusha y Dick fueron los primeros, Zhusha estaba espléndida, con su vestido rojo claro de tirantes delgados, se parecía un poco a Gwyneth Paltrow, la protagonista de *Shakespeare apasionado*, que ese año había ganado el Oscar por la mejor actuación femenina. Parecía más joven que la última vez que la había visto, la nueva casa ya estaba remodelada, Dick se había mudado y vivían juntos.

—Los cuadros de Dick se venden muy bien en la Galería Qingyi, el próximo mes se va a Venecia y Lisboa para participar en una exposición internacional —dijo Zhusha sonriendo.

—¿Por cuántos días te vas? —le pregunté a Dick.

—Tres meses más o menos —dijo. Ya se había cortado su pequeña cola de caballo. Fuera del anillo de calavera en la mano derecha, parecía un impecable oficinista, seguro que eso era en parte obra de Zhusha. Yo creí que no iban a durar más de tres meses juntos, pero demostraron ser muy compatibles.

—Quisiera ver tus cuadros —le dijo Tiantian.

—Primero déjame ver tus pinturas —dijo mostrando con la mano una acuarela colgada en la pared—. Es una verdadera lástima que no las exhibas en alguna galería.

—Ya lo hará —le sonreí a Tiantian.

Madonna apareció junto a un joven de los Estados Unidos. Por lo visto el policía Ma Jianjun ya había pasado a la página anterior de su larga historia amorosa. Sus amores se edifican encima de una y otra ruptura.

Madonna como siempre, con su cara muy blanca y un cigarro colgando de la mano, vestía una camisa negra muy ajustada, pantalones de brocado azul zafiro y botas de plataforma de goma, todo era de Gucci. Los anteojos oscuros que usaba la hacían especial, aunque un poco afectada (todos los que usan lentes oscuros a la noche se ven algo afectados). Nos presentó a un rubio, un chico estadounidense parecido a Leonardo Di Caprio, era uno de los que había organizado la protesta frente al consulado, "Johnson". —Luego apuntando con la mano dijo:

—Cocó, Tiantian.

—Johnson no trajo el poema —dijo Madonna— pero ahora haré que escriba uno. —Me sonrió maliciosa. —¿Sabes cómo nos conocimos? En el programa de la Televisión Oriental de Shangai para solteros *Encuentros sabatinos*. Él era el jefe del grupo número seis de los hombres anfitriones y yo era la jefa del grupo número tres de las mujeres anfitrionas. En realidad eran juegos tontos para gente aburrida, pero como sucedían ante las cámaras resultaban excitantes. La chica que coordinaba el grupo número tres, no sé dónde la había conocido, pero ella decía que me conocía y me pidió ser su anfitriona. Así pasamos todo el día grabando y fue cómo conocí a Johnson, él habla muy bien el chino, verán que enseguida va a escribir un poema corto como Li Bai. —Reía.

Johnson era algo *shy*, precoz y adorable, como debió de haber sido Leonardo Di Caprio antes de que se hiciera famoso.

—Nadie se puede enamorar de mi tesoro, porque yo soy muy celosa —reía Madonna. Cuando ella encontró a Zhusha y Dick, no hubo nada incómodo, abrazó con mucho entusiasmo a Zhusha y habló con Dick. Cuando una mujer tiene un nuevo amante, espontáneamente muestra una gran amplitud de criterio, y deja pasar muchas cosas, en lo que se refiere a la inconstancia la mujer no le pide nada al hombre. Un nuevo amor es básico para recuperar la autoconfianza femenina.

Luego vino la Araña acompañado de un estudiante extranjero de Fudan. Abrazó a Tiantian, luego me abrazó a mí y me besó como un loco. Dijo:

—Él es Yisha, de Serbia. —Al escuchar eso me puse en alerta, él tenía una expresión que mostraba que nunca había sido feliz, pero cortésmente me besó la mano y me dijo que yo era muy famosa en Fudan, que muchas chicas después de leer mis novelas querían ser escritoras como yo, y que él también había leído mi libro *El grito de las mariposas*.

Me conmovieron mucho sus palabras y las huellas de dolor en su cara por la pérdida de seres queridos y la destrucción de hogares. Sin proponérmelo me preocupé, si él se entera que en este cuarto hay un yanqui, ¿se pondría furioso y lo destrozaría? Los estadounidenses arrojaron miles de toneladas de pólvora en el cielo de la Federación Yugoslava, y un sinnúmero de mujeres y niños desaparecieron por ello, si fuera yo seguro que saltaría y destrozaría al primer estadounidense que se me presente.

—Siéntate donde gustes —le dijo Tiantian—, hay mucha comida y bebida, sólo te pido que no vayas a romper tan pronto los vasos y los platos. La Araña musitó:

—Si hubieran usado cosas de plástico no se romperían tan fácilmente.

Luego aparecieron en la puerta los editores. El Padrino, mi amor secreto de los años en Fudan, llegó con unos amigos trayendo rosas y poemas publicados hace cuatro años en Fudan en *Cultivos de poesía*. Se los presenté a Tiantian, era muy buena para presentar a la gente, es como preparar cócteles o pasar rápido de una película a otra.

Por último llegó Fei Pingguo con unas modelos glamorosas, todas eran sus compañeras de trabajo. Eran esas hermosas mujeres que se pasan la vida en programas de televisión, en cócteles, lejos del alcance de la gente común y corriente, pueden ser vistas y deseadas pero no tocadas, como los peces dorados de los acuarios.

El cabello de Fei Pingguo estaba tan colorido como el plumaje de un pavo real, parecía una pintura cubista, llevaba lentes de un bonito armazón negro (aunque no era miope), vestía una remera D&G y unos pantalones ajustados en blanco y negro. Encima de los pantalones, alrededor del talle, usaba una delgada tela tailandesa estampada en rojo oscuro en forma de falda, pero mucho más sexy. Su piel era blanca, pero no fría, dulce, pero no empalagosa, nos abrazamos y nos besamos ruidosamente.

Tiantian copa en mano nos miraba de lejos sin acercarse, sentía un miedo extraño ante los bisexuales o los gays, sólo podía tolerar a los heterosexuales y las lesbianas.

Todos charlaban amenamente bajo la luz tenue, y con el fondo de la música electrónica. De vez en cuando copa en mano alguien se paraba ante los dibujos de Tiantian. Fei Pingguo de pronto hacía gestos exagerados, como si las pinturas le provocaran verdaderos orgasmos.

—Me estoy enamorando de tu novio —me dijo en voz baja.

Golpeé la copa con mis llaves anunciando que la fiesta "1+1+1" empezaba oficialmente. Les dije que la rosa la tenían que regalar a la persona más hermosa según cada quien (podía ser del mismo sexo o del sexo opuesto) y el poema lo tenían que ofrecer a la persona más inteligente, según cada quien (podía ser del mismo sexo o del sexo opuesto). Las estadísticas decidirán quién es la persona más bella y quién la más inteligente. Y si están de acuerdo podrán ofrecer su cuerpo a la persona que más desean (puede ser del mismo sexo o del sexo opuesto). Claro que este tercer programa puede ocurrir después de la fiesta, aunque mi casa es grande, yo no podía determinar con anticipación qué rumbo tomaría la fiesta.

Cuando terminé de anunciar con toda claridad las reglas de la fiesta, el lugar estalló en chillidos, silbidos, zapateos, ruido de vasos rotos que invadieron el lugar y casi tiran abajo el techo. A Ovillo, que estaba roncando en ese momento, casi le da un infarto y salió como una flecha hacia el balcón.

—Va a suicidarse —gritó con voz chillona una de las chicas que había venido con Fei Pingguo.

—No. —La taladré con la mirada, no me simpatizaban las chicas con voz chillona que usan ese tono de hembra delicada por cualquier cosa. —Bajó por los tubos para dar un paseo.

—Tu gato es lo máximo —reía Fei Pingguo, en este ambiente tan excitante él parecía pez en el agua, era justo lo que buscaba, pertenecía a esa nueva generación que jamás puede detenerse en la búsqueda de placer y excitación.

—Y ¿cómo se te ocurrió este juego? —reía tontamente la Araña, tenía dos cigarrillos de filtro blanco insertados detrás de las orejas, parecía un carpintero de un grupo de obreros de la construcción.

—¿Y si te quiero ofrecer mi cuerpo a ti? —Madonna entrecerraba los ojos pretendiendo bromear.

—Inténtalo. —Yo también entrecerré los ojos, tomar vino tinto, fumar puro y escuchar música tecno te hace sentir tan bien.

—¿Y si quiero ofrecer mi cuerpo a tu novio? —dijo Fei Ping-guo mordiéndose los labios, con enorme gracia.

—Tengo derecho a rehusarme —contestó Tiantian con mucha calma.

—Sí, todo es de mutuo acuerdo, pero no creo que nadie se niegue a recibir la rosa o el poema —sonreí—, así es más seguro, como en el paraíso, sólo relájense y traten de divertirse lo más que puedan. ¿Quién comienza? Madonna, querida, empieza tú.

Aún tenía sus anteojos oscuros, pero ya se había sacado los zapatos y andaba descalza. Sacó una rosa del ramo que se había formado en un florero:

—La rosa es para el más bello, Tiantian, el poema es para la más inteligente, Cocó, en cuanto a quién ofreceré mi cuerpo, vamos a esperar un poco para ver cómo se desarrollan las cosas, la noche es joven y apenas he comenzado a beber, cómo saber ahora con quién voy a pasar la noche. —Le arrojó la rosa a Tiantian, que estaba sentado en el piso y luego sacó de su bolsa una hoja, se acomodó los lentes sobre la cabeza, se apoyó en una rodilla y con exagerados ademanes teatrales empezó a leer su poema: "Eso no es tuyo, no lo beses, déjalo…". Cuando terminó de leer, todos aplaudieron, y yo con un beso al aire le expresé mi agradecimiento.

El siguiente fue Johnson. Le regaló la rosa a la mujer más hermosa según él, a mi prima Zhusha; el poema era para Madonna, la mujer más inteligente, era un poema muy corto: "Joven hermosa, vámonos lejos juntos, los pingüinos nos invitan a beber el agua del Polo Norte, ¿acaso no es eso la felicidad?". En cuanto a la ofrenda número tres, él también dijo que decidiría luego. Madonna le preguntó:

—¿Acaso te gustó la señorita Zhu? Los chinos decimos: "El amor entra por los ojos", si te parece la más hermosa, seguro que te enamoraste de ella. —Johnson enrojeció.

Todo ese tiempo Zhusha y Dick estuvieron tranquilamente abrazados sentados en una esquina del sillón. Zhusha, elegante y encantadora con una copa en la mano, miraba cómo los demás enloquecían y gritaban desaforados. Su temperamento y porte eran tan distintos a los de Madonna, las dos eran como el agua y el fuego. Madonna con un tono extraño dijo:

—*Don't worry*, tú eres un ciudadano norteamericano libre, tienes derecho a querer a cualquier mujer. —Dick los oía hablar y, sin atreverse a abrir la boca, abrazaba fuertemente a Zhusha. —Querida, es bonito que te quieran, además, tú eres verdaderamente encantadora.

—En esta fiesta no se permiten envidias ni provocaciones, al jugar hay que hacerlo con gusto —dije.

—Por supuesto —dijo Fei Pingguo desde mi espalda, abrazó mi cintura y se apoyó en mi hombro. Tiantian miraba sin querer ver mientras concentrado cortaba la punta de un puro. Golpeé el pecho de Fei Pingguo:

—Te toca querido.

—La rosa es para el más bello y ese soy yo, el poema es para la más inteligente, Cocó, y ofrezco mi cuerpo a quien pueda despertar mis deseos, sea hombre o mujer, no importa. —Mientras hablaba, acomodaba su falda frente el espejo del armario:

—De veras soy muy hermoso.

—Sí, lo eres —lo secundaron las modelos mientras lo abrazaban, como hermosas mujeres convertidas en serpientes que abrazan una enorme manzana.

—Si nadie me regala una rosa, me sentiré muy apenado, así que es mejor que yo me regale una a mí mismo. —Insertó la rosa en su boca y al ritmo de la música estiró los brazos como si fuera a volar, se veía coqueto y gracioso, su mentón le daba un toque diabólico.

—Te regalo mi rosa porque yo también pienso que eres el más hermoso —dijo de pronto el serbio con un chino impecable—, el poema es para mi amigo la Araña, es un experto en computadoras, es el hombre más inteligente que conozco. En cuanto a mi cuerpo, claro que se lo ofrezco al hombre más hermoso. —Todos voltearon la mirada hacia Yisha como si vieran a un extraterrestre.

Alguien se rió, era el norteamericano Johnson. Yisha de pronto se levantó y se sacudió las cenizas:

—Te parece muy chistoso, ¿verdad? —Miraba penetrante a Johnson.

—Perdón —Johnson seguía riendo—, perdón, es que no me pude aguantar.

—¡Igual que sus aviones, que no se pueden aguantar y bombardean a mi país! ¡Igual que su ejército, que no se puede aguantar y mata a gente inocente! *What a lie!* ¡Yanquis! De sólo pensar en ustedes me dan ganas de vomitar. En todo se quieren meter, desvergonzados, inmorales, gente primitiva, vulgar e inculta, sólo son unos arrogantes y megalómanos. *You motherfucker!*

Johnson también saltó.

—*What the hell are you talking about?* ¿Qué tengo yo que ver con esos jodidos aviones que lanzan bombas? ¿Por qué me insultas?

—Porque eres un yanqui *motherfucker*.

—Ya, ya, ya, está bien, tomaron mucho, no se exalten —saltó la Araña y se puso a separarlos. El Padrino estaba sentado en medio de varias modelos, y sin meterse en lo que no le importaba seguía acaparando la atención de las damas con sus trucos de cartas muy bien aprendidos. Pero ellas de pronto levantaron la mirada y se pusieron a ver al par de extranjeros enrojecidos que peleaban rechinando los dientes. Moralmente ellas estaban con el serbio, pero desde el punto de vista estético estaban con Johnson que se parecía a Leonardo Di Caprio.

—Peleen para arreglar el asunto —los incitaba Madonna riendo, la aterrorizaba la falta de desorden. Fei Pingguo también se acercó y agarró a Yisha, todo empezó porque él había dicho que lo quería, así que Fei Pingguo estaba conmovido.

—¿Quieren un baño de agua fría? —les preguntó Tiantian, en sus palabras no había ni una brizna de burla, salieron de su noble y bondadosa alma. Según él, el baño era la solución a todos los problemas, la bañera era como el útero materno, tierra de felicidad, calidez y seguridad. Purificar el cuerpo y el alma con un baño, te aleja del polvo, del ruidoso *rock & roll*, de las bandas y vagabundos, de los problemas que te agobian, del sufrimiento amargo.

Los conflictos internacionales se calmaron, la fiesta siguió. Tiantian me regaló a mí su rosa, su poema y su cuerpo. Yo también le ofrecí todo a él. Madonna riendo se burlaba:

—¡Ay sí! en público son una pareja muy devota, ¿no son asquerosos?

—Disculpa, no quisimos provocar tus celos —Tiantian esbozó una sonrisa, yo sin embargo me enojé.

Madonna y Zhusha sabían lo mío con Mark, ¿pero cómo podía confesarle eso a Tiantian? Y más cuando él me da algo que Mark no puede, a ellos dos no se los puede comparar. Tiantian con su amor y su cercanía penetra partes de mi cuerpo a las que Mark jamás podrá alcanzar. No reconozco ser voraz y egoísta en ese aspecto, reconozco sin embargo que no me puedo controlar y siempre busco excusas para justificarme a mí misma.

—No puedo perdonármelo —le dije alguna vez a Zhusha.

—En realidad tú siempre te lo perdonas —fue su respuesta.

—Sí. Así es.

Zhusha y Dick también se regalaron mutuamente las tres ofrendas. La Araña, el Padrino y sus dos amigos me regalaron sus poemas a mí (afortunadamente, me convertí en la persona más inteligente de la noche, recibí poemas olorosos y apestosos, como: "Tu sonrisa resucita muertos, es de excelente calidad". Otros eran elogiosos, como: "Ella parece acero rizado, no parece un ser vivo…" Algunos parecían reales: "Ella ríe, ella llora, es verdadera, es una ilusión…" (este sí coincidía, me describía bien). De los cuatro hombres que les ofrecieron las rosas y los cuerpos, con gran placer y regocijo, a las modelos que trajo Fei Pingguo, tres y medio eran discípulos de Fudan. El medio claro que era la Araña, a él lo echaron de la escuela en la mitad.

Los cuatro discípulos de Fudan flirtearon con las hermosas modelos, en el departamento había sillón, cama y alfombra. Seguro que podían acomodarse.

Dick observaba los cuadros de Tiantian colgados en la pared, Zhusha y yo conversábamos sentadas frente a un plato lleno de frutillas:

—¿Has visto a Mark últimamente? —me preguntó en voz baja sin mirarme.

—Sí. —Suavemente mecía mis piernas, Tiantian acababa de poner un disco de acid jazz, la habitación estaba en desorden total, los ojos de todos empezaban a parecer huevos fritos, nadie estaba sin hacer nada, cada uno se divertía a su modo.

—¿Por qué me lo preguntas? —Me di vuelta y la miré.

—En la empresa hay rumores, se dice que Mark regresará pronto a las oficinas centrales de Berlín.

—¿De verdad? —Traté de aparentar que no pasaba nada, el líquido de una frutilla demasiado agria se esparció por mi lengua provocándome náuseas.

—Tal vez debido a su excelente desempeño en China fue promovido y regresa a las oficinas centrales de Berlín para ocupar un puesto importante.

—…Quién sabe, tal vez sea cierto. —Me levanté y pateé una revista que estaba en el piso y un almohadón de satén rojo con flores bordadas. Salí al balcón. Zhusha me siguió:

—No pienses demasiado en eso —me dijo en voz baja.

—Cuántas estrellas, qué belleza. —Levanté la cara y miré las estrellas. Las estrellas en el vacío profundo y helado parecían pequeñas heridas de las que brotaba sangre plateada, si tuviera alas, volaría hasta allá y besaría cada una de esas heridas. Cada encuentro sexual con Mark me proporcionaba esa sensación de elevamiento acompañada de un leve dolor.

Quería creer que el cuerpo y el corazón de una mujer se pueden separar, si los hombres pueden lograrlo ¿por qué las mujeres no? Pero en realidad me di cuenta de que cada vez pensaba más en Mark, en esos momentos mortales y maravillosos que pasamos juntos.

Zhusha y Dick se despidieron y se fueron. Antes de partir, Zhusha se acercó a Johnson y se despidió agradeciendo la rosa que él le había ofrecido. Johnson no estaba muy contento, se había peleado con el serbio y ahora la hermosa Zhusha se despedía. Madonna lo agarró y le sugirió ir al balcón para ver las estrellas.

Esa noche reinó el caos, un desorden fuera de control. A las tres de la madrugada Fei Pingguo se llevó al serbio a su hotel, el Nuevo Jinjiang. El Padrino, la Araña y sus amigos se revolcaban con las modelos en el otro cuarto. Madonna, Tiantian y yo dormimos en la cama de nuestra habitación, Johnson se durmió en el sillón.

A las cinco de la madrugada me despertaron los ruidos de varias personas al mismo tiempo. En el cuarto de al lado una mujer gritaba histérica como las lechuzas que aúllan en los techos durante la noche. Madonna se había pasado al sillón, su delgado cuerpo desnudo se enredó alrededor de Johnson como una gran serpiente blanca. Ténía en su mano derecha un cigarrillo, e inhalaba una pitada ocasional mientras envolvía a Johnson.

Los miré fijamente por un rato, ella de veras que era increíble, era muy especial. Cambió de posición, y al darse cuenta de que la miraba me mandó un beso como diciendo que si quería podía unirme. Tiantian de pronto me abrazó con fuerza, él también estaba despierto. En el aire flotaba un olor a adrenalina, a cigarro, a vino y a sudor, suficiente como para asfixiar a la gata.

En el aparato de música todo el tiempo sonaba la misma canción, *Green Light*, nadie podía dormir, Tiantian y yo nos besábamos en silencio, nos besábamos profundamente sin parar, cuando acabaron los suspiros de Madonna y Johnson nosotros nos dormimos abrazados.

Cuando nos despertamos aquél mediodía todos habían desaparecido sin dejar ni un rastro, ni una nota. En el suelo, en la mesa, en el sillón había restos de comida, de cenizas, cajas de anticonceptivos vacías, toallas de papel sucias, un zoquete apestoso y una bombacha negra. Una escena de horror.

La fiesta 1+1+1 había diluido mi lamentable estado de ánimo, además, como dice el dicho, todo lo que llega a su extremo inevitablemente regresa a su opuesto, así que tiré la basura, limpié la casa y me preparé para iniciar de nuevo mi vida.

Luego de pronto descubrí que nuevamente podía escribir, esa fuerza mágica sin forma ni cuerpo para manejar el lenguaje, ¡gracias a Dios!, había regresado nuevamente a mí.

Toda mi atención se enfocó en el final de la novela. Tiantian seguía en el cuarto contiguo solo y feliz, para matar el tiempo iba a casa de Madonna a jugar en la computadora o a dar vueltas en el coche de ella. La cocina nuevamente estaba sucia y decepcionantemente vacía, ya no ensayábamos nuevas recetas. El nuevo repartidor del restaurante Pequeño Sichuan llegaba puntualmente con la comida, Ding, el anterior repartidor, ya no estaba, había renunciado. Me hubiera gustado saber si él de veras se había dedicado a escribir como quería, pero el nuevo repartidor no sabía nada de eso.

XXVII

El caos

Entre el azul marino y el demonio estoy yo.

BILLY BRAGG

Es fatal para un escritor pensar siempre a partir de
su género.
Es terrible ser simplemente un hombre o una mujer.

VIRGINIA WOOLF

Una llamada telefónica inesperada, mi madre se
había roto la pierna izquierda. Por un problema con
la electricidad el ascensor no funcionaba, bajó por las
escaleras y se cayó. Me quedé como atontada por un
rato, luego rápidamente me arreglé un poco y fui en
taxi a casa. Mi padre estaba en la universidad impar-
tiendo clases, la empleada atareada caminaba de un
lado a otro, aparte de eso la casa estaba tan silenciosa que podía oír el zumbido de mis oídos.

Mi madre estaba acostada con los ojos cerrados. En
su cara flaca y pálida había un brillo viejo y falso, como
el brillo de los muebles de la habitación. Sobre el hue-
so roto del tobillo izquierdo ya tenía una gruesa capa de
yeso. Entré silenciosa y me senté en la silla al lado de la
cama.

Abrió los ojos:

—Llegaste —dijo simplemente.

—¿Te duele mucho? —yo también pregunté simplemente. Estiró la mano, acarició mis dedos, la mitad del

esmalte de colores ya se había caído, mis uñas se veían muy raras.

Suspiró profundamente:

—¿Cómo va tu novela?

—No va, todos los días escribo un poco, ¿quién sabe si le va a gustar a la gente?

—Si vas a ser escritora no debes preocuparte por esas cosas...

Era la primera vez que hablaba conmigo de mi novela en ese tono. La miraba sin palabras, quería apoyarme en ella y abrazarla, quería decirle que la quería mucho, que la necesitaba mucho aunque sólo fuera para consolarme, que así me proporcionaba tranquilidad y fuerza.

—¿Qué quieres comer? —finalmente le pregunté sin moverme ni estirar las manos para abrazarla, sentada a su lado.

Ella movió la cabeza:

—¿Y tu novio? —Ella nunca supo que Tiantian estuvo en el centro de rehabilitación.

—Ha pintado muchos cuadros, cuadros muy bonitos, tal vez los usaré para mi libro.

—¿No podrías venirte unos días aquí... aunque sea una semana?

Sonreí:

—Está bien, al fin y al cabo mi cama está en el mismo lugar.

La empleada me ayudó a arreglar mi cuarto, desde que Zhusha se mudó el cuarto había estado vacío. En la estantería había un dedo de polvo, el orangután de pelos largos aún estaba en el último piso de la estantería. Los rayos del sol poniente atravesaban la ventana, el cuarto se llenó de un color cálido.

Me acosté un rato en la cama y tuve un sueño. Soñé que iba y venía de un lado al otro de la calle en una vieja bicicleta que tenía cuando iba a la secundaria. En el camino vi a mucha gente conocida. Luego, en un cruce, un camión negro venía hacia mí. De pronto, del camión saltaron varios enmascarados. El jefe con un teléfono celular color rosa les ordenó a los otros echarme a mí y a mi bicicleta en el camión. Ellos ponían una linterna en mis ojos y me obligaban a revelarles el escondite de un personaje muy importante. ¿Dónde está el general? —Ellos imperiosos me miraban —Habla rápido, ¿dónde está el general?

—No sé.

—No mientas, es en vano que mientas, mira el anillo de tu dedo, una mujer que ni siquiera sabe dónde está su propio marido no merece vivir.

Incrédula miré mi mano izquierda y de veras en el dedo anular tenía un suntuoso anillo de diamantes.

Desesperada levanté los brazos:

—De veras no sé, aunque me maten, no sé.

Desperté, papá ya había regresado de la universidad. Para no despertarme, en la casa reinaba el silencio, pero por el olor a puro que venía del balcón supe que mi padre había regresado y que ya era hora de cenar.

Me levanté y fui al balcón a saludar a papá. Se había puesto ropa cómoda, con la luz del crepúsculo vi su panza gordita, sus cabellos blancos danzando con el viento suave, callado me miró un rato:

—¿Estabas dormida? —Asentí con la cabeza esbozando una sonrisa.

—Ahora estoy muy bien, podemos ir a la montaña a cazar tigres.

—Está bien, vamos a comer —me abrazó y entramos en el departamento.

A mamá ya la habían traído a la mesa, estaba sentada en una silla con almohadones de terciopelo, la mesa estaba bien puesta y llena de olores deliciosos.

Por la noche jugué al ajedrez con mi padre, mi madre recostada en la cama nos miraba de vez en cuando, hablamos un rato de cosas cotidianas y finalmente la conversación giró hacia mi matrimonio. No deseaba tocar ese tema, recogí las piezas de ajedrez, me bañé y fui a mi cuarto.

Le dije a Tiantian por teléfono que iba a quedarme allí una semana, y luego le conté el sueño que tuve en la tarde, y le pregunté qué significaba. Me dijo que yo presentía mi éxito pero al mismo tiempo estaba hundida en una inevitable angustia existencial.

—¿De verdad? —pregunté escéptica.

—Puedes corroborarlo con Wu Dawei —me dijo.

Esa semana pasó rápidamente acompañando a mi madre a ver la tele, jugando a las cartas, comiendo todo tipo de guisos deliciosos como sopa de chauchas y raíz de loto, pastel de batatas y sésamo, tortas de nabo, etcétera. La noche antes de irme mi papá me llamó a su estudio y hablamos hasta muy tarde con el corazón en la mano.

—Recuerdo que de niña te gustaba salir sola, siempre te perdías, eres una chica a la que le gusta perderse —decía. Sentada en la mecedora frente a él fumaba:

—Sí, aún me pierdo muy seguido.

—A decir verdad, te gusta el peligro, te gustan los milagros. Nada de eso es un defecto de vida o muerte, pero muchas cosas no son tan fáciles como tú las imaginas. A los ojos de tus padres tú siempre serás una niña inocente…

—Pero… —traté de defenderme. Él movió la mano:

—No vamos a impedirte que hagas todo lo que piensas, porque no podemos… pero hay algo muy importante, no importa lo que hagas, siempre debes responsabilizarte de las consecuencias de tus hechos. La libertad de Sartre, de la que tanto hablas, es una "libertad de elección", "una libertad con condiciones".

—Estoy de acuerdo —expulsé una bocanada de humo, la ventana estaba abierta, el cuarto tenía un suave olor al lirio que estaba en el florero.

—Los padres siempre comprenden a sus hijos, no tienes que usar adjetivos como "convencionales" para descalificar a tus mayores.

—Tienes razón —dije con la boca pero no con el corazón.

—Eres muy emocional, cuando estás desesperada ves todo negro, cuando estás contenta, te alegras sin límite.

—Pero a decir verdad, me gusta como soy.

—La premisa para ser una gran escritora es abandonar la vanidad innecesaria y aprender a mantener la independencia del espíritu dentro de un ambiente superficial. No seas presumida con tu posición de escritora, tú primero eres una persona, una mujer y luego eres escritora.

—Por eso siempre me pongo vestidos escotados y sandalias y me voy a bailar, me encanta ser amiga de psicoanalistas, escuchar buena música, leer un buen libro, comer frutas ricas en vitaminas C y A y tomar pastillas de calcio, ser una mujer inteligente y sobresaliente.

—Vendré seguido a verlos, lo prometo.

* * *

Connie nos invitó a Tiantian y a mí a cenar juntos y visitar su restaurante, cuya decoración casi estaba concluida.

Cenamos en una mesa de madera y rattan en la terraza. El Sol ya se había ocultado, pero el cielo aún estaba claro. Las ramas inclinadas y las hojas de los álamos y de las acacias flotaban sobre las cabezas. Los mozos ya contratados y en proceso de entrenamiento vestían uniforme negro y blanco, rápidamente subían las escaleras de mármol llevando uno por uno los platos hacia la terraza.

Connie parecía cansada, pero estaba como siempre muy arreglada. En la mano tenía un habano, le pidió al mozo recortarle la punta para verificar si el joven sabía cómo atender correctamente a los clientes a la hora de recortar la punta de los puros.

—Estoy contratando jovencitos sin ninguna experiencia, pero inteligentes y hábiles, no quiero que tengan ninguna mala costumbre y además quiero que aprendan rápido —decía.

Juan no estaba, había regresado temporalmente a España, la siguiente semana llegaría a Shangai junto con un cocinero, según lo que estimaban el restaurante se inauguraría formalmente a principios de junio.

Como ella nos había pedido previamente, nosotros trajimos una parte del manuscrito de mi novela y los dibujos de Tiantian correspondientes. Fumando, hojeó rápidamente los dibujos de Tiantian adulándolo sin parar.

—Mira estos colores tan diferentes y extraordinarios, mira estas líneas sorprendentes, desde siempre supe que mi hijo tenía talento. Mamá está muy contenta de ver estas pinturas ahora.

Tiantian no abría la boca, con la cabeza baja sólo se ocupaba en comer su bacalao horneado en papel. Abrió el papel encerado que estaba encima del plato, que había conservado íntegramente la blancura del pescado y el olor de las especias. La ventaja del horneado son el color y el olor.

—Gracias —dijo Tiantian mientras comía su pescado. Entre la madre y el hijo ya no había una oposición feroz, ni una suspicacia aguerrida, pero sí una velada precaución, la decepción y el sabor amargo aún estaban allí.

—En el segundo piso del restaurante hay dos paredes sin adornos, si Tiantian está de acuerdo, me gustaría que me ayude a pintar allí algo. ¿Qué te parece? —sugirió de pronto Connie. Miré a Tiantian:

—Tú puedes hacerlo muy bien —le dije.

Después de la cena Connie nos llevó al primer piso para ver los salones que se intercomunicaban, había allí bellas lámparas y sillas y mesas fabricadas en caoba. En dos salones privados había chimeneas empotradas de ladrillo rojo, revestidas con madera de color marrón, sobre las chimeneas había botellas de vino y de whisky.

La pared enfrente de la chimenea estaba vacía. Connie dijo:

—¿Qué tipo de pintura podría ir aquí?

—¿Matisse?, no, lo mejor sería Modigliani —dije yo. Tiantian asintió con la cabeza. —Sus pinturas poseen un atractivo sutil y una frialdad que provocan que la gente quiera estar cerca de ellas, pero jamás lo logran... mirar a Modigliani, tomando vino tinto y fumando al lado de la chimenea es como un viaje al paraíso.

—¿Aceptas? —preguntó Connie sonriendo mientras miraba a su hijo.

—Siempre he usado tu dinero, como intercambio debería de hacer un trabajo para ti —le contestó el hijo a su madre.

Nos quedamos en el restaurante de Connie, escuchando música latina y bebiendo hasta tarde.

Tiantian, vestido de pantalón de trabajo y con un tarro lleno de pinceles y muchas pinturas, empezó a ir al restaurante de su madre a pintar los murales. Como era lejos, decidió dormir en el restaurante. Connie le preparó una cómoda habitación para que se quedara temporalmente.

Mientras tanto yo volví a sumergirme en el libro, escribiendo y desechando, buscaba un final apropiado para mi novela. Por las noches finalmente me sentaba frente a la computadora a leer y contestar los mensajes de mis amigos de todos lados. Fei Pingguo y el serbio Yisha estaban en pleno romance, habían ido a Hong Kong para asistir a un festival de cine homosexual, Fei tomó unas fotos y me las mandó por correo electrónico, estaba con unos amigos muy atractivos en la playa unos encima de los otros, desnudos de la cintura para arriba, en una especie de cóctel sexual, algunos tenían aretes en los pezones, el ombligo y la lengua. "Este mundo tan bello y tan loco", escribió con letra gruesa y grande. Shamir me escribió en inglés, decía que yo le había dejado una enorme impresión, como las acuarelas orientales, tierna y a su vez llena de locura inimaginable, que en un instante podía liberar sentimientos difíciles de describir con palabras, como la rosa de un jardín nocturno que florece y muere en un instante. Ella no podía olvidar ese aire misterioso y peligroso de mis labios, como de tempestad, como una corriente subterránea, como un pétalo.

Esa era la más desinhibida carta de amor que había recibido en toda mi vida, me producía un sentimiento extraño por el hecho de que venía de la pluma de una mujer.

La Araña me preguntaba si quería una página web, él estaba dispuesto a diseñármela, últimamente los negocios no iban tan bien, así que para no estar sentado en vano podría ayudarme. Madonna decía que escribir mensajes era mucho más cansador que hablar por teléfono, así que ése era su primer y último intento. Sólo quería decirme que la última fiesta había sido totalmente agradable y fresca, y que después había perdido su celular y quería saber si yo lo había visto.

A todos les contesté con las mejores y más bellas palabras. En el fondo, nosotros éramos un grupo de jóvenes viviendo en los límites, en busca de sensaciones, y usábamos un lenguaje exagerado y extravagante, éramos como un enjambre de insectos interdependientes que vivíamos en las alas de la imaginación y teníamos poco contacto con la realidad, como parásitos que se alimentaban de las entrañas de la ciudad con sensualidad y dulzura. Somos el tipo de gente que imprime a esta ciudad su romanticismo extraño y su sentido auténtico de poesía.

Unos dicen que somos de otra especie, otros nos llaman basura, algunos desean entrar en este grupo, y nos copian en todo, desde la ropa, el peinado, la manera de hablar, de escupir y hasta de coger; otros nos maldicen, dicen que deberíamos meternos en una heladera con nuestra forma de vida de perros y desaparecer.

Apagué la computadora, en la pantalla sólo quedó una línea brillante que luego desapareció, en el equipo de música se oía *Green Light* de Sonic Youth que justo estaba terminando, la última estrofa decía: "su luz es mi noche, oh, oh, oh". Fui al baño, me acosté en el agua tibia de la bañera, en un momento dado me dormí, en medio del agua y la espuma soñé que escribía un poema sobre la noche, ahora sólo me acuerdo de una estrofa: *"Antes que la luz se disipe, no sabrás qué es la noche, cómo son los pliegues de las sábanas, cómo es el deseo de mis labios. Oh, oh, oh…"*

En una noche con una presión atmosférica muy baja, sofocante, sin vientos, Mark llegó en su coche sin avisar frente a mi edificio y me habló desde abajo por teléfono:

—No sé si te interrumpo, pero quiero verte ahora.

Su voz en el celular se oía poco clara, había mucha interferencia, *shshshshsh*, apenas terminó de hablar cuando la comunicación se cortó. Tal vez la batería ya estaba agotada. Podía imaginar cómo tiraba el celular en el coche diciendo: "*Damned*". Solté la pluma y por primera vez sin arreglarme en absoluto corrí por las escaleras a su encuentro.

La luz interior del auto era amarillenta y vacilante, él abrió la puerta, me tomó por la cintura y me empujó al asiento.

—Mira lo que estás haciendo. —Lo miré a él vestido de traje impecable y luego me miré a mí, descalza con unas pantuflas, con una bata de dormir completamente arrugada por su culpa, no pude más que reír a carcajadas moviéndome de adelante hacia atrás.

Él también rió pero muy rápido dejó de reír:

—Cocó, te diré una mala noticia, regreso a Alemania.

Acaricié los súbitamente rígidos músculos de mi cara:

—¿Qué? —Lo miré fijamente un largo rato, él también sin decir una sola palabra me miraba.

—Al parecer no son rumores —susurré—, mi prima me había mencionado que te iban a transferir a las oficinas centrales.

Estiró los brazos y me abrazó:

—Quiero estar contigo.

—Imposible —gritaba mi corazón, pero de mis labios no salió ni una palabra. Sólo usé mis labios, mi lengua y mis dientes para recibir el torrente salvaje que venía de él, era lo único que podía hacer, aunque hubiera usado mis puños para detener su pecho, aunque con destreza hubiera extraído en secreto todo su dinero, sus tarjetas de crédito, sus documentos, no hubiera podido detener este hecho: mi amante alemán, este occidental que me ha proporcionado más placer que varios hombres juntos, finalmente me iba a dejar, y no podía ser de otra manera.

Lo empujé:

—Bien, y ¿cuándo te vas?

—A más tardar a fines del mes que viene, quiero pasar a tu lado cada minuto y cada segundo. —Agachó la cabeza, la metió en mi pecho. Mis pezones, al contacto con sus cabellos a través de mi delgado camisón, se irguieron como una flor desesperada ante la inminencia de la noche.

El auto corría rápido y suave, los colores de nuestros sueños se oscurecían, los bordes del sueño poco a poco se plegaban, como los valles profundos y los negros acantilados del lado oscuro de la Luna. Las noches de Shangai están llenas de un aliento emocionante y desgarrador. Volábamos por las calles lisas, entre las luces de neón y de polvo dorado, por los parlantes sonaba Iggy Pop: *"Somos sólo huéspedes de paso, visitantes apresurados, mira el cielo lleno de estrellas, esperando que desaparezcan juntos".*

Se puede hacer el amor hasta el agotamiento, entristecerse hasta más no poder, construir verdades, apagar los sueños, cualquier cosa vale, pero lo único que nadie entiende es por qué derramamos lágrimas, tantas como Dios ha puesto estrellas en la noche. Durante un instante pensé que esa noche iba a ocurrir algo extraordinario, por ejemplo el auto podría chocar con algo y nosotros morir en un accidente fortuito e inexplicable.

Pero no hubo tal accidente, el auto llegó al Parque Central de Pudong, estaba cerrado e hicimos el amor a la sombra de unos árboles fuera de la valla que rodeaba el parque. Los asientos reclinables de cuero exudaban olor a frivolidad. Sentí un calambre en el tobillo pero no dije nada, permití que esa sensación incómoda creciera hasta que los jugos de nuestros sueños llenaron mi entrepierna.

Cuando en la madrugada desperté en su departamento, pensé que todo había sido un sueño, el sexo crece y se desborda fácilmente, como la tinta negra en las pinturas chinas, pero el sexo no puede cambiar nada, especialmente cuando los rayos del sol entran en la habitación y ves en el espejo las ojeras bajo tus ojos.

Cada historia llega a su fin después de pagar el precio justo. Cuando un cuerpo extiende sus tentáculos para unirse estrechamente con otro cuerpo, es sólo el preludio de una separación ineluctable.

Mark me informó que desde ese día hasta fines del mes siguiente tendría vacaciones de despedida. Ya no necesitaba ponerse la corbata e ir a diario a las diez menos cuarto de la mañana a la oficina. Había decidido disfrutar plenamente cada día. Me suplicaba pasar más tiempo con él. Mi novio pintaba a Modigliani en las paredes del restaurante de su madre, a mi novela sólo le faltaban las últimas hojas, y después de algunos días tal vez jamás volvería a ver a este hombre.

¡Qué vida, qué mundo!, sólo sentía que la cabeza me dolía como si estuviera partida. Él bajó el volumen de la balada de Suzhou y me trajo unas aspirinas del botiquín, me dio un masaje en la espalda y la planta de los pies con los rudimentos que había aprendido en *Pure Massage*, mientras bromeaba conmigo en shangainés. De principio a fin, como sufriendo, atendía a su princesa oriental, a su novia encantada de pelo negro y largo hasta la cintura con ojos nobles y tristes.

Y yo finalmente comprendí que había caído en la trampa de amor y deseo de este alemán, que no estaba destinado a ser más que un compañero sexual. Atravesando mi vagina había llegado a mi frágil corazón, se apoderó de lo más íntimo de mí... Las teorías feministas no han podido explicar el poder hipnótico de ese tipo de sexo. Yo en mi propio cuerpo experimenté esa debilidad de la mujer. Me engañaba a mí misma, eso en realidad era un juego, engañaba a los demás y me engañaba yo sola, la vida no es más que un parque de diversiones y no podemos dejar de buscar el placer.

Mientras tanto mi amado seguramente aún estaba en el restaurante, sumido en su propio mundo, usando colores y líneas para expresar sus sentimientos, para salvar al mundo y a sí mismo, que ante sus ojos eran un caos.

Me quedé en la casa de Mark. Desnudos, acostados en la cama, escuchábamos música, veíamos películas, jugábamos al ajedrez, cuando teníamos hambre cocinábamos espagueti italiano o ravioles chinos. Dormíamos muy poco y en realidad ya no nos mirábamos a los ojos, eso sólo aumentaría nuestra angustia.

Cuando el esperma, la saliva y el sudor colmaban cada uno de nuestros poros, agarrábamos el traje de baño, las antiparras y la tarjeta de huésped distinguido e íbamos a nadar al Hotel Ecuatorial. En la piscina no había casi nadie, nadábamos como dos peces extraños en el agua para allá y para acá. Nadábamos en la nada llena de luces anaranjadas, cuanto más cansados más hermosos, cuanto más viles más felices.

Regresábamos a la cama y la atracción sexual que había entre nosotros brotaba con una fuerza que sólo posee el Diablo, llegamos hasta el grado de que si Dios decía que eso era polvo, entonces queríamos retornar al polvo, si Dios decía que era el día del Juicio Final, entonces estábamos en el Día del Juicio. Su miembro parecía hecho de goma, todo el tiempo estaba erecto, no conocía la derrota, nunca decaía, hasta tal punto que me salió sangre de abajo, pensé que algunas células de mi vagina ya estaban muertas y se estaban desprendiendo.

La llamada de su esposa me salvó, se levantó tambaleándose de la cama y fue a contestar, Eva lo culpaba por teléfono de no contestar sus mensajes electrónicos.

Pensé, Dios, después de hacer aquello sin parar, ni siquiera tenemos fuerza para prender la computadora.

A Eva no le quedó más que llamar por teléfono para preguntarle a su esposo cuándo regresaría a casa. Hablaron en alemán sin que yo pudiera entender, gritaban un poco pero no peleaban.

Cuando él colgó y subió a la cama, le di una patada y cayó sentado al suelo.

—Me voy a volver loca, esto no está bien, algo va a salir mal —decía mientras me vestía toda aturdida. Abrazó mi pie, lo besó, entre los pañuelos desechables usados en el suelo encontró los cigarrillos, prendió uno y lo puso en su boca.

—Nosotros dos ya estamos locos desde que nos conocimos. ¿Sabes por qué estoy tan encantado contigo? Tú no eres fiel, pero al mismo tiempo eres totalmente confiable. Esos dos principios opuestos están unidos en tu persona.

—Gracias por decirlo así —dije desanimada mientras seguía vistiéndome, qué feo, parecía una muñeca varias veces violada, pero sólo con quitarme nuevamente la ropa la fascinación desconcertante reaparecería de inmediato en mi cuerpo.

—Me voy —dije en voz baja.

—Das miedo. —Me abrazaba con ternura.

—Sí —dije sintiéndome tan pero tan mal, ni el infierno podía ser peor, quería llorar, me odiaba a mí misma y a la vez me tenía lastima. Él me abrazaba, los vellos dorados de su cuerpo como innumerables tentáculos extendidos me consolaban.

—Tesoro, dulce, creo que estás muy cansada, mientras más consumes la energía de tu cuerpo, más amor generas, yo te amo.

No quería escuchar esas palabras, quería desaparecer como el viento, regresar a mi sitio original, tal vez ningún lugar me podía proporcionar seguridad, pero aún quería escabullirme como un ratón.

Los rayos del sol lastimaban los ojos como navajas resplandecientes, oía mi sangre correr por mi cuerpo, y de pronto enfrentada a la multitud en la calle no sabía qué hacer, no sabía qué fecha era, no sabía quién era yo.

XXVIII

Las lágrimas del amado

Todos los chistes, todas las caricaturas perdidas.

ALLEN GINSBERG

Después de eso, después que la noche oscura terminó, ya era demasiado tarde para rehusarse. Era demasiado tarde para dejar de amarte.

MARGUERITE DURAS

Abrí la puerta de la casa, ante mí vacío y silencio. Una araña alegre corrió rápidamente desde la pared hasta el techo. En el departamento nada había cambiado, Tiantian no estaba, tal vez aún estaba en el restaurante, tal vez había regresado, no me encontró y se había ido de nuevo.

Ya me había dado cuenta de que mi repentina desaparición tal vez había sido un error mortal, era la primera vez que yo desaparecía sin ni siquiera arreglarme un poco, Tiantian de seguro me había hablado por teléfono, si se dio cuenta de que no estaba en casa… No tenía fuerzas para pensar en otra cosa, me bañé, me forcé a tomar dos tranquilizantes, y me fui a la cama.

Soñé con un enorme río caudaloso cuyas aguas amarillas daban miedo, no había puentes, sólo había una pequeña lancha de bambú en la que penetraba el agua, un anciano enojado, de barba blanca, se hacía cargo de la lanchita. Yo iba cruzando el río con una persona desconocida, cuya cara no podía ver. Cuando nos aproxi-

267

mamos a la mitad del río, nos alcanzó una enorme ola, grité fuerte, estaba empapada por el agua que nos azotaba, la persona desconocida me abrazó fuerte por la espalda, "No te preocupes" me dijo él o ella al oído, y luego con su cuerpo equilibró la lancha. Cuando el próximo peligro se aproximaba, el sueño terminó, el timbre del teléfono me despertó.

No quería contestar, el sueño que tuve me tenía fascinada, quién era la persona que junto conmigo cruzaba el río, hay un dicho antiguo que afirma: "Toma diez años compartir una barca y cien años compartir una almohada".

Mi corazón de pronto empezó a palpitar fuerte, finalmente contesté, era la voz de Connie, se oía muy preocupada, me preguntó si sabía dónde estaba Tiantian. La cabeza me empezó a doler bestialmente.

—No, yo tampoco sé.

Odiaba el tono hipócrita de mi voz, si Connie supiera dónde fui y qué hice en estos días, tal vez ya nunca me dirigiría la palabra y hasta buscaría a alguien para matarme. Si ella de verdad había asesinado a su ex marido en España, si de verdad tenía un corazón envenenado pero repleto de hormonas maternas, entonces debía saber que su hijo único, por quien ella se preocupa tanto, había sido traicionado y engañado por la mujer que más amaba.

—Llamé varias veces y nadie respondió, temí que los dos hubieran desaparecido. —Sus palabras tenían algo de cierto, pero me hice la que no entendía su significado.

—Estos días estuve en casa de mis padres.

Ella suspiró:

—¿El pie de tu madre está mejor?

—Gracias, ya está bien. —Cambié de tema y le pregunté: —¿Tian-tian no ha estado pintando en el restaurante?

—Antes de terminar lo poco que le faltaba se fue.

Pensé que había regresado a casa. ¿No le habrá pasado algo? —dijo angustiada.

—No creo, tal vez fue a casa de algunos amigos, inmediatamente llamaré por teléfono para preguntar.

—Primero pensé en Madonna, la llamé por teléfono y oí su voz ronca, Tiantian obviamente estaba allí.

—Dice que aún quiere quedarse aquí unos días. —La voz de Madonna escondía algo, ¿Tiantian no quería volver a casa? ¿No quería verme? Porque yo había desaparecido varios días sin decirle nada, tal vez habló a casa de mis padres, en cuyo caso mis mentiras no tenían lugar.

Nerviosamente caminé en círculos por el cuarto, me fumé varios cigarrillos y finalmente decidí ir a casa de Madonna. Tenía que ver a Tiantian.

Me senté en el taxi, mi cabeza estaba hueca, tejí ciento una razones para absolverme, todas eran insostenibles. Quién iba a creer que desaparecí de pronto para asistir a la boda de una compañera de universidad que ahora está en Guangzhou, o que fui secuestrada por un enmascarado que tocó a la puerta.

Por eso, ya no planeaba mentir, le diría lo que había hecho estos días. No podía enfrentar su mirada inocente como la de un bebé, no podía mentirle a un genio que además estaba enamorado como un loco. No podía pisotear de esa manera su nobleza. Al decirle la verdad como ya lo había aceptado, tenía que estar preparada para lo peor, en unos cuantos días perdería al mismo tiempo a los dos hombres inolvidables de mi vida.

Siempre violo los compromisos, rompo las promesas y miento. Además veo el amor y la realidad con demasiado sentido poético, creo que ninguna universitaria de este mundo está peor que yo, el rector de la Universidad Fudan debería anular mi diploma, el presidente de la Asociación de la Fantasía debería decir mi epitafio, mientras Dios se ríe y se corta las uñas.

En el camino me decía en silencio: "De qué manera voy a decir le que no aguanto más, Tiantian, yo te amo, si me desprecias escúpeme a la cara". Y con todas mis fuerzas esperaba llegar, estaba exhausta, en el espejo de maquillaje veía a una mujer extraña con ojeras negras y labios secos, enferma, desahuciada debido a sus múltiples personalidades y a su cobardía en el amor.

La mansión blanca de Madonna estaba en medio de flores rojas y sauces verdes. A propósito mandó construir un larguísimo y curvadísimo camino para los coches sacado de la revista norteamericana *Stylo*. Un camino tan largo que no deja ver la puerta de la casa es una muestra de la nobleza social y de la clase a la que pertenece el dueño. Pero la belleza vulgar de las azaleas, los álamos y sauces a ambos lados del camino rompían el efecto.

Hablé por el portero eléctrico, les dije que había llegado, que por favor abrieran la puerta.

La puerta se abrió automáticamente. Un perro guardián brincó amenazante, de inmediato vi a Tiantian recostado en el pasto fumando.

Evité al perro y me acerqué a Tiantian. Abrió los ojos.

—Oh —dijo adormilado.

—Oh —lo saludé y me quedé parada sin saber qué hacer.

Madonna, vestida con una bata de entrecasa de color rojo encendido, bajó por las escaleras del umbral y se acercó.

—¿Qué quieres tomar? —me preguntó con una sonrisa perezosa. La empleada trajo una jarra de jugo de manzana con vino tinto.

Le pregunté a Tiantian cómo pasó estos dos días, me dijo:

—Muy bien. —Madonna estornudó y me dijo que allí había de todo, que me podía quedar yo también, que estaba muy animada la cosa. En la terraza de la casa aparecieron una tras otra varias siluetas. En ese momento supe que en la casa había un grupo de personas, incluyendo a Johnson y otros extranjeros, el viejo Wu y su novia, y también unas chicas delgadas y altas que parecían modelos. Todos reflejaban pereza en su cara, parecían un grupo de serpientes que deambulaban en su nido pernicioso.

En esas miradas y en esa atmósfera reconocí la marihuana. Me acerqué a Tiantian, él enterró la cara en el pasto, medio dormido y medio despierto, como intercambiando algo con la tierra. Parecía Titán, el hijo de la tierra en la mitología griega antigua, que muere cuando se separa de la tierra. Estar cara a cara con Tiantian era enfrentarse a la tristeza total, al mismo tiempo llevaba escondida una rabia insondable.

—¿No quieres hablar conmigo? —Tomé su mano.

Él retiró la mano, y con una sonrisa perdida me dijo:

—Cocó, ¿sabes que si te duele tu pie izquierdo yo siento dolor en mi pie derecho? —citó la definición católica sobre el amor de su escritor español favorito, Miguel de Unamuno.

Lo miré en silencio, sus ojos de pronto se cubrieron con más de veinte capas de niebla de diferente espesor; en el centro, cubierta por las capas de niebla, su pupila parecía un diamante duro que provocaba dolor. De ese brillo duro supe que él ya sabía lo que tenía que saber, él es el único hombre del universo que podía usar su intuición insospechada para penetrar mi mundo, los dos estábamos atados a la misma terminación nerviosa. Cuando me duele el pie izquierdo a él le duele el derecho, eso era una verdad contundente.

Vi todo negro ante mis ojos y caí sobre el pasto a su lado, exhausta. En ese instante mi cuerpo perdió el control, vi flotar un brillo blanco y frío en la cara delgada de Madonna que de pronto se agitó como una vela inclinada y rota, una hilera de olas grises rápidamente me cargó mientras una enorme caracola con la voz de Tiantian decía:

—Cocó, Cocó.

Cuando abrí los ojos, todo estaba en silencio. Me sentía como una piedra arrojada sobre la arena por una fuerte marea, me arrastré con pesadez por la cama blanda, reconocí la casa de Madonna, estaba en una de las múltiples habitaciones llenas de adornos sin ningún sentido, todos de color marrón.

Sobre mi frente había una toalla helada, atravesé con la mirada el vaso de agua sobre la mesa de la cabecera de la cama y vi a Tiantian sentado en el sillón. Se acercó, acarició mi cara con ternura, retiró la toalla:

—¿Estás un poco mejor?

Me retiré un poco, sin querer, ante su caricia. El mareo aún me aturdía, me sentía enormemente cansada y deprimida. Él me miraba fijamente, sentado en la cama sin decir ni una palabra.

—Siempre te he mentido —dije débilmente—, pero en algo jamás te he mentido —con los ojos muy abiertos miraba el techo—, yo te amo.

Él no dijo nada.

—Madonna te dijo algo ¿verdad? —La sangre galopaba en mis oídos. —Prometió no decirte nada… ¿Piensas que soy una sinvergüenza? —No podía cerrar mi boca, mientras más débil me sentía, más deseos de hablar tenía, mientras más hablaba, más tonterías decía. Mis lágrimas fluyeron mojando las hebras de cabello a los lados de mi cara.

—No sé por qué, pero sólo quería que por una sola vez me hicieras verdaderamente el amor a la perfección, te deseo, porque te amo.

"Sí, querida, el amor nos va a desgarrar". Así cantaba Ian Curtis, quien se suicidó en 1980.

Tiantian acercó su cuerpo y me abrazó:

—Te odio —escupió esas palabras entre los dientes, en cada palabra parecía que iba a explotar en cualquier momento—, porque tú haces que me odie a mí mismo —él también comenzó a llorar—. Yo no puedo coger, mi existencia es un error, no me tengas lástima, debería desaparecer de inmediato.

Si tu pie izquierdo te duele, mi pie derecho empezará a dolerme, si la vida te asfixia, mi respiración también se detendrá, si hay un abismo en tu forma de expresar el amor, yo no podré extender mis alas a todo lo que dan para amar, si tú vendes tu alma al Diablo, dagas en mi pecho también se encajarán. Nos abrazamos, nosotros existimos, estamos existiendo, nada más existe.

XXIX

El regreso de las pesadillas

Dios, por favor oye nuestras plegarias.

MADRE TERESA

Tiantian nuevamente empezó a drogarse. Una vez más se acercó al diablo.

Me hundí en montones de pesadillas. Una vez tras otra veía en mis sueños cómo la policía se llevaba a Tiantian, lo veía extraer sangre gota a gota de su muñeca y escribir en una manta su propio epitafio. Veía un terremoto repentino, el techo se desplomaba como una ola petrificada. No podía soportar ese terror.

Una noche tiró la aguja, soltó la cinta de goma que sujetaba su brazo y se acostó sobre las baldosas del baño. Saqué el cinturón de mi falda, me acerqué y sin esfuerzo le até las manos.

—No importa lo que me has hecho... No te culpo, te amo, Cocó, ¿me oyes? Te amo —susurrando así inclinó la cabeza y se desvaneció.

Sentada en el suelo, mi cara entre las manos, las lágrimas se escurrían entre mis dedos, brotaban como la felicidad que está allí pero que no se busca. Frente a ese joven sin conocimiento ni voluntad, frente a mi amado acostado en el baño frío con el corazón roto, sólo puedo llorar así, llorar hasta que se me tape la garganta. La situación era tan irremediable y ¿quién era el responsable? De todo corazón quería encontrar a alguien responsable de todo lo ocurrido, así tendría la meta de odiarlo, de despedazarlo.

Le rogaba, lo amenazaba, tiraba cosas, me iba de la casa, nada de eso servía, él con una eterna sonrisa de culpa e inocencia me decía: "Cocó, no importa lo que me hagas, yo nunca te culparé, te amo, Cocó, recuérdalo, no olvides eso".

Finalmente, un día rompí la promesa que le había hecho y le conté a Connie toda la situación de Tiantian. Le dije por teléfono que estaba muy asustada, que Tiantian estaba al borde del desastre, que en cualquier momento podía perderlo.

Poco después de colgar, pálida, Connie llegó a nuestra casa.

—Tiantian. —Intentó sonreírle con ternura. Pero las arrugas apiladas en su cara delataban su tristeza, se veía vieja. En seguida se reveló:

—Mamá te ruega, mamá sabe que en esta vida cometió muchos errores, lo que nunca debí hacer es separarme de ti diez años, tanto tiempo lejos de ti, mamá es una madre egoísta… Pero ahora estamos juntos nuevamente, podemos empezar de nuevo, dale a mamá y a ti mismo otra oportunidad ¿sí? Verte así es peor que la muerte…

Tiantian volteó la mirada desde la pantalla de la televisión y miró a su madre con la cara descompuesta sentada en el sofá:

—Por favor, no llores —dijo con compasión—, si esos diez años pudiste vivir feliz, después también podrás ser feliz, yo no soy un problema fatal en tu vida, no soy obstáculo ni sombra para tu felicidad. Deseo que siempre seas bella, rica, segura. Tú lograrás lo que tú quieras.

Pasmada, Connie se tapó la nariz con las manos como si no entendiera las palabras de Tiantian. Un hijo inesperadamente hablándole así a su madre. Nuevamente empezó a llorar.

—No llores, así te vas a poner vieja, además no me gusta oír a la gente llorar, yo así estoy muy bien.

Se levantó y apagó la televisión. Todo el tiempo había estado viendo un programa científico. Una pareja francesa había dedicado su vida entera al estudio de los volcanes del mundo. Ese año, en el verano, durante el estudio de un volcán en Japón la lava feroz del volcán se los tragó. Esa espantosa lava roja se encrespaba, rugía, mientras se oía de los labios de los científicos muertos: "Nosotros estamos enamorados de los volcanes. Ese torrente que arde parece sangre fresca que sale del corazón de la tierra, en las profundidades de la tierra hay vida que sacude, que explota, y si un día nos entierra será de un gozo indescriptible". Al final del programa fueron presas de sus propias palabras, los dos murieron entre la lava ardiente como la sangre.

Tiantian murmuraba para sí:

—Adivinen ¿qué sentían estos franceses antes de morir? Seguro que estaban muy contentos —dijo en un tono como en sueños, respondiéndose a sí mismo. Hasta hoy no considero que la muerte de Tiantian tuviera algo en común con la muerte de esos vulcanólogos, pero al mismo tiempo estoy segura de que a él se lo llevó una fuerza inexplicable, irresistible, como la explosión de un volcán. Si la misma tierra, sin ningún control humano, escupe rabia y sangre mortal súbitamente, por qué no puede el hombre destruirse, aniquilarse a sí mismo para enfrentar el materialismo, para enfrentar la descomposición del alma.

Sí, no se puede evitar, no se puede comprender. Aunque tú agotes tus lágrimas por la partida del amor de tu vida, tu amado no regresará, se ha ido llevándose consigo tu memoria hecha pedazos, hecha cenizas, y dejando detrás un alma, sola.

XXX

Adiós, amante de Berlín

Ellos atraviesan tu tristeza, te dejan impasible,
y se sientan en medio de tus recuerdos.

DAN FOGELBERG

Ese verano fue tan difícil.

Mark buscó la manera de prolongar su estancia pero finalmente se fue de Shangai. Nos vimos por última vez la noche que él regresó de su viaje al Tíbet. Fuimos al buffet del restaurante giratorio del último piso en el nuevo hotel Jinjiang. Elegimos ese lugar suspendido en el espacio porque Mark quería ver por última vez desde lo alto las luces, las calles, las torres de Shangai, la gente caminar en la noche, respirar una vez más antes de irse la atmósfera misteriosa y frágil de Shangai. Al siguiente día a las 9:35 abordaría el avión a Berlín para regresar a su casa.

No teníamos apetito y ambos nos sentíamos fatigados.

Se había bronceado mucho, parecía un mulato de África, durante el viaje al Tíbet tuvo fiebre muy alta, por poco se muere. Me dijo que me había traído de Tíbet un regalo pero que no lo tenía consigo, así que no me lo podía dar en ese momento. Por supuesto le dije "Iré a tu casa" porque los dos sabíamos que después de la cena lo más natural era hacer el amor por última vez.

Sonrió tiernamente:

—Dos semanas sin verte y adelgazaste tanto.

—¿De verdad? —palpé mi cara—, ¿de verdad estoy tan flaca?

Giré mi cara hacia los ventanales, al principio la ventana daba al hotel Huayuan, después de girar una vuelta nuevamente miraba hacía el mismo lugar, y la estructura del hotel, de forma un poco curva, parecía un ovni venido de lejos.

—Mi novio está de nuevo en la droga. Al parecer tomó la decisión de que finalmente lo pierda uno de estos días —dije en voz baja observando los ojos azules como el Danubio de Mark—. ¿En qué me equivoqué para que Dios me castigue de esta manera?

—No, tu no has hecho nada malo —dijo afirmándolo con gran seguridad.

—Tal vez no debí haberte conocido, no debí ir a tu càsa ni a tu cama —reí un tanto irónica—. Esta vez para salir a verte también mentí. Aunque él puede adivinarlo, sin embargo yo nunca seré sincera con él, romper eso sería muy fácil, pero sería tan vergonzoso —dije y me quedé en silencio.

—Pero nos entendemos tan bien, estamos obsesionados el uno por el otro.

—Está bien, no hablemos de eso, vamos a vaciar estas copas. —Terminamos de un sorbo el vino, el alcohol es maravilloso, te calienta el vientre, elimina el frío de tu sangre, te acompaña a todos lados. Flores frescas, mujeres bellas, cubiertos de plata, sabores y olores agradables envolvían a cada uno de los comensales, la orquesta tocaba la música de *Titanic*, la canción de antes de que el barco se hundiera, pero ese enorme barco nuestro flotando en el aire no se hundiría.

Esta ciudad nunca se va a hundir porque le pertenece a los placeres de la noche.

Sentados en el auto que casi volaba, paseamos por Shangai, sus calles repletas de árboles fénix y hojas verdes, luces brillantes, cafeterías encantadoras, restaurantes elegantes, edificios tan hermosos que cortan la respiración. En el camino nos besábamos, él manejaba rápido y peligrosamente, en el límite de la excitación, obsesionados, sin parar hasta lograr la máxima satisfacción, parecíamos bailar en el filo de la navaja, el dolor y el placer juntos.

En el cruce de las calles Wuyuan y Yongfu nos paró una patrulla:

—Esta calle es de un solo sentido, no pueden manejar en sentido contrario ¿sabían? —dijo alguien con brusquedad.

Luego se dieron cuenta que olíamos a alcohol:

—Ah, además manejan borrachos —Mark y yo pretendimos no entender ni una palabra de chino, bromeábamos con ellos en inglés, entró una llamada al celular, luego alguien dijo:

—Nike, ¡así que eres tú!

Un poco aturdida, saqué la cabeza por la ventanilla y después de mirar un buen rato me di cuenta de que era Ma Jianjun, uno de los ex novios de Madonna. Le mandé un beso:

—*Hello* —yo seguía hablando en inglés, luego vi a Ma Jianjun hablar con el otro policía, casi oí lo que decían:

—Vamos a dejarlos, esos dos acaban de regresar del extranjero, no entienden las reglas de aquí, además la chica es amiga de mi amiga…

El otro policía también murmuró algo que no pude oír. Finalmente Mark les dio un billete de cien yuanes para pagar la multa, Ma Jianjun me dijo al oído:

—Sólo puedo ayudar hasta aquí, los cien yuanes son apenas la mitad de la multa, les hice un descuento.

Seguimos en el coche, nos reímos un buen rato y cuando dejamos de reír le dije: ¿De qué nos reímos?, vayamos a tu casa.

No me acuerdo de cuántas veces hicimos el amor esa noche, finalmente ni el lubricante me hacía efecto, empecé a sentir mucho dolor. Él parecía un animal salvaje sin piedad, como un soldado me lanzaba ataques audaces, como un rufián me provocaba un dolor intenso. Pero seguíamos infligiéndonos dolor mutuamente.

He dicho que a las mujeres nos gusta tener en la cama a un fascista con las botas de cuero puestas. Independientemente del cerebro, la carne conserva su propia memoria, ella usa un sistema fisiológico sutil para conservar la memoria de cada encuentro con el sexo opuesto, y aunque los años pasen y todo sea parte del pasado, esa memoria sexual sigue desarrollándose hacia dentro con un vigor extraño e interminable. En los sueños, en los pensamientos más profundos y oscuros, cuando caminas por la calle, cuando lees un libro, cuando hablas con un desconocido, cuando haces el amor con otro, la memoria sexual salta de repente, yo puedo enumerar a todos los hombres que he tenido en mi vida…

Cuando nos despedimos, le dije eso a Mark, él me abrazó, sus pestañas mojadas cepillaron mi mejilla, no quise ver la humedad en los ojos del hombre al que ya no veía más.

Llené una enorme bolsa con las cosas que Mark me regaló, discos, ropa, libros, adornos, esta basura que amo y me vuelve loca.

Tranquila le extendí mi mano y le dije adiós. La puerta del taxi se cerró, él me avasalló:

—¿De veras no me vas a despedir al aeropuerto?

—No. —Negué con la cabeza.

Alisó sus cabellos:

—¿Qué haré en las próximas tres horas que me quedan? Tengo miedo de subirme en un coche e ir a buscarte.

—No lo harás. —Sonreí, mientras mi cuerpo temblaba como un pétalo caído. —Puedes llamar a Eva, a otros de los que te acuerdes, trata de recordar los rostros de tus familiares, ellos aparecerán ante ti en unas cuantas horas, ellos te esperarán en el aeropuerto.

Nervioso e intranquilo alisaba sus cabellos, luego estiró el cuello y me besó:

—Está bien, está bien, mujer de sangre fría.

—Olvídame —le dije en voz baja, cerré la ventana y le

pedí al chofer que manejara de prisa. Lo mejor sería tener pocos instantes de ésos en la vida, porque son insoportables, aún más cuando se trata de una relación sin ninguna esperanza. Él tenía esposa, tenía un hijo, además vivía en Berlín, y yo en ese momento no podía ir a Berlín. Berlín para mí sólo era una imagen gris que había visto en las películas o leído en los libros, era una ciudad automatizada y triste, tan lejana y tan diferente.

No me di vuelta para ver la sombra de Mark parada en la calle. Tampoco regresé a la casa de Tiantian, el auto iba directamente a la casa de mis padres.

El ascensor aún estaba cerrado, así que cargando aquella enorme bolsa llena de cosas, subí hasta el piso veinte. Parecía que me colgaba plomo en los pies, creo que ni el primer paso de la humanidad en la Luna fue tan pesado como eran los míos. Sentía que en cualquier momento iba a colapsar, me iba a desvanecer, pero no quería descansar, ni prolongar la desesperación, sólo quería llegar a mi casa.

Toqué fuerte, la puerta se abrió. Mi madre salió asustada, tiré la bolsa y la abracé con todas mis fuerzas:

—Madre, tengo hambre —le dije llorando.

—¿Qué tienes, qué te pasa? —Gritando llamó a mi padre: —Volvió Cocó, ven rápido para ayudar.

Mis padres me llevaron hasta la cama, estaban muy asustados, ellos nunca sabrían qué cosas le pasaban a su hija, ellos nunca comprenderían el mundo impetuoso, ruidoso y frágil que ella veía, su vacío indescriptible. Ellos no sabían que el novio de su hija era drogadicto, que el amante de su hija en unas horas se iría a Alemania, que la novela que su hija estaba escribiendo era caótica, franca, llena de pensamientos esotéricos y de crudeza sexual.

Ellos nunca conocerían el miedo en el corazón de su hija, ni su deseo al cual ni la muerte podía suprimir, tampoco sabrían que la vida para ella era un arma del deseo que en cualquier momento se podía disparar y matar.

—Discúlpenme, yo sólo quiero comer sopa de arroz, tengo hambre —repetía murmurando, trataba de sonreír, luego ellos desaparecieron, yo caí de cabeza en la oscuridad del sueño.

XXXI

El color de la muerte

Si él está vivo o muerto, saberlo o no para mí ya no
tiene ninguna importancia, porque él ya había desaparecido… Fue sólo en el instante en que el sonido de la música fue arrojado al mar que ella lo descubrió, y finalmente lo encontró.

MARGUERITE DURAS

Mi novela cada vez está más cerca del final. Después
de cambiar varias veces de lapiceras, finalmente he encontrado esa sensación de relajación repentina que se
siente cuando desde una cima, por las veredas nevadas,
uno se acerca el pie de la montaña, también siento una
extraña melancolía.

Creo que no puedo predecir el destino de este libro,
que también es parte de mi destino al cual no puedo
controlar. Tampoco puedo ser responsable por las historias o los personajes de esta novela, así que como na-
cieron van a morir.

Estoy cansada y delgada, no me atrevo a mirarme en
el espejo.

Ya han pasado dos meses y ocho días desde la muerte de Tiantian, pero yo conservo esa sensación misteriosa de comunicación entre las almas.

Cuando preparo el café en la cocina, oigo el ruido del
agua del baño y por un instante pienso que allí está Tian-

tian bañándose, corro a su encuentro pero la bañera está vacía. Cuando en el escritorio hojeo el manuscrito, siento que alguien está sentado en el sillón a mis espaldas, me mira silencioso y tierno, no me atrevo a mirar, temo asustarlo y que se vaya. Sé que Tiantian está siempre conmigo en este cuarto, él me esperará pacientemente hasta que termine esta novela que le entusiasmaba tanto.

Pero lo más insoportable son las noches, ya no hay nadie que me susurre a la oreja, doy vueltas en la cama, abrazo su almohada, y le ruego a los dioses que lo traigan a mis sueños interminables. Una niebla gris se desliza a través de la ventana, y presiona mi cabeza de una manera suave y pesada. A lo lejos oigo una voz pronunciar mi nombre. Vestido de blanco, bello y lleno de amor inagotable se acerca a mí, volamos con alas transparentes como el cristal. El pasto, los techos, las calles nos rozan, rayos de luz rasguñan el cielo de jade.

El amanecer se aproxima anunciando que el hechizo desaparecerá. La noche se desvanece por completo. El sueño acabó y el amado no está, sólo queda la tibieza en el pecho y la humedad en los ojos. Desde que Tiantian murió a mi lado aquel amanecer, todos los amaneceres caen sobre mí como una helada y cruel avalancha de nieve.

El día que Mark se fue, me escondí en la casa de mis padres. Al otro día volví a mi casa al oeste de la ciudad. No me llevé la bolsa llena de regalos de Mark, excepto un anillo matrimonial de platino con un zafiro incrustado que ahora llevo. Se lo quité a Mark de su dedo meñique mientras dormía. Estaba tan nervioso que ni cuando se subió al avión debió darse cuenta de que yo le había robado ese anillo, a mí de hecho no me sirve, quizá lo hice para jugarle una última broma o tal vez estaba triste y quería un recuerdo de él.

El anillo era muy bello, desafortunadamente me quedaba grande, me lo puse en el pulgar, pero al regresar a la casa me lo saqué y lo puse en mi bolsillo.

Cuando entré Tiantian estaba viendo la televisión. La

mesa estaba llena de pochoclo, chocolates, Coca Cola. Cuando me vio entrar extendió los brazos:

—Creí que habías huido y que jamás te volvería a ver. —Me abrazó.

—Mi madre hizo algunos platos y ravioles, ¿quieres que te los caliente? —balanceé la bolsa llena de comida en mis manos.

—Quiero salir al aire libre, quiero acostarme en el pasto. —Puso la cabeza en mi pecho. —Quiero ir contigo.

Con los anteojos oscuros y una botella de agua en las manos salimos. El taxi nos llevó a la Universidad Fudan, allá el pasto estaba mejor cuidado y el ambiente era mucho más relajado que en el parque. Todo el tiempo extraño los jardines de Fudan, ese ambiente elegante y fresco donde puedes enloquecer a gusto.

Nos acostamos bajo la gruesa sombra de un alcanfor. Tiantian quería recitar poemas, pero no se acordó de ninguno.

—Cuando salga tu novela podemos venir a este pasto y recitarla, alto y más alto ¿estudiantes, les gusta esto? —decía alegre.

Nos quedamos un buen rato, cenamos en la cafetería de la universidad. En la calle Zhengtong, junto a los dormitorios de los estudiantes extranjeros, estaba el Hard Rock, allí solía presentarse el grupo Los Maníacos. Zengtao, el guitarrista, era el dueño del bar, entramos para tomarnos una cerveza. Había varias caras conocidas. Los amigos estaban envejeciendo. El cantante principal de Los Maníacos, Zhou Yong, hacía tiempo que no se presentaba. En el verano anterior, Tiantian y yo habíamos estado en un concierto que ellos dieron en el A-Gogo en la Universidad Normal del Este de China, su música post-punk nos estremeció y bailamos hasta el desmayo.

Llegó la Araña con algunos estudiantes extranjeros. Nos abrazamos, hola, hola, qué coincidencia tan afortunada encontrarnos. Últimamente la Araña se juntaba con estudiantes extranjeros, su empresa de sistemas no andaba muy bien así que estaba decidido a irse, quería ir a otro país a estudiar. Hablaba muy bien inglés y más o menos el francés y el español.

La música era de *Dummy*, mi álbum preferido de Portishead. Había gente bailando, pero las caras en la barra eran inexpresivas como siempre, la gente que todo el día y toda la noche está en los bares tiene esa expresión inmutable, amarga y frágil, rota. Mientras yo oía esa música alucinante Tiantian se deslizó al baño, reapareció largo rato después balanceándose.

Yo sabía lo que él había hecho, no podía mirarlo, nunca pude encarar esa mirada perdida, vacía, como si su alma hubiera volado lejos. Luego yo me emborraché. Su pasión por las drogas la enfrentaba con mi pasión por el alcohol, estando ambos así podíamos resistir nuestros respectivos egos, pasábamos por alto el sufrimiento, saltábamos como rayos de luz en el inmenso espacio.

Bailábamos con la música, volábamos en el placer, después de la una de la mañana regresamos a casa. No nos bañamos, nos desnudamos y saltamos a la cama. El aire acondicionado estaba al máximo, en sueños oía el ruido del aire acondicionado, como el zumbido de un insecto. Mi sueño era vacío, sólo se oía ese ruido fastidioso.

Temprano a la mañana, cuando entraron los primeros rayos del sol, abrí los ojos, me di la vuelta y besé a Tiantian acostado a mi lado. Mi beso caliente se imprimió en su cuerpo frío, que emitía una luz blanca. Lo empujé con todas mis fuerzas, lo llamaba, lo besaba, le tiraba de los cabellos, y luego salté de la cama desnuda, corrí al balcón, y a través de la ventana miré fijamente la cama de la habitación, el cuerpo acostado de mi amado, lo miré por un largo rato.

Las lágrimas rodaban por mi cara, me mordía los dedos, mientras gritaba: "¡Tonto!". Él no respondía, estaba muerto, yo también.

Al sepelio asistieron muchos amigos y parientes, la única que faltó fue la solitaria abuela de Tiantian. Todo pasó con tanta tranquilidad que daba miedo. No sabía cómo podría haber algo peor, no sabía cómo su carne podría transformarse en polvo inconsciente, no sabía cómo su alma inocente lograría romper el cerco en lo profundo de la tierra, escapar de los restos macabros de la muerte y atravesar el cielo para volar hasta el paraíso. En la cima del cielo debe haber un pedazo de claridad absoluta hecha por Dios, un lugar especial, una conciencia diferente.

Connie organizó el sepelio. Vestida de negro, la cabeza cubierta con un fino velo negro. Parecía salida de una película, solemne, propia y distante. Su tristeza no parecía venir de las entrañas, no había la locura de una madre que ha perdido a su hijo, sólo había la solemnidad de una bella mujer de mediana edad vestida de negro, parada al lado del féretro. Ser propia y solemne no era suficiente, ser auténtica es esencial para una mujer. Por eso de pronto ya no quise ver su cara, odié su tono de voz a la hora de leer la oración fúnebre.

Leí un poema que le había escrito a Tiantian:

"…En un último destello, yo vi tu cara,
en la oscuridad, en el dolor,
en el vaho de tu respiración sobre el vidrio,
en medio de la noche…
En la tristeza de mis sueños, ya no puedo abrir la boca,
no puedo decir adiós."

Luego me escondí entre la gente, me sentía perdida. Tanta gente, tanta gente que no tenía nada que ver conmigo estaba allí. No era una fiesta, era una pesadilla, una pesadilla que me taladraba el corazón.

Quería esconderme con todas mis fuerzas, pero Tiantian ya no estaba más, las paredes de nuestra casa habían perdido su sentido.

XXXII

¿Quién soy yo?

Pienso, luego existo.

DESCARTES

Yo soy yo, una mujer, no "el segundo sexo".

LUCY STONE

Todo, todo empezó así, todo empezó en ese rostro encantador y deslumbrante, extenuado y frágil. Ése fue el experiment.

MARGUERITE DURAS

Así es la vida, dolor de cabeza, gritos, locura.

No soy una mujer de sangre fría, pero tampoco soy de las que enloquecen.

Mi libro anterior *El grito de la mariposa* fue reeditado. El Padrino y Deng me organizaron reuniones en universidades para promoverlo, así que estuve respondiendo preguntas de los estudiantes como: "Señorita Nike ¿correría un día desnuda en público?" y discutiendo con las mujeres acerca de si las mujeres son o no "el segundo sexo" y "¿qué es lo que finalmente persiguen las feministas?".

Cuando fui a la Universidad Fudan, me acosté en el pasto por un momento a mirar al cielo y pensar en él.

Unos días después Zhusha se casó de nuevo, el novio era Dick, el ambicioso y joven pintor ocho años menor que ella. La boda se realizó tres meses y veinte días después del sepelio de Tiantian, tal vez nadie se dio cuenta de eso, excepto yo.

La ceremonia se llevó a cabo en la galería de arte Lawrence, en el parque Fuxing, ese mismo día fue inaugurada la exposición individual del novio. Llegaron muchos invitados chinos y extranjeros incluyendo a Madonna. Madonna les dio a los novios un regalo muy caro, un par de relojes Omega de oro con los que quería mostrar su magnanimidad, finalmente Dick había sido uno de los hombres que más le habían importado.

No hablé mucho con ella, de pronto ya no me caía bien, tal vez ella nunca le dijo nada a Tiantian, quizás a ella no le gustaba conscientemente manipular a sus amistades, pero ya no pienso acercármele mucho.

Había demasiada gente, el ambiente era sofocante y molesto, pronto me despedí.

Con frecuencia recibía correos electrónicos de Alemania, de Mark y de Shamir. Les escribí sobre la muerte de Tiantian, les dije que estaba más tranquila ya que mi novela estaba a punto de salir y eso era el mejor regalo para Tiantian y para esta parte de mi vida.

Shamir me invitó a visitar Alemania después de concluir mi novela. "Eso te ayudará a recuperarte, ven a ver los templos góticos, la selva negra y la gente, créeme que Mark también desea que vengas".

Los mensajes de Mark eran cada vez más largos, narraba pacientemente todo lo que había hecho últimamente, dónde había ido y hasta me contaba las discusiones con su esposa. No sé qué confianza hacia mí le provoca esos impulsos de desahogo. Tal vez una escritora simplemente inspira confianza debido a su capacidad intuitiva y a su comprensión, aunque le hubiera robado su anillo matrimonial de zafiro. Por cierto, siempre lo llevo en mi pulgar porque es muy bonito.

Decidí ir a Alemania a finales de octubre, antes de la fiesta de Halloween. Me gusta Halloween, es una fiesta romántica y llena de imaginación. Las fiestas de disfraces logran espantar el olor podrido de la muerte.

Antes de ir a Alemania puse en orden algunos asuntos, ordené mi novela, y arreglé el departamento en el lado oeste de la ciudad. Decidí regresar a la casa de mis padres y entregarle las llaves a Connie. Las cosas de Tiantian aún estaban allí, escogí el autorretrato de Tiantian, una antología de poemas de Dylan Thomas que a él le gustaba y una camiseta blanca que él solía usar.

La camiseta conservaba su olor, hundía mi cara en ella, y ese olor conocido me hacía recordar la felicidad perdida.

Ese fin de semana, una tarde caminé largo rato, atravesé la calle Hengshan llena de árboles fénix y entré a ese callejón lleno de recuerdos.

El restaurante español de Connie estaba ante mis ojos, luminoso y lleno de flores. Por la ventana veía las siluetas ir y venir. Me acerqué más y pude oír canciones latinas de amor seguidas de aplausos corteses.

Subí las escaleras y pregunté a un empleado dónde podía encontrar a Connie. Me guió a través de un largo pasillo, entre un grupo de gente parada vi a la impecablemente arreglada Connie, llevaba un vestido de noche con los hombros descubiertos, tenía el pelo recogido en un rodete, y los labios cubiertos con una gruesa capa de pintura. Se veía muy atractiva e inteligente, como una elegante grulla.

Una pareja de latinos vestidos de negro y perlas bailaban un ritmo latino. Eran jóvenes y bellos, el hombre sostenía muy elegantemente la pierna de la mujer mientras daban una serie de vueltas. Connie al terminar de hablar con un caballero de cabellos blancos se dio vuelta y me vio. Caminó hacia mí.

—Querida, ¿cómo estás? —me dijo mientras me abrazaba. Sonreí asintiendo con la cabeza:

—Estás bella, eternamente bella —dije y luego saqué la llave de mi bolsillo y se la di. Ya le había dicho por teléfono cuáles eran mis planes.

Mirando la llave permaneció en silencio un buen rato y luego la tomó:

—Hasta hoy no comprendo… ¿cómo pudo pasar todo eso? ¿Qué cosa tan terrible pude haber hecho yo, qué culpa tendré para que Dios me castigara de esa manera?… OK, olvida eso, tú eres una chica inteligente, cuídate. —Nos besamos para despedirnos, Juan también se acercó y me abrazó.

—Adiós. —Les hice un signo de despedida con la mano y salí rápidamente. La música y las danzas seguían pero nada tenían que ver conmigo.

Al llegar al jardín de la planta baja, justo después de salir por la puerta me topé con una anciana, de cabellos blancos, piel pálida, con lentes, parecía la esposa de algún profesor.

—Disculpe —le dije, pero ella no me hizo caso, se dirigió directamente hacia la puerta de hierro del restaurante.

Cuando el portero la vio inmediatamente cerró la puerta de hierro forjado. La anciana empujaba con todas sus fuerzas, al no poder abrirla empezó a gritar e insultar:

—Zorra, bruja, hace diez años mataste a mi hijo, no te bastó, luego mataste a mi nieto, tu corazón es negro, te maldigo, cuando salgas por esa puerta ojalá te atropelle un auto.

Su voz era muy ronca, me quedé parada congelada a su lado, inmediatamente supe quién era esa anciana enojada y desilusionada. Era la primera vez que la veía.

No había aparecido en el sepelio de Tiantian, seguramente porque Connie no lo hubiera permitido. Connie le tenía miedo, siempre se escondía pero ella pudo encontrarla.

El portero le aconsejaba con ternura:

—Abuela, has venido tantas veces, es muy cansador para alguien de tu edad, vete a casa y descansa.

—Agh —lo afrontó ella furiosa—. Nadie puede hacer que yo me enferme, ella cree que con unos cuantos miles de yuanes que me ofreció me voy a olvidar de todo… Quiero una explicación. —Empezó a empujar la puerta de nuevo. Me apresuré y la agarré de los brazos. Con tono suave le dije:

—Abuela, la llevo a casa, pronto va a llover.

Suspicaz me miró y luego miró al cielo. En el cielo había una nube espesa que se veía morada por las luces de la ciudad.

—¿Quién eres tú? —dijo en voz baja.

Asustada pensé un rato, una sensación de oscuridad tierna y amarga me envolvió, de pronto no supe qué contestarle a esta anciana cansada y desamparada.

—Sí, ¿quien soy?, ¿quién soy yo?

Primer manuscrito, 20 de junio de 1999
Segundo manuscrito, 15 de julio de 1999

Epílogo

Esta es mi primera novela larga. La escribí entre la primavera y el otoño. Es un poco confusa, mi estado de ánimo no era muy estable. Cuando tecleé la última palabra en la computadora, recibí una llamada de larga distancia. Al escuchar "*Hello!*" al otro lado de la línea, estuve un rato sin reaccionar. Los rayos del sol que entraban por la ventana empezaban a palidecer, la viña escalaba por los balcones de la antigua construcción francesa, el niño del piso de abajo practicaba piano, tocaba *Para Elisa*. Apagué el cigarrillo en el cenicero y en el auricular dije en alemán: "Te amo".

Sí, casi en todas mis novelas he dicho "te amo", alguna vez lo he dicho con ternura y elegancia, otras veces con locura y desesperación, y otras con aplomo sin que me importen las consecuencias, o con cobardía y temor. Sea como sea lo he dicho, y los lectores me han dicho que les gusta, que les gusta mucho.

Se puede decir que esta es una novela semiautobiográfica. Mientras las palabras fluían quería esconderme, pintarme mejor de lo que soy, pero me di cuenta de que es muy difícil. No puedo traicionar mi filosofía de la vida, que es sencilla y auténtica, no puedo tapar el estremecimiento, el dolor, la pasión que me invade de pie a cabeza. Aunque muchas veces recibo a regañadientes lo que el destino me depara (el destino muchas veces me las cobra), yo sigo siendo una chica fatalista, contradictoria, difícil de comprender.

Por eso escribí todo lo que quise expresar, no pienso defenderme.

No sé cuál va a ser el destino de esta novela, lo que sí sé es que ya terminada saldrá de mi campo visual, de mi control. Caerá en tus manos y a través de ella la escritora se comunicará, se desahogará contigo.

Estoy inmensamente feliz por poder publicarla antes del año 2000, antes de cumplir veintisiete años, eso para mí tiene un significado especial, es un recuerdo, es un comienzo, es un motivo para que pueda preservar la curiosidad y el amor hacia el mundo.

Quiero agradecer a todos los que me animaron y me apoyaron, a todos mis amigos de los que tengo hermosos recuerdos, a mis maestros y a mis padres.

También quiero agradecer al departamento editorial de la colección Bulaohu. Hacía mucho calor en Pekín el día que llegué a entregar el manuscrito. Estaba muy cansada, el taxista corría distraído por la autopista mientras nos llevaba a mi amiga y a mí. Abrí la puerta de la editorial y vi al señor Bai Ye, entramos, nos sentamos y puse mi ordenado manuscrito sobre el ancho y limpio escritorio.

20 de Julio de 1999